dtv

Diese Anthologie versammelt Geschichten rund um jüdische Festtage. Viele der Erzählungen aus den USA, Deutschland, Kanada, Israel, Südafrika und Osteuropa erscheinen erstmals in deutscher Übersetzung.

Es sind Geschichten für Nichtjuden und Juden. Für alle, die Freude an guten Pointen haben, die das Rätsel des jüdischen Wie und Was erkunden wollen, die erfahren möchten, ob Dinge, die unvereinbar scheinen, sich doch vereinbaren lassen, und wie jüdische Tradition mit aufgeklärtem Denken zusammen geht.

Die aus verschiedenen Perspektiven eingefangenen Fragmente fügen sich zu einem Bild, das die Vielfalt und Widersprüche jüdischen Lebens spiegelt: Spannungen und Sehnsüchte, Brüche und Vertrautheiten, Zweifel und Zugehörigkeitsgefühle. – Was das Judentum spaltet und zusammenhält? Eine schwierige Frage. Gut möglich, das gerade das, was spaltet, am Ende zusammenhält.

Patricia Reimann, geboren 1955, als Historikerin und Philosophin akademisch ausgebildet, seit 25 Jahren als Lektorin und Herausgeberin tätig; familienintern zuständig für Mischkultur und Koscher-Fragen. Arbeitet als Programmleiterin in einem großen Publikumsverlag und lebt in München.

Nicht ganz koscher

Storys für die Feiertage

Herausgegeben
und mit einer Nachbemerkung
von Patricia Reimann

Deutscher Taschenbuch Verlag

Editorischer Hinweis:
Begriffe, die der Erklärung bedürfen, werden im Anhang (Glossar)
erläutert, sie sind im Text nicht eigens gekennzeichnet.

Ausführliche Informationen über
unsere Autoren und Bücher
finden Sie auf unserer Webseite
www.dtv.de

Originalausgabe 2011
Deutscher Taschenbuch Verlag GmbH & Co. KG,
München
© 2011 Deutscher Taschenbuch Verlag GmbH & Co. KG, München
(Siehe auch Quellenhinweise S. 293)
Umschlagkonzept: Balk & Brumshagen
Umschlagfoto: gray318
Gesetzt aus der Berling 9,75/13˙
Satz: Fotosatz Amann, Aichstetten
Druck und Bindung: C. H. Beck Nördlingen
Gedruckt auf säurefreiem, chlorfrei gebleichtem Papier
Printed in Germany · ISBN 978-3-423-13968-7

Was hinkt, geht
Stanisław Jerzy Lec

Für Leon, Elias und Ruben
und in Erinnerung an meinen Vater –
in Liebe

Inhalt

❧ Rosch HaSchana ❧

Das Neujahrsfest

Melvin Jules Bukiet

Levitation

Vom Ende des Sommers bis zu den Hohen Feiertagen war Proszowice immer voller Erwartungen. Wenn wieder eine Jahreszeit vollendet war und die Ernte bevorstand, teilte sich der Wohlstand der Bauern den Kaufleuten mit, die den Gelehrten davon erzählten, die es wie Lehm auf dem fruchtbaren Boden der Gemeinde verteilten. In dem Geschrei des Tauschens verwandelten sich Pyramiden aus reifem Gemüse in Tuch, Heringe und Uhren. Meine Mutter putzte unser Haus vom Keller bis zum Dach und wäre auch noch den Schornstein hinaufgekrochen, hätte mein Vater es zugelassen. Um sie davon abzuhalten, nahm er ihren Arm und ging mit ihr auf dem Platz spazieren, »einfach, weil die Luft so schön ist«. Natürlich waren die meisten Paare nicht so aufgeklärt, aber hier handelte es sich um Menschen, die überlegten, ihren Sohn zum Studieren nach Krakau zu schicken. Sie gingen an der Schul vorbei, wo der Schammes die Seiten des Gebetbuches riffelte, um sicherzugehen, dass sie in der feuchten Augusthitze nicht zusammenklebten. Jeder bereitete sich auf seine oder ihre eigene Weise auf das neue Jahr vor.

Aber ich war ungeduldig. Ich lebte in einem ewigen Jetzt, das sich weder ein Bald noch ein Später vorstellen konnte. Ich konnte nicht warten, und das Schmachten verzehrte mein Herz wie ein Brand. Und noch schlimmer, ich wusste gar nicht, was es war, das ich nicht erwarten konnte. Wenn der September kam, würde ich in der Schule eine Klasse weiter sein und im Laden meines Vaters an das nächsthöhere Brett herankommen.

Vielleicht würde ich die Witze der älteren Jungen besser verstehen, aber das war eine unbedeutende Fähigkeit, und ich sehnte mich nach dem Bedeutsamen. Ich war ein unsicherer Welpe, der davon träumte, eine Dogge zu sein. Manchmal fühlte ich mich schlichtweg so lebendig, dass ich meinen Vater aus dem Bett zerrte, um den Tag zu beginnen. Erst als an Neujahr zum ersten Mal das Sch'ma Jisrael gelesen wurde, begriff ich, welche Form mein undeutliches Verlangen annehmen würde.

Früher dienten die Söhne Levis den Priestern, die ihrerseits Söhne Aarons waren. Mit der Zerstörung des Tempels und der Zerstreuung des jüdischen Volkes verschwanden diese Stammesrollen und mit ihnen die bestimmenden Eigenschaften der Stämme selbst. Im Exil wurde zwischen einem Kohen und einem Leviten nicht unterschieden; dort gab es nur Juden. Aber an Rosch HaSchana vollzogen die Abkömmlinge der priesterlichen Kaste einen letzten wohlwollenden magischen Akt. Unter Aufbietung ihrer verbliebenen Macht segneten sie ihre Brüder, nicht wie Männer, die eine heilige Schrift rezitieren, sondern wie persönliche Vertreter Gottes. So ehrfurchtgebietend war ihre Verwandlung, dass es verboten war, sie während dieses Rituals anzusehen. Um sicherzustellen, dass sie nicht aus Versehen Zeuge der Kohanim wurden, wandten einige Gemeindemitglieder ihnen den Rücken zu, während sie beteten. Aber bevor mit dem Beten begonnen werden konnte, mussten die Kohanim gereinigt werden. Ihnen halfen, wie von jeher, die Leviten, darunter mein Vater und deshalb auch ich. Wir trafen sie am Waschbecken. Ich bemerkte ihre Hände. Die von Kohen dem Tischler waren rau wie ein Stück Holz; die von seinem Neffen Moscowitz kaum weniger schwielig. Die von Kohen dem Schlachter waren rosa gefärbt von den Hühnern, denen er für zahllose Freitagabende so akkurat die Köpfe umgedreht hatte.

Das waren heilige Männer?

»Nicht speziell diese Kohen«, erklärte mein Vater. »Es ist das Amt ihrer Vorfahren.«

Waren denn meine Vorfahren schlechter als ihre?

»Es geht nicht um besser oder schlechter. Es ist einfach ein Unterschied, ohne Bewertung, es ist ein funktioneller Unterschied.«

»Verstehe«, sagte ich, verstand aber nur, dass *ich ihre* Hände gewaschen hatte.

Wir hielten die Köpfe gesenkt, sodass wir nur die Füße der Kohanim und die herabhängenden Fransen der Gebetsschals sehen konnten. Meine Unzufriedenheit wuchs während des ersten Gesangs. Sie jammerten und klagten, einem unsichtbaren Gott hörig, und ihr Leiden zerstörte die fragile Heiligkeit des Moments.

Jacob Lester stupste mich an. »Weißt du, warum wir tatsächlich nicht gucken dürfen?«, sagte er. »Wenn man sehen würde, wer einen segnet, würde man ohnmächtig werden.« Lester war unser Dorfzyniker, aber selbst er richtete den Blick zu Boden. Er machte Witze, um den Ernst der Situation zu entschärfen, aber ich spürte den Stachel der Wahrheit.

Und die Kohanim weinten: »Höre, Israel, der Herr ist unser Gott, der Herr ist einzig.«

Aber warum sah Israel nicht, woher diese Beschränkung rührte? Ich kann Beschränkungen nicht einhalten. Ich weiß nicht, wann ich aufhören muss. Ich wollte immer sehen oder tun, was verboten ist, und werde das auch immer wollen – eben weil es verboten ist.

Das Gebet der Kohanim ging zu Ende. Noch ein Satz, und die schreckliche alljährliche Versuchung, einen Blick zu riskieren, wäre überstanden. Aber im nächsten Jahr würde ich dreizehn sein, ein Bar-Mizwa, ein Mann, verantwortlich. Ich konnte nicht anders, ich musste diese letzte Möglichkeit zur Flucht in Betracht ziehen und beschloss, sie zu ergreifen. Die Entscheidung allerdings war leichter als die Durchführung.

Meine Augen schienen unfähig, meinem Geist zu gehorchen, als klebten Münzen auf meinen Lidern. Als ich sie schließlich weit aufriss, hätte ich schwören können, dass ich Złotys klirrend auf den Boden des Tempels fallen hörte, und ich sah das Unsehbare – drei alte Männer. Die Kohanim hielten ihre Tallitot wie zerfledderte Engelsflügel fest.

Es war der erste bewusste Akt religiösen Ungehorsams meines Lebens. Ich erwartete, dass der schleimige Arm des Teufels durch den Fußboden der Schul greifen und mich nach unten ziehen würde.

Ich weiß nicht, was mit mir los war, warum ich so aufbegehrte.

Ich weiß nicht, warum ich das Schicksal, das mir bei meiner Geburt beschieden wurde, nicht einfach annehmen und die Erwartungen meiner Eltern und meines Volkes erfüllen konnte, die ich ja überwiegend teilte. Ich wollte keine Geringschätzung ausdrücken, aber ich sehnte mich nach etwas, das sie niemals würden verstehen können. Genau dort, inmitten meiner Familie und meiner Freunde, unter den Augen meines Gottes. »Gepriesen sei Gottes ruhmreiche Herrschaft, immer und ewig«, dachte ich, »ich möchte fliegen.«

Die Levitation bereitet den weisen Männern seit ewigen Zeiten Kopfzerbrechen. Manche haben sie als Teil der Wirklichkeit betrachtet, die sich gemäß den bekannten Gesetzen der Natur ändert. Die Luft wiegt ein entscheidendes bisschen weniger als Wolken, Blätter und Jarmulkes. Wenn dieser Reihe massivere Gegenstände hinzugefügt werden sollen, bitte sehr. Ändern Sie die Bestandteile. Andere haben abgestritten, dass Levitation etwas mit Gewichtsverhältnissen zu tun hat. Um das buchstäblich Transzendente zu erreichen, möchten sie die Eigenschaft des Gewichts selbst ausschalten, Eigenschaften wie blau oder bitter aber beibehalten. Webt den Stoff des Seins noch einmal, aber ohne diesen starken Faden, sagen sie. Leider schätzte ich die gottgegebenen Substanzen zu sehr, um in Erwägung zu ziehen, mit einer davon herumzuhantieren oder eine zu entfernen. Stattdessen hätte ich gern etwas ergänzt und dem Substanziellen das Leichte hinzugefügt. Das mag widersprüchlich klingen, aber der wahre Gläubige schreckt vor dem Paradox nicht zurück: Er nimmt es an.

Die meisten physikalischen Gesetze haben die Philosophen in ähnliche Dilemmata gebracht. Unsichtbarkeit, Geschmeidigkeit und Magnetismus wurden alle einer gründlichen talmudischen Analyse unterzogen, und alle haben ihre Fürsprecher; aber nur das Gewicht, zusammen mit seinem luftigen Gegensatz, hat die Menschheit über so lange Zeit in seinen Bann gezogen. Vom Zauberer bis zum amerikanischen Techniker hat es die höchsten Fähigkeiten der menschlichen Vorstellungskraft herausgefordert.

Ich wollte jedoch weder die Wissenschaft noch das Okkulte. Ich wollte lediglich fliegen.

Während des restlichen Gebets kreisten die Gedanken um meinen Kopf wie ein Heiligenschein. Man sagt, dass Baal Schem Tov und seine Schüler manchmal »so befeuert wurden vom Lernen, dass sie nicht wussten, ob sie in Polen waren oder im Himmel«.

Manche finden dieses Entzücken im Lernen, manche im Geld und manche in der Liebe, aber ich fand es in den Bildern vom Fliegen, die ich im Geiste vor mir sah.

Ich sah den Kirchturm in der Ferne und beneidete ihn einen Moment lang um seine Spitze. Sie wusste auch nicht, ob sie in Polen war oder im Himmel. Ich dachte an Josua, der die Sonne angehalten hatte, und ich dachte an Moses, der um ein Zeichen Gottes gebeten und in der Wüste Wasser aus dem Fels geschlagen hatte. Die Sünde des Hochmuts. Ich war weiß Gott auch hochmütig, aber ich war auch ehrfürchtig, meiner eigenen Erfahrung nach. Meine Familie würde meine Sehnsucht für verfehlt halten, aber im Gegensatz zu ihr suchte ich die Gegenwart des Heiligen. Nur unsere Landkarten unterschieden sich.

Vollkommene Unabhängigkeit war das neue oberste Prinzip. Mein Vater beispielsweise stand nicht auf dem Boden, er baute auch nicht auf ihn; er bildete seine Grenze. Jede Bewegung war also eine Neudefinition der

Welt. Die Silberkrone der Thora durchbohrte das Firmament, während das Zucken meines kleinen Zehs das Fundament erschütterte. Und doch, wie gut sich das ergänzte! Höchst erstaunt von dieser drastischen, tadellosen Anordnung, stand ich, wenn alle um mich herum saßen, und saß, wenn sie standen, und bekam nicht mit, dass der Rabbi seinem Kantor das Signal gab. Als der primitive Ruf des Schofar ertönte, lief mein Kelch der Freude über. Ich sah meine weißen Fingerknöchel und wusste, wenn ich jetzt die dunkle Holzbank losließe, würde ich mich mit der Leichtigkeit eines Ballons erheben, bis Zalman der Bergarbeiter mein Kinn wieder Richtung Erde zog und sagte: »Bist du eine Statue, oder was?«

Ganz im Gegenteil, dachte ich. Sie waren die Statuen, angebunden an den Mühlstein ihres Glaubens, nicht ahnend, welche Freiheit nur einen Schritt von ihnen entfernt lag. Ich sah vielleicht wie sie aus, eine jiddische Miniatur mit Gebetsschal und Jarmulke, aber ich vibrierte wie eine Zimbel, die nur leicht berührt worden war. Jedes Mal, wenn ich daran dachte, was passiert war, als ich es gewagt hatte, den geheimen Riten der Kohanim zuzusehen – nichts, absolut nichts –, verspürte ich ein Gefühl der Macht. Ah, das Joch abzuwerfen, das uns niederdrückt, sich diese herrliche Lücke zunutze zu machen, den vollkommenen Widersprüchen des Allmächtigen in seinem eigenen Reich zu begegnen – das war mein Ziel!

Es wurde immer noch gebetet. Wir dankten und baten um Gnade für unsere Sünden, »Sünden, die wir wissend oder unwissend begangen haben, offen oder heimlich, unter Zwang oder freien Willens … die Sünde des Spottens, der Beleidigung, der Unreinheit, der Anmaßung, der üblen Neigung … Sünden, für die das Gesetz Züchtigung verlangt hätte, Geißelung, Ausrottung oder eine der vier Todesstrafen«, Sünden, deren reine Aufzählung den passioniertesten Sünder erschöpfte.

Vollkommen überzeugt von der Niedrigkeit unserer Natur, begaben wir uns zum Tashlich-Gebet. Dies ist der einzige Gottesdienst, der außerhalb der Synagoge stattfindet, am nächstgelegenen Gewässer, denn in ihm versenken wir unsere Sünden. Wir gingen in einer zerknirschten, bunt gemischten Prozession (die Kohanim und Frau Horowitz und ihre drei unverheirateten Töchter, Frau Hemtobble, die ihren Ehemann führte wie einen dressierten Bären, Jergenchic der Friseur, Bobover, Kleiner, mein Vater, meine Mutter, meine Großmutter, mein Bruder, meine kleine Schwester und Zalman der Bergarbeiter, der den Rest von uns ohne jede Neugier anstarrte, eine Haltung, die er allen gegenüber an den Tag legte, die ihm vor ihrem Schöpfer begegneten) von der Schul durch die fragezeichenförmigen Straßen der Stadt zum Proszowicefluss. Letzterer war ein träge dahinfließender Bach mit morastigen Ufern, an denen ein paar zähe Gräser es geschafft hatten sich einzuwurzeln. Ich empfand die berauschende Furcht eines künftigen Märtyrers auf dem Weg zum Marterpfahl oder zum Galgen. Mir blieb vor Angst und Sorge fast das Herz stehen, aber gleichzeitig war ich froh, dass meine Neugier bald befriedigt werden würde.

Schattenflecken verwiesen auf eine Schar Gänse am Himmel. Sobald sich an den Blätterspitzen der Eichen die erste herbstliche Tönung zeigte, machten sie sich auf die Reise, vielleicht nach Palästina. Während ich ihnen wie ein Idiot hinterhersah – sehnsuchtsvoll und stolpernd –, kippte der ganze Schwarm, als reagierte er auf einen einzigen Impuls oder sei durch unsichtbare Fäden verbunden, steil nach links und wurde vom Fluss angefunkelt.

Die Gänse hatten sich gerade in den Untiefen bei der hohlen Weide niedergelassen, als wir auf sie stießen, eine laute, schlichte Gemeinde; ich war ganz hinten. Es gab eine erschrockene, flügelschlagende, schreiende Unruhe, und bis auf eine Gans erhoben sich alle, unbeholfen, bis sie die Weide geräumt und ihre makellose V-Formation wieder eingenommen hatten. Im Handumdrehen waren sie schwarze Sterne in der Ferne, bis auf den Nachzügler. Er hackte keine zehn Meter flussaufwärts an einer Wurzel herum und war sich weder der Gegenwart von Menschen noch der Abwesenheit seiner Kameraden bewusst.

Die Reinigungszeremonie begann. In den meisten anderen Dörfern warfen die Menschen Brot ins Wasser, wodurch sie symbolisch ihre Sünden versenkten, aber wir wuschen uns; es war eigentümlich. Die Männer gingen in die Hocke und streckten angriffslustig ihre Hände ins Wasser, als wäre es brühend heiß. Die Frauen beugten sich vorsichtig vor, hielten mit einer Hand ihre Kleider an ihre Brust, während sie den Fluss über die andere laufen ließen. Wenn sie die Hände wechselten, hinterließen sie weiche, nasse Abdrücke auf sich selbst. Ein paar der jüngsten, unreifsten Kinder durften im Flussbett umherwaten. Ich selbst hatte das vor fünf Jahren getan. Jetzt, im ehrwürdigen Alter von zwölf, beneidete ich den kleinen Mikovsky und die Balybis-Zwillinge um ihre Freiheit. Nach einem Tag voll starrer Vorschriften und Pflichten lockte das Wasser mit einem Funkeln, dem ich nicht widerstehen konnte. Ich trat mir die Schuhe von den Füßen, streifte die Socken ab und schloss mich den Kleinen an, und alle lachten.

Sogar die einzige verbliebene Gans drehte ihren langen, gefleckten Hals, um mich anzustarren. Ihre Augen weiteten sich. Eine dünne, rot gesprenkelte Schlange ringelte sich um ihr Bein. Die Schlange glitt hinunter in den Schlick, den die Flut hinterlassen hatte, riss das Bein mit sich, und die Gans verlor das Gleichgewicht. Sie flatterte mit den Flügeln, die sich nach hinten wölbten, und schrie schrill und erbärmlich nach ihren verschwundenen Gefährten.

Die Zwillinge kamen aus dem Wasser.

Ein letztes Mal flatterten die Flügel, und ein heiseres Krächzen war zu hören, bevor der anmutige Hals und die klaren Augen und der spitz zulaufende Schnabel unter die Wasseroberfläche gezogen wurden.

Mehrere Hände wollten mir helfen, aber ich war bezaubert von den letzten Luftblasen und den wenigen verstreuten Federn, die langsam flussabwärts trieben. Und da wurde mir klar, dass die Zeit für meinen eigenen Aufstieg schließlich gekommen war. Die Gebete begannen, und ich rief aus: »*Hier*, O Israel.«

Ich sagte mir, an dieser Stelle werde ich absichtlich und ohne fremde Hilfe schweben. Mein Körper, wie Brot, wie Atem, wird sich erheben.

Sollen die Proszowicer lachen. Ich kann ihre fröhlichen Stimmen hören wie die Stimmen eines Orchesters. Zuerst das Dröhnen des Rabbis und das bestimmte Posaunen des Doktors. Dann eine Menge bescheiden glucksender

Klarinetten: Jacob Lester, stolz auf seine neuen Schuhe, Isaac der Millionär, verwahrlost, der alte Medisky, der leicht nach Orchideen riecht. Ich kann das zähe Greinen von Reb Tellman, meinem Lehrer, hören und die tieferen, freundlicheren Celli der anderen Lehrer, die ich kannte. Sie heben sich ab von den spottenden Trommeln, die meine Klassenkameraden sind, von denen ich solche Schmähungen gewohnt bin. Und schließlich ist da der beunruhigende Unterton der vielen Bässe. Sie wollen nicht auf den Stummen unter ihnen hören, bis ihnen klar wird, dass er den Taktstock hält. Sollen sie lachen.

Die einzigen beiden, die nicht musikalisch ihr Urteil abgeben, sind mein Vater und meine Mutter. Sie sind besorgt, ihr Erstgeborener verwirrt sie wie gewöhnlich. Inzwischen lächeln sie mit gutmütiger Skepsis, und meine Mutter streckt freundlich die Hand aus, um die Seiten in meinem Gebetbuch umzublättern.

»Gepriesen sei Gottes ruhmreiche Herrschaft, immer und ewig.« Das ist heute die dritte Lesung dieser Worte. Dreimal täglich werden sie das restliche Jahr über wiederholt werden, aber niemals mit derselben Klarheit und Leidenschaft. In meinen Geist gemeißelt wie Worte in Stein, springen sie immer noch himmelwärts. Ich schreie: »Amen!«

Die Gemeinde murmelt nachsichtig. Alle, die ich auf der Welt kenne, stehen jetzt am Wasser. Sie denken, dass ich mit offenen Augen vor mich hinträume, aber sie täuschen sich. Ich spüre das Lecken am Fleisch unter dem Saum meiner kurzen Wollhose ganz genau. Sie warten, dass ich herauskomme.

Stattdessen bleibe ich im Wasser. Ich war immer schon

ein bisschen schlicht, denken sie. Die armen Eltern, mit diesem schwachsinnigen Kind, aber ich sollte es besser wissen. Der Spaß ist weit genug getrieben worden. Heute ist schließlich Rosch HaSchana.

»Darum sollst du den Herrn, deinen Gott, lieben mit ganzem Herzen, mit ganzer Seele und mit ganzer Kraft.« Meine Stimme erhebt sich heldenhaft.

Mein Vater flüstert meinen Namen.

Jemand starrt mich an, aber er ist von sich selbst eingenommen. Egal ob reich oder bemitleidenswert arm (vorwiegend Letzteres), die Juden Polens haben die Gabe und die Herrlichkeit vergessen, an die wir uns für immer erinnern sollten.

»Du sollst deinen Kindern davon erzählen. Du sollst davon reden, wenn du zu Hause sitzt und wenn du auf der Straße gehst, wenn du dich niederlegst und« – hier erzittere ich – »wenn du dich erhebst.«

Ich überlege, wie der Text weitergeht, bin aber gleichwohl begeistert, dass die Worte des Sch'ma mein innerstes Streben widerspiegeln. Ich trage einen weißen Tallit, der in der Herbstbrise flattert, als könnte er kaum erwarten, mich in die Höhe zu tragen. Er ist blau bestickt und hat Troddeln, die fröhlich über dem kühl dahinströmenden Bach hüpfen. Ein Strudel strömt entlang der zarten Halme, die mich halten, und bittet, mich hochheben zu dürfen. Die Luft und das Wasser haben sich verschworen, um mir zu helfen. Aber meine Tat darf nicht das Gebet begleiten, denn ich möchte nichts veranschaulichen, ich suche die Offenbarung.

Jemand zieht an meinem Tallit.

Erinnern Sie sich, ich stehe im Wasser, in dem buch-

stäblich die abgestreiften Sünden des Vorjahres schwim-
men. Frisch gereinigt, zögern die Leute, sich mit ihrer
eigenen Unreinheit zu beschmutzen, deren geheimes
Ausmaß nur jeder selbst kennt. Nur ich bin vor dieser
Verschmutzung geschützt und werde es sein, bis ich
herauskomme, was ich, wie ich dem Proszowicer ver-
sichere, ernsthaft vorhabe. Nur dass ich nicht aus dem
fließenden Gewässer heraustreten werde, sondern plane,
darüber zu schweben.

»Genug ist genug«, murmelt der alte Medisky, dessen
Gewächshaus so verwildert ist wie sein Bart.

»Er weiß nie, wann er aufhören muss«, bemerkt Isaac
der Millionär. Das stimmt, aber diesmal muss ich es auch
nicht. Solange ich nicht in ihrer Reichweite bin, ist mein
Ziel in Reichweite. Eine beschwingte, ekstatische Kraft
beginnt in meinen Zehenspitzen, steigt durch meine
Füße hoch und dehnt die Muskeln, bis meine Beine
weich wie Gummi werden.

Merkwürdige Dinge geschehen in meiner Mitte und
steigen dann über meinen Bauch nach oben. Ich werfe die
Arme in die Luft, als wollte ich die Wolken festhalten.

»He!«, rufen sie in dem Versuch, meinen Tagtraum zu
unterbrechen. Einen Moment lang sind sie überrascht,
als sie meinen ernsten Gesichtsausdruck sehen, und ihre
gute Stimmung verfliegt.

»Hast du irgendeinen Begriff davon, was du tust?«,
fragt der Doktor.

»Antworte«, sagt Jacob Lester.

Ich lächele glückselig, und aus ihrer Ungeduld wird
Ärger. Die Gesichter der Frauen erbleichen, die der
Männer werden rot.

»Hör sofort damit auf!«, befiehlt Reb Tellman, aber ich gehorche einer höheren Macht. Mein Lehrer trägt seine Orthodoxie wie den zerknitterten grauen Hut, der seinen Kopf nie verlässt. Festschmaus oder Hunger, er verbeugt sich vor der größeren Weisheit des Herrn. Ich verbeuge mich auch, keine Frage, aber ich bete um eine Antwort.

Das Sch'ma, das schönste aller Gebete, nähert sich dem Ende.

»Ignoriert ihn«, sagt der Rabbi. Sie denken, es geht mir um Aufmerksamkeit, und wenn sie so tun, als wäre ich nicht da, bin ich es auch nicht.

Sie unterdrücken ihr Gelächter und beten weiter, und nicht ein Blick schweift vom Text zu mir ab, der ich immer noch in der Mitte des strömenden Baches stehe. Gemeinsam sprechen wir die Gebete, und währenddessen verfestigt sich mein Entschluss. Wenn der Gottesdienst vorüber ist, ehe wir uns zum Abendessen setzen, werden sich meine erhobenen Arme noch weiter strecken und knacken. Meine knubbeligen kleinen Knie werden vor Anstrengung zittern. Ich verkünde: »Höre *mich*, O Israel.«

Und die Proszowicer erstarren.

Das können sie sich nicht vorstellen. Es ist, als hätten sie die Kohanim gesehen. Bisher war mein Verhalten empörend, aber dies ist schamlos.

»Gesegnet sei mein Eintritt in Dein ruhmreiches Reich für alle Zeit.«

Der Rabbi ist derjenige, der den Bann bricht. Er blinzelt. Seine Nasenflügel blähen sich. Sein Bart sträubt sich geradezu vor Wut. Er verkündet es: »Sakrileg!«

Und aus den Proszowicern bricht es hervor. Alle auf einmal – manche zu mir, manche zu ihren Nachbarn, manche zu sich selbst, manche zu Gott – rufen, diskutieren, streiten: »Schande!« Verbotene heidnische Lehren und die schlimmsten Praktiken werden mir zugeschrieben. Aus den Tiefen der Menge höre ich undeutlich die Silben »Kabbala«.

Nur meine Mutter und mein Vater bleiben still. Es ist ihr Sohn, aber was sollen sie machen? Sie werden mit mir kommen, wenn ich mich erhebe, mich auffangen, wenn ich falle.

Ich bin innerlich aufgewühlt. Die Anstrengung hat meine Brust angegriffen, meinen Hals entzündet. Es ist, als pumpte ein Drache heiße Luft durch die ausgetrockneten Wege meiner Nase und meiner Kehle. Dampf vernebelt mir die Sicht; alles verschwimmt zu einem durchscheinenden Schleier. Stimmen erheben sich in einer ununterscheidbaren Kakophonie vor dem Hintergrund aus blauem Himmel, bläulichem Dunst – und ein paar toten Federn.

Ich fange an mich zu drehen. Ich bin wie ein Dreidl, die Zehen sind meine Spitze, die Arme breite ich aus wie Flügel, um das Gleichgewicht zu halten. Aber statt langsamer zu werden, bekomme ich immer mehr Geschwindigkeit und Schwung, und das Wasser um mich herum wird zu einem Strudel. Ich merke, dass ich den Ballast meines weltlichen Selbst durch die Anstrengung und die Fliehkraft in den schwindenden Trichter entlasse, zusammen mit den Federn. Mir ist schwindelig, übel, aber ich lache, patsche, und die stärker werdende Kraft erregt mich. »Amen!«

»Schnappt ihn!«

Rebecca die Hure und Schivka Bellet – eine mit Strasssteinen, die andere mit Perlen – schreien, und der Rabbi schüttelt seine Faust. Reb Tellman versucht mich anzuhaken wie einen Fisch. Aber ohne die Aufregung der vergangenen Taktlosigkeiten machen diese Arme am Ufer nur sinnlose Gesten der Bestürzung.

Ich bin kurz davor, habe mit jeder Umdrehung weniger Verbindung. Noch muss ich mich schneller drehen, schnell und schneller, als ich vielleicht kann, um diese heilige Sache zu bewirken, deren Namen ich aussprechen muss, um mich zu erheben, »mit ganzem Herzen, mit ganzer Seele und mit aller Macht … frei zu schweben«.

Frau Horowitz wird ohnmächtig. Ihre Beine sind gespreizt wie die eines Arbeitspferdes, das die Last nicht mehr tragen kann. Ihre Töchter versuchen sie wieder zu Bewusstsein zu bringen, vergeblich. Die Kohanim klagen, hintereinander stehend, und neben ihnen klopft Frau Hemtobble, die Schwester von Kohen dem Schlachter, die Musiklehrerin, mit ihrem Klumpfuß.

»Und du sollst zu mir sprechen, wenn ich zu Hause …«

Das Orchester spielt mit erschütternder Kraft, Trommeln schlagen, Blechbläser schmettern, Geigen kreischen, wodurch sie nicht bemerken, dass die vom Bach ganz glatt polierten Kieselsteine klappern wie Zähne im Winter. Das Wasser kocht, und die einzelnen Flüsschen, die gemeinsam den Bach ergeben, scheinen auseinanderzufließen, als würden die Strähnen eines komplizierten Zopfes auseinandergewunden, während ich mich in die andere Richtung drehe, schneller und schneller.

»Und auf der Straße …«

Mein Kopf ist voll von dem anschwellenden Rauschen des knöcheltiefen Baches, als wäre ein Damm gebrochen, als würde der wütende Himmel Noahs Sintflut über mir ausschütten. Der Wind peitscht gegen meinen Tallit wie Wellen. Die Wellen jagen durch meine Zehen wie der Wind.

»Wenn ich mich niederlege …«

Ich bin ein Baum, der von dem grimmigen Sturm und den brennenden Himmelswassern ganz kahl ist, die Haare und die Augenbrauen ausgezupft. Mein Rücken ist zerkratzt von unsichtbaren Fingern, die vom geweihten Ufer aus an mir zerren. Flüche ergießen sich wie Salz in die Wunden. Der Fluss ist zu heißem Teer geworden, die Wolken über mir Schwefel, aber das Feuer fühlt sich gut an, und die brennenden Tröpfchen verätzen die letzten Taue, die mich halten.

»Und wenn ich mich erhebe …«

In die Luft erhebe.

Ich liege auf der Erde. Ich spüre den rauen, sandigen Boden an meiner Wange, und ich spüre über mir die Luft. Ich bin nicht in der Nähe des Flusses, aber ich bin nass, durchnässt, ein Tuch ist im Hof zum Trocknen ausgebreitet. Ich muss mehrmals blinzeln, um das schmutzige Wasser loszuwerden und wieder scharf sehen zu können. Um mich herum ein Kreis aus betroffenen Gesichtern. Sie lachen nicht mehr, sind nicht mehr ärgerlich. »Sagt mir«, krächze ich. Sprechen wir nicht dieselbe Sprache?

Ich bringe mich ruckartig in eine aufrechte Position, aber ich scheine überhaupt keine Kraft mehr zu haben. Fast falle ich zurück, da wird eine vertraute, beruhigende Hand zur Säule, die mein Kreuz stützt. Ich reibe mir die

Wange wie ein Mann, der seinen neuen Bart berührt. »Sagt mir«, bitte ich.

»Was?«, fragt mein Vater.

»Was immer du willst«, antwortet meine Mutter.

»Bin ich … also …« Das heilige Wort liegt wie ein Kristall auf meiner Zunge. Ich kann es nicht aussprechen.

»Geschwww…?«

Meine Mutter seufzt schmerzerfüllt.

Mein Vater sagt: »Wir wissen es nicht.«

Haben sie denn keine Augen?

Er erklärt es. Männer haben gerufen, Frauen geschrien, Kinder geheult. Ich bin in die Höhe gesprungen, das Wasser hat gespritzt, und der Himmel ist schwarz geworden. Wenn man ins Innerste einer Fontäne blickt – wer kann schon sagen, ob sich die Marmorstatue bewegt? Ich bin gefallen, vielleicht auf einem der klappernden Steine ausgerutscht. Mein Vater, auf ewig der Levit, der den Heiligen hilft, hat mich aus dem Fluss der Sünde gerettet.

Dass ich, bereit, kurz vor dem Abheben, Opfer eines Unfalls gewesen sein soll, ist irrsinnig. Ich hatte mich meines Selbst völlig entledigt und war erfüllt von der Erhabenheit, die nötig war, um mich zu erheben, da war ich sicher. Alles, was ich zwischen mir und der Welt wünschte, hatte die Höhe eines Sandkorns und die Tiefe eines Wassertropfens. Aber wenn der Teufel nicht stark genug war, um mich davon abzuhalten, die Kohanim anzusehen, wenn die Kohanim nicht stark genug waren, um ihren Zauber auszuüben, wenn Gott selbst nicht stark genug war … warum sollte ich anders sein?

Vielleicht war ich anders. Vielleicht war der Blick der Proszowicer durch die Erhabenheit meines Aufstiegs

verschleiert. Aber warum habe ich dann keine Erinnerung daran? Mein Vater und meine Mutter sehen mich
mit der unbeschreiblichen Ignoranz an, die die Liebe mit
sich bringt, und mit dem quälenden Wissen, dass es
nichts gibt, was wir tun können, um einander zu helfen.

Anonym

Tashlich

Beim jüdischen Neujahrsfest, Rosch HaSchana, gibt es eine Zeremonie, die Tashlich heißt. Der Tradition folgend gehen Juden ans Meer oder an einen Fluss oder einen Bach und werfen Brotkrumen ins Wasser. Symbolisch betrachtet entledigen sie sich so ihrer Sünden, die dann von den Fischen (symbolisch) verdaut werden (ein Grund, warum man keine Steine, wie vielerorts üblich, werfen sollte). Es gibt immer wieder Leute, die wissen wollen, welche Sorte von Brotkrumen man werfen sollte.

Hier folgt nun eine Liste, die zeigt, welche Brot- und Gebäcksorten für welche Sünden und Fehlverhalten besonders geeignet sind:

For ordinary sins
White Bread

For erotic sins
French Bread

For particularly dark sins
Pumpernickel

For complex sins
Multi-Grain

For twisted sins
Pretzels

For tasteless sins
Rice Cakes

For sins of indecision
Waffles

For sins committed in haste
Matzo

For sins of chutzpah
Fresh Bread

For substance abuse
Stoned Wheat

For use of heavy drugs
Poppy Seed

For petty larceny
Stollen

For telling bad jokes/puns
Corn Bread

For war-mongering
Kaiser Rolls

For dressing immodestly
Tarts

For causing injury to others
Tortes

For lechery and promiscuity
Hot Buns

For promiscuity with gentiles
Hot Cross Buns

For racist attitudes
Crackers

For sophisticated racism
Ritz Crackers

For being holier than thou
Bagels

For abrasiveness
Grits

For dropping in without notice
Popovers

For over-eating
Stuffing

For impetuosity
Quick Bread

For indecent photography
Cheesecake

For raising your voice too often
Challah

For pride and egotism
Puff Pastry

For sycophancy, ass-kissing
Brownies

For being overly smothering
Angel Food Cake

For laziness
Any long loaf

For trashing the environment
Dumplings

For those who require a wide selection of crumbs,
we suggest a Tashlich Mix available in three grades
(Tashlich Lite, Medium, and Industrial Strength).

Jom Kippur

Das Versöhnungsfest

Persis Knobbe

Hier bin ich

Die Ursache für den Herzinfarkt meines Vaters war Ärger, sagte meine Mutter, Ärger über mich. Rabbi Stern war anderer Meinung, er sagte, dass alle Kinder sich auflehnten, wie könne man jemandem die Schuld an einem Herzinfarkt geben. *Mea culpa*, flüsterte ich. *Mea culpa*, was immer das auch bedeuten mochte. Die Worte waren wie Musik, verboten, hatten etwas mit Schuld zu tun.

Mein Vater, der seit einer Woche zum ersten Mal wieder in einem Sessel saß, sagte, er kenne niemanden, der dafür verhaftet worden sei, einen Herzinfarkt verübt zu haben. Meine Mutter zuckte über einem Tablett mit leeren Teetassen die Achseln. Ich konnte sie aus dem Flur sehen, wo ich lauschte. Als ich mich an den Türrahmen lehnte, sah sie auf und sagte ruhig: »Du hast doch bestimmt Wichtigeres zu tun.«

Sie täuschte sich. Als sie das Tablett in die Küche brachte, nahm ich meinen Horchposten wieder ein. Der Rabbi sagte meinem Vater, er solle sich um mich keine Sorgen machen.

»Die Besten lehnen sich auf«, sagte er.

»Das kann sein, Rabbi, aber diese hier möchte in der Kirche singen.« Die Stimme meines Vaters wechselte bei dem Wort »Kirche« von Dur zu Moll. Dann, voller Stolz: »Einen Solo-Part. Aus dem *Messias*.«

»Ah, Händel. Der *Messias*; das meiste davon steht bei Jesaja. Wunderschön, ich habe eine Aufnahme von den Londoner Symphonikern. *Hallelujah!* Dasselbe Wort wie im Hebräischen.«

»Wunderschön? Sie geht jeden Sonntag in die Kirche.«

»Morris, lies Jesaja, die ersten Zeilen: ›Der Herr spricht: Ich habe Kinder großgezogen, und sie haben sich gegen mich aufgelehnt.‹«

Nach einer langen Pause sagte mein Vater: »Ein Prophet ist im eigenen Haus nichts wert, stimmt das?« Der Rabbi antwortete nicht. »Und die Frau des Propheten? Das ist das Schlimmste«, sagte mein Vater, »was es ihrer Mutter antut.«

Ich vermutete, meine Mutter sagte dasselbe über ihn.

»Sie ist ein kluges Mädchen«, sagte der Rabbi. »Sie wird es schon herausfinden. Versuch einen Schritt zurückzutreten. Das Komische daran zu sehen.«

Das Komische. Dachte er, das war ein Witz? Ist es komisch, seine Eltern verrückt zu machen? Meine Tante sagte, das sei mein Ziel im Leben. Ich hatte keine Ziele, ich wollte nur das Schuljahr überleben und mich mit den Mitgliedern des Kirchenchors anfreunden, die, zu dem Zeitpunkt, meine einzigen Freunde waren. Wenn meine Eltern dabei von ihrem jüdischen Thron gestoßen wurden – war das meine Schuld?

Die Herangehensweise des Rabbis war: Nehmt sie nicht ernst. Er übersah mich vollkommen, als er am nächsten Sonntag in der Kirche direkt an mir vorbeiging. Ich stand mit den anderen Chormitgliedern im Vorraum. »O Gott«, sagte ich zu einer anderen Altistin, »das ist mein Rabbi.« Hatte ich *mein* Rabbi gesagt? Ich merkte es

zu spät, gerade als er mitbekam, dass er an mir vorbei-
gegangen war.

»Ah, die Überläuferin«, er drehte sich um, nicht überrascht, mich zu sehen. Er begrüßte die Leute links und
rechts mit dem ungezwungenen Handschlag eines Poli-
tikers und zog mich dann beiseite. »Bist du hier, um die
Predigt zu hören? Gut. Ich glaube, die wird dich inter-
essieren.«

Der Rabbi, der in den Kirchen der Stadt oft als Gast-
prediger auftrat, hob sich seine kontroversesten Predigten für diese Gelegenheiten auf. Seine ersten Worte –
›Jesus war ein jüdischer Junge‹ – gelangten durch die
Wirbelsäule in meinen Körper, Wirbel für Wirbel. War
ihm bewusst, dass er sich in einer Kirche befand? Dass er
zu Christen sprach? Ich blendete den größten Teil der
Predigt aus, bis zum Ende, als der Rabbi, in der Rolle von
Jesus, seinen Gebetsschal nahm, ihn küsste und in einem
hebräischen Singsang sprach: »Borchu et Adonoi ham-
vorach.«

Dann sah er ins Publikum, das im Gegensatz zu seiner
eigenen Gemeinde so still gewesen war, dass man eine
Stecknadel hätte fallen hören, und lächelte.

»Komm doch mal vorbei, solange du hier bist, und unter-
halt dich mit mir«, sagte der Rabbi am Telefon. »Ich
möchte wissen, was aus dir geworden ist.«

Ich war aus New York, wo ich Musik studierte, nach
Hause gekommen, um dort den Sommer zu verbringen,
und hatte vergessen, wie kalt es im Juli in San Francisco
sein konnte. Ich zitterte in Baumwollhosen, T-Shirt und
dem rauen weißen Pullover meiner Mutter und sah nicht

gerade gut aus, im Gegensatz zu unserem Rabbi. Trotz einer Narbe, die schräg über sein Kinn verlief, war der Rabbi ein attraktiver Mann. Er hatte sie sich als Teenager zugezogen, als er vom Schulhofzaun gefallen war. Das, was an seinem Äußeren nachteilig wirkte, war gleichzeitig seine Stärke: Er war immer leicht stoppelig, sein Teint war zu dunkel, seine Narbe sein Erkennungszeichen. Seine dunkle Haut machte die Augen und Zähne zu Quellen des Lichts und der Energie. Er verwandte diese Energie auf mich, versuchte mich zu überzeugen, bei einer jüdischen Benefizveranstaltung aufzutreten. Ich überraschte ihn, dachte ich, indem ich Ja sagte, und stand auf, um zu gehen, als er fragte: »Hast du die Bücher gelesen, die ich dir empfohlen habe? Deine Mutter hat dir doch die Ausgaben von Viktor Frankl und Martin Buber geschickt?«

»Ich hab es versucht, Rabbi. Aber ich weiß nicht, ob ich so viel verstanden habe.«

»Du musst es nicht verstehen. Bei Buber geht es immer um den Moment. Um die Begegnung, die Begegnung mit einem anderen Menschen, ganz direkt. *Ich und Du*, Augenkontakt, sehr wichtig. Beziehungen, das ist das Schlüsselwort. Ich verstehe es auch nicht, ich mache es einfach. Manchmal. Nicht ständig. Meine Frau könnte das nicht ertragen.«

Ich lächelte, ich wusste, dass er seine Frau manchmal instrumentalisierte, wenn er etwas verdeutlichen wollte. »Versuch es noch mal mit Buber«, sagte er. »Versuch, die Menschen mal anders zu betrachten.«

Seine Andeutung, dass ich der Vervollkommnung bedurfte, stach in ein tief liegendes Tränennest und hatte zur Folge, dass ich bekannte, gar nichts über das Judentum zu lesen.

»Seit wann?«, fragte er.

»Seit ich Atheistin bin.«

»Atheistin?«, sagte meine Tante. »Ihr lasst ihr zu viel durchgehen.« Ich lauschte mal wieder. Sie sprachen immer über mich, und ich musste wissen, worauf ich mich gefasst zu machen hatte.

»Buber! Er sagt ihr, sie soll Buber lesen? Soll er doch persönlich mir ihr reden, unter vier Augen.« Sie hatte den Rabbi in seiner Studierstube aufgesucht, mit einer Liste von Fragen über das Leben nach dem Tod. Es hatte ihn nicht interessiert, sagte sie. »Könnt ihr euch das vorstellen? Einen Rabbi, der sich nicht für das Leben nach dem Tod interessiert?« Sie hatte ihn gefragt, ob sie im Himmel ihre große Liebe wiedersehen würde. »Kaum war ich drin, war ich schon wieder draußen, es war wie beim Arzt.«

Sie rieb sich den Nacken, während sie sich bei meinen Eltern beklagte. »Er ist kein persönlicher Rabbi«, sagte sie. »Er ist ein *öffentlicher* Rabbi. Immer diese Märsche, bei denen er mitrennt. Es gibt doch noch mehr im Leben als das, was draußen in der Welt passiert.«

Ich hatte den Rabbi bei einem Marsch gesehen, mit einem Pastor auf der einen und einem Priester auf der anderen Seite, ein Trio wie auf einem Hollywood-Plakat. Einmal, bei einem inoffiziellen Protest der Anwohner, bin ich neben ihm gegangen und hab ihn in absoluter Hochform erlebt: Er hat mit Unbekannten zu beiden Seiten geredet, gelächelt, wenn ihn jemand provoziert hat, für die gute Sache gekämpft, und sein Gewand war hinter ihm hergeflogen wie Prosperos Umhang.

Ehe ich von zu Hause wegging, um das College zu besuchen, beschloss ich, meinen Vater morgens in der Schul zu überraschen, ich ging den Gang hinunter und setzte mich neben meine Mutter. Der Rabbi predigte gerade, als ich meinen Auftritt hatte. Meine Mutter, die etwas weniger begeistert davon war als mein Vater, den Samstagvormittag in der Schul zu verbringen, hob die Augenbrauen und lächelte, als sie mich sah. Mein Vater, der mit den Mitgliedern des Vorstands auf den thronartigen Stühlen auf der Bima saß, wandte der Gemeinde das Gesicht zu. Er beugte sich nach vorn und hob den Kopf, als ich den Gang herunterkam.

»Beständigkeit«, sagte der Rabbi gerade mit dröhnender Stimme.

»Worüber spricht er?«, flüsterte ich meiner Mutter zu.

»Mischehe«, antwortete sie, ohne mich anzusehen. Sein bevorzugtes Predigtthema war ›Ungerechtigkeit‹, gleich danach kamen ›Die Gefahren der Mischehe‹ und ›Heißt die Konvertiten willkommen‹. Heute also die Mischehe.

»Mann, die geben echt nicht auf.« Ich schüttelte traurig den Kopf, als wäre ich die einzige Erwachsene in der Gemeinde.

»Sch«, sagte meine Mutter, »ich möchte das hören.«

»Was passiert mit den Kindern?« Der Rabbi zuckte die Achseln. »Das ist es, was die Menschen fragen. Ich frage, was passiert mit den Eltern? Akademiker und Doktoren, einige von ihnen höchst erfolgreich – und was geben sie ihren Kindern mit? Jüdische Nachnamen. Damit ist die

Sache erledigt. Wissen sie, dass ihr eigener Geist, ihre eigenen Gefühle vom jüdischen Denken geprägt sind? Von Generationen, die die Thora und den Talmud studierten, in einem Haus, in dem die Menschen neben Gott auch die Bildung verehrten?«

»So was Undankbares«, raunte ich.

»Andere Minderheiten geben ihren Kindern eine Identität, eine physische Identität; die Form der Augen oder die Hautfarbe, die an ihnen haftet. Wir können unseren Kindern nur unsere Lebensweise geben, das, woran wir glauben, woran wir beschließen uns zu erinnern.« Das war die Zusammenfassung, dachte ich, oder zumindest der Auftakt zu einer Pause. Einer langen Pause, wie sich herausstellte, während der ich ihn im Geiste interviewte:

*Wollen Sie damit sagen, Rabbi, dass Schwarze nicht
aus ihrer Haut können, die Juden aber schon?
Du solltest das doch wissen.
Was meinen Sie damit?
Du hast doch auf deine Anmeldung beim College
unter Religion geschrieben: Keine.
Woher sollte er das wissen? Das ist nicht so wichtig,
Rabbi. Sie haben gesagt, es geht darum, was man
beschließt zu glauben oder woran man beschließt sich
zu erinnern. Ich habe beschlossen, ignorant zu bleiben.
Zu spät.*

Er hatte recht. Ich wusste schon zu viel, weil ich in einem Haus aufgewachsen war, an dem jeden Freitagabend die Kerzen angezündet wurden und in dem für alles Erste ein Segen gesprochen wurde, sogar für die erste Kirsche, die man im Sommer aß. Ignoranz war nicht mehr drin.

Der Rabbi sang ein paar Noten von »*L'dor v'dor*« – von Generation zu Generation –, seine Erkennungsmelodie. »Die Erinnerung«, sagte er und ging ein paar Schritte bis an den Rand der Bima, »die Erinnerung ist unsere Hautfarbe. Die Erinnerung unserer Eltern und ihrer Eltern und derer, die es nicht hierher geschafft haben. Die Erinnerung der sechs Millionen. Erinnerungen an die Ferien, daran, wie die Kerzen angezündet wurden, um den Schabbat zu begrüßen, ans Tanzen auf Hochzeiten, daran, wie der Bräutigam das Glas mit dem Fuß zerstampfte« – hier stampfte er selbst mit dem Fuß auf und weckte den Mann vor mir – »um uns an die Zerstörung des Tempels zu erinnern.«

Ich sah, dass meine Mutter alles in sich aufsog, sie lächelte ihr sehnsüchtiges Lächeln, als der Rabbi vom Tanzen auf Hochzeiten sprach. Ich sah sie an und fragte mich, wie es wohl wäre, ihr eine Freude zu machen und einen netten jüdischen Jungen zu heiraten, »wenn der richtige Zeitpunkt gekommen war«, eine Wendung, mit der sie über meinem Kopf herumfuchtelte, als würde nur sie allein den richtigen Zeitpunkt kennen. Wie der Hahn, den meine Großmutter mal über meinem Kopf geschwenkt hatte, damit er meine Sünden in sich aufnahm, zeigte auch das Konzept des richtigen Zeitpunkts bei mir keine Wirkung. Ich würde nichts versprechen. Ich wusste, dass keine Mutter, kein Gott, kein Rabbi mich davon abhalten würden, den Mann zu heiraten, den ich liebte.

Den schweifenden Rabbi, so nannte meine Mutter

ihn. Er ging von der Mischehe über zur Auferstehung im Sinne des Judentums und kam dann, kurz, zurück auf die Mischehe. Als Nächstes käme er bestimmt auf die Ablehnung zu sprechen. Ja. Jetzt geißelte er »Menschen, die ihre Religion ablehnen, ohne zu wissen, was sie ablehnen«. Sah er mich an?

»Traurig, nicht? Ein junger Mensch, dem es nicht gefällt, jüdisch zu sein; es ist hart, es ist unbequem, es ist nicht reizvoll. Es ist schwierig, habe ich gehört.« Er sah mich an. »Manchmal ist es die Auflehnung eines Teenagers, manchmal wird daraus Selbsthass.«

Ein gnädiger Gott hatte meinen Vater hinter dem Rabbi platziert, sodass er nicht sah, auf wen die Augen des Rabbis gerichtet waren. Er sah nicht, wie das Gebetbuch von meinem Schoß rutschte, als wäre meine Kleidung von dieser Schwemme der Peinlichkeit nass und glitschig geworden. Zum Glück erwischte meine Mutter das Buch rechtzeitig, sonst hätte es einen Bums gegeben, der genauso laut gewesen wäre wie der Fuß des Rabbis, als er die Zerstörung des Tempels nachahmte. Ich stand auf und streifte im Vorbeigehen eine Reihe Knie, darunter die der Freundinnen meiner Mutter. Einer der Ehemänner stand auf, um mich vorbeizulassen. Die Art, wie er durch mich hindurchsah, machte deutlich, dass er alles über mich wusste: dass ich im Osten aufs College ging, dass ich sonntags in der Kirche sang, dass ich generell eine Nervensäge war, auch wenn ich sehr gute Noten hatte. Er würde seine Tochter nicht gegen mich eintauschen, so viel war klar.

Ich ging nach Hause und fragte mich, wie Menschen bestimmte Dinge in aller Öffentlichkeit sagen konnten.

Was war seit dem Tag passiert, an dem der Rabbi meinem Vater geraten hatte: »Lass ihr Zeit, versuch, das Komische daran zu sehen.« Ich hätte gern gewusst, warum er seine Meinung geändert hatte. Ich war froh, dass der Nebel sich noch nicht verzogen hatte, er gab mir die nötige Deckung. Ich machte kleine, wütende Schritte, die erst größer wurden, als ich wieder selbstsicherer wurde. »Niemand kann mir sagen, wer ich bin«, sagte ich mir und begann, mich hoffnungsvoll zu fühlen, geläutert, zu Großem bestimmt. Und selbst wenn was ganz Großes aus mir würde, selbst wenn ich am Broadway Erfolg hätte oder wenigstens meine Lehrerprüfung schaffte, schwor ich, würde ich dem Rabbi nicht verzeihen. Und es würde noch mehr zu verzeihen geben.

Ich hielt den Boykott des Rabbis ein ganzes Jahr lang aufrecht, dann ging ich mit meinem Vater in die Schul, um ein Mi Schebeirach zu sprechen, ein bestimmtes Gebet für die Gesundheit meiner Mutter. Ich saß neben meinem Vater, während er stand und mit den Männern betete. Sein Gebetbuch vor sich, sah er aus den Augenwinkeln zu mir. Mit ihm war ich inzwischen an einem Punkt, an dem ich nichts falsch machen konnte, aber ich konnte auch nichts Wunderbares machen. Warum war es eine so große Sache, seinen Vater stolz zu machen? Ich war stolz auf ihn, wie er da alleine stand und sein Gebet beendete, ohne zu bemerken, dass der Rabbi begann zu predigen. Der Rabbi brach mitten im Satz ab und sah meinen Vater an. »Es gibt eine Ablenkung«, sagte er zu der Gemeinde. Sprach er von meinem Vater? »Ich versuche, eine Predigt zu halten; ich lasse den langsameren

Lesern schon Zeit, aber ich sehe immer noch Nachzügler. Ich kann nicht ewig warten; die Gemeinde kann nicht ewig warten.« Der Rabbi blinzelte meinem Vater zu.

»Morris, gibt es ein Problem?« Mein Vater sah nicht von seinem Buch auf.

»Bitte. Das ist eine Frage des Respekts. Zumindest für eine Gemeinde, die um zwölf Uhr fertig sein will. Und er steht immer noch da. Möchte denn niemand mit ihm sprechen?«

»Tut mir leid, Daddy, der Rabbi möchte gern, dass du dich hinsetzt.« Die Lippen meines Vaters bewegten sich immer noch. Er sah kurz zu mir hin, bedeutete mir mit einer kurzen Abwärtsbewegung seines Armes, still zu sein. Wie ein Kind zog ich an seinem Mantel. Er warf mir einen schärferen Blick zu, einen ärgerlichen Blick. Warum störte ich ihn, unterbrach sein Gebet? Er hatte nicht die leiseste Ahnung, dass der Rabbi ihn ansah. Warum sollte der Rabbi von der Bima aus mit ihm sprechen?

Sobald er sich setzte, verstand er. Der untere Teil seines Gesichts verlor die Fassung, seine Zähne schienen in sich zusammenzufallen. »Er hat über mich gesprochen?«, sagte mein Vater. »Kein Respekt?«

Sein Kopf war nahe an meinem. Ich nickte. Er wandte sich nach vorn, dem Thora-Schrein zu, schüttelte den Kopf, als wolle er einen Traum abschütteln. *Da war der Rabbi. Dies war die Schul.* Er atmete langsam ein und ließ die Finger über seinen Gebetsschal gleiten.

Dem Rest des Gottesdienstes folgte mein Vater mechanisch. Er ließ jemand anderen der Thora ihren Mantel umlegen und die silberne Krone aufsetzen. Er blieb neben

47

mir stehen, als der Kantor, nachdem er die Thora in ihren Schrein zurückgebracht hatte, die Gemeinde umrundete, gefolgt von denen, die meine Mutter die Parade der *Macher* nannte, den Männern, die in der Schul die Macht hatten. »Wir können jederzeit gehen«, sagte ich zu ihm. Er flüsterte die Worte der Amida, ein stilles Gebet, für die Männer das Signal, auf die Uhr zu sehen, und für die Frauen, die Toilette aufzusuchen.

Als der Kantor die Schlussmelodie sang, setzte sich der Rabbi auf, erschrocken. Ich fragte mich, ob die Hand Gottes ihn am Genick gepackt hatte. Er stand auf und machte einen Schritt nach vorn, als der Kantor sich dem Höhepunkt näherte, dem A über dem mittleren C. Der Rabbi wartete das Ende der Note ab. Dann sagte er hastig, außerstande, die Worte schnell genug auszusprechen: »Mein guter Freund. Vergib mir. Ein so gläubiger Mann, der das Wort Gottes so liebt. Wer immer, wer auch immer es war, der sein Gebet noch beendet hat, ich würde mich bei jedem entschuldigen. Was du getan hast, Morris, *Moishe*, war wichtiger, als was ich gesagt habe. Dein Gebet hatte in den Augen und Ohren Gottes mehr Gewicht als meine Predigt, da bin ich sicher.«

Zu spät, Rabbi, sagte ich mir, das war's. Kannst dir einen weiteren Verlust ankreiden.

Meine Eltern gaben es auf, mich zum Judentum zurücklocken zu wollen, aber *nachess*, Freude von den Kindern, erwartete sie, als ich Leo heiratete, einen netten halbjüdischen Jungen. Meine Mutter war erfreut, obwohl es die falsche Hälfte war. Sie sagte mir, dass der Tradition zufolge die *Mutter* jüdisch sein sollte. »Dieses eine Mal«, sagte sie, »ist die Frau wichtiger als der Mann. Wenn sie schwanger ist, natürlich.« Bald nachdem Leo und ich geheiratet hatten, träumte ich, dass ich mit ihm in die Synagoge ging, die Arme vor der Brust verschränkt, nackt von der Taille aufwärts, wie das Model in der Anzeige für Maidenform-BHs, nur ohne BH. »Du bist jetzt bestimmt sauer auf mich«, sagte ich zu Leo, »aber ich hab meine Bluse vergessen.« Er versicherte mir, dass niemand darauf achtete. »Gut, dass ich mit dir unterwegs bin«, sagte ich im Traum, wissend, dass es ein Traum war, »und nicht mit meinem Vater.« Ich war verlegen, aber ich habe mich nicht geschämt.

Ein Teil von mir war in dem Traum entblößt, der jüdische Teil. Und mir ging es gut damit. Leo half mir dabei. Die Versöhnung verlief schrittweise, so wie man anfängt, seine Eltern zu akzeptieren, wenn man zu Hause auszieht. Es fing damit an, dass Leo mir jüdische Komiker zeigte. Dann verliebte ich mich in die rührselige Musik bei jüdischen Hochzeiten. Und dann ging es über das Folkloristische hinaus. Meine Versöhnung mit dem Rabbi dauerte länger und war erst abgeschlossen, als meine Tochter ein Teenager war, an einem Tag, der sich als der heißeste Jom Kippur seit Beginn der Aufzeichnungen erwies.

Die Hitze erschlug mich fast, als ich aus dem Auto stieg. World-Series-Wetter, die Hitze der Hohen Feiertage. Das Blasen des Widderhorns zum jüdischen Neujahr verkündete in San Francisco den Indian Summer. Leo blieb im Wagen und hörte Radio, außerstande, sich von dem Baseballspiel loszureißen. »Ich hör nach dem achten Inning auf«, sagte er, »es sei denn, es steht unentschieden.« Annie, unsere Tochter, sollte uns im Tempel treffen, wo wir den Tag damit verbringen würden, auf unseren Samtsitzen vor Hitze umzukommen.

Ich knöpfte mein Leinenjackett auf. Wenigstens wehte eine leichte Brise. Ich nahm zusammen mit einer kleinen Gruppe die Abkürzung zum Tempel, die durch einen Park führte. Wir gingen an einem ungenutzten Reitweg entlang, der von Eukalyptusbäumen gesäumt war. Der Geruch nach Pferden vermischte sich mit dem Eukalyptusduft, eine Mischung, die mich abstieß und faszinierte. Ich blieb an einer Kreuzung stehen, an der mein Vater immer stehen geblieben war, um Atem zu schöpfen oder weil sein Knie schmerzte. Ich musste an die Via Dolorosa denken und lächelte. Hier stand ich und durchlebte die Mühen und Schmerzen meines Vaters auf dem Weg zum Tempel, als wäre es der Kreuzweg.

Hinter mir summte jemand eine Melodie, ein Jom-Kippur-Lied, drei absteigende Noten, die sich jedes Mal einen Ton tiefer wiederholten und dann verklangen. Dann die Stimme einer Frau: »Glaubst du, heute spricht der neue Rabbi?« Ich wartete auf die Antwort. Vielleicht bestand sie aus einem Nicken.

Ein neuer Rabbi? Wie konnten sie einen neuen Rabbi einstellen? Rabbi Stern war der Tempel, der Tempel war Rabbi Stern. Ich verließ den Reitweg und ging auf der Straße weiter, auf der eine Chinesin mit einem Besen wartete, dass ich vorbeiging. Sie war an diese kleine Parade an den Hohen Feiertagen gewöhnt. Ich nickte ihr zu, so wie die katholischen Familien meinem Vater zugenickt hatten, wenn sie auf ihrem Weg zur Messe an unserem Haus vorbeikamen. Meinem Vater, der draußen unsere städtische kleine Rasenfläche wässerte, gefiel diese Höflichkeit: So ist Amerika.

Die absteigenden Triolen klangen in meinem Kopf wie *Three Blind Mice*, das Kinderlied, nur in Moll. *See how I run*, sang ich im Kopf. Schau, wie ich vor meiner eigenen Religion weglaufe und dann von einer zur andern. Und jetzt war ich einmal im Kreis gelaufen? Das wusste nur Gott.

Ich erreichte die Außentreppe des Tempels, wo mich der Mann anhielt, der angeheuert wurde, um die Besucher zu begrüßen. Es war nicht der, den ich kannte, mit Bart und dunklem Anzug, ohne Krawatte. Dieser hier sah eher nach Security aus mit seiner Khakijacke und dem auffallenden Pistolenhalfter. Wir hatten vor nicht allzu langer Zeit mehrere Bombendrohungen erhalten; offensichtlich nahm man sie ernst. Der Wachmann kontrollierte mein Ticket für die Hohen Feiertage, neigte den Kopf und winkte mich durch.

Zusammen mit anderen Zuspätkommenden ging ich die Treppe mit dem weichen, himbeerfarbenen Teppich hinauf. Die Stimme des Rabbis war mal den ganzen Weg bis auf die Straße hinunter zu hören gewesen: Jeremia warnt die Kinder Israels. Er hatte uns aus der Thora oder der *Jerusalem Post* oder der *London Times* vorgelesen, seine vorbereitete Rede beiseitegelegt und auf den Moment reagiert, auf diesen Moment im Lauf der Welt, seine Augen hatten das Licht der Bleiglasfenster eingefangen.

Als ich den ersten Stock erreichte, gab es nur noch Stehplätze. Der Kantor sang das Hineni: Hier bin ich,

Herr, in meiner Demut. Es war ein einmaliger theatralischer Bestandteil des Jom-Kippur-Gottesdienstes, bei dem der Kantor sich aus dem hinteren Bereich des Tempels der Bima näherte und sang, während er langsam den Gang entlangschritt. Ich wartete, verlegen, weil ich gleichzeitig mit dem Kantor an der Tür war, als wäre ich gleichzeitig mit der Braut an der Kirche angekommen. Als er die Mitte des Gangs erreicht hatte, ging ich so unauffällig wie möglich zu meinem reservierten Platz und nickte dem Mann, der am Ende unserer Reihe saß, entschuldigend zu, wissend, dass er nicht von seinem Gebetbuch aufsehen würde, um meinen Blick zu erwidern.

»Schau mal«, sagte meine Tochter, sobald sie mich erblickte, »Rabbi Stern.«

Auf der Bima saß neben dem assistierenden Rabbi, dem Chor und all den Vorstandsmitgliedern des Tempels ein Geist, ein Gespenst. Ein eingesunkenes Gesicht ruhte auf einem voluminösen weißen Umhang, in dem die Knochen von Rabbi Stern steckten. An den Füßen trug er, was er an Jom Kippur als Geste der Demut immer trug: Tennisschuhe aus Stoff.

Er würde in diesen Schuhen nicht aufspringen, um mit der Gemeinde zusammen zu beten, nicht in diesem Jahr, in überhaupt keinem Jahr mehr. An den Hohen Feiertagen war der erste Stock des Tempels ein Ort, an dem sich alle trafen, an dem sich immer irgendjemand bewegte, jemanden küsste, etwas ausrief. Der Rabbi erinnerte uns regelmäßig daran, dass dies die Tage der Ehrfurcht waren. Heute herrschte mehr Ehrfurcht, als er erbeten hatte.

Als Zuspätkommende eintraten, blieben sie stehen und

schnappten beim Anblick des Rabbis förmlich nach Luft. Die Leute nahmen ihre zugeteilten Plätze ein oder platzierten sich ohne Aufhebens an der Wand. Niemand sagte etwas, das man hätte verstehen können, bis auf eine Frau vor mir, die sich mit einem Umschlag Luft zufächelte. Sie fragte, was der Rabbi hier mache. »Sollte er nicht zu Hause im Bett sein?«, sagte sie. Niemand antwortete ihr. Ein Vorstandsmitglied auf der Bima warf einen Blick auf den Rabbi und sah dann starr geradeaus. Der Kantor, der immer noch sang, blieb auf den Stufen zur Bima stehen. Sein Ton war klar und durchdringend, bis er ihn mit einer Verzierung beendete. Später an diesem Tag würde er eine Handlung vollziehen, die Juden, abgesehen von Jom Kippur, vermieden; er würde sich hinknien und in einer Reinigungszeremonie niederwerfen, womit er nachstellte, wie der Hohepriester an Jom Kippur das Allerheiligste betrat. Die meisten von uns starrten den Rabbi offen an, während er über unsere Köpfe hinweg sah, aus seinen Augenhöhlen, ohne uns zu sehen.

Das Paar zu meiner Linken stand auf, und Leo schob sich zwischen ihnen hindurch. Er beugte sich über mich, um Annie zu küssen, und brauchte dann eine Weile, um sich hinzusetzen, in der er die Augen nicht von Rabbi Stern abwenden konnte. »Was ist mit ihm passiert?«, flüsterte er.

»Das sieht man doch«, sagte ich. »Er stirbt.«

Krebs, dachte ich. Er ging langsam, nicht wie mein Vater, der einfach *so* gegangen war. Ich schnippte mit den Fingern, und Leo und Annie sahen mich an. Der Rabbi ging nicht so. Mir war kalt, und ich fühlte mich ausgeschlossen; als hätte ich unter den Nachrufen den Namen eines engen Freundes entdeckt, wünschte ich, jemand hätte mich angerufen.

Du hättest es wissen sollen, hätte mein Vater gesagt. *Du hättest Kontakt halten sollen.*

Natürlich. Vor allem nach der Beerdigung meines Vaters. Einen »*shejne Jid*«, einen guten Juden, hatte der Rabbi ihn in seiner Grabrede genannt. Es war überhaupt keine Frage, dass Rabbi Stern die Beerdigung abhalten würde. Ich erinnerte mich, wie schnell mein Vater dem Mann verziehen hatte, der ihn vor der gesamten Gemeinde beschämt hatte.

»Nicht mich«, hatte mein Vater gesagt, als ich eine unkluge Bemerkung darüber machte. »*Dich* hat er beschämt. Ich bin niemand, der sich auf dem freien Markt kaufen und verkaufen lässt.« Mein Vater glaubte, dass große Männer Dummheiten machten. »Solange sie nicht wöchentlich welche machen«, sagte er einschränkend.

Als der Kantor das Hineni beendete, zog der Rabbi sich hoch. Sein Umhang schien nur Staub zu bemänteln. Als der Rabbi stand, legten sich die Stofffalten aufeinander. Nie war die Gemeinde so sehr eins gewesen, so gebannt, wie in diesem Moment, als der Rabbi zum Lesepult ging. Würde er sprechen? Hatte er die Kraft zu sprechen?

Er wartete, die rechte Hand erhoben, als wäre sie ein Taktstock, sodass alle auf diesen Augenblick konzentriert waren. »Ich bin gekommen«, sagte er, »um euch Auf Wiedersehen zu sagen.« Wir atmeten kaum, als der Rabbi eine Geste machte, mit der er früher Applaus oder Protest abgewehrt hatte. Seine Stimme war nicht die widerhallende Stimme von Rabbi Stern, aber sie war vernehmbar. »Und ich möchte euch um Vergebung bitten.«

Ein Mitglied des Chors passte das Mikrofon an, und die Stimme des Rabbis war klarer, als er fortfuhr. »Jedes Jahr an Jom Kippur fordere ich euch auf, euch mit Gott auszusöhnen. Das ist der Anfang. Das ist der *Gedanke* der Versöhnung. Die *Tat* der Versöhnung ist es, die Menschen, denen ihr Unrecht getan habt, um Verzeihung zu bitten.«

Sein Blick war jetzt konzentriert. Er sah uns, erkannte Gesichter. »In all den Jahren habe ich bestimmt viele von euch gekränkt, wenn nicht die meisten, wenn nicht alle von euch. Ich bitte euch, mir zu vergeben.« Als sein Blick über die Gemeinde wanderte, auf der Suche nach bestimmten Gesichtern, nahm meine Tochter meine Hand und drückte sie fest. Sollte die Gemeinde reagieren? Die kleinen klammernden Bewegungen rund um mich herum ließen eher vermuten, dass eine Reaktion zurückgehalten wurde. Konnte irgendjemand uns dabei anleiten, gemeinsam zu reagieren?

Was war mit dem alten Mann am Ende unserer Reihe? Immer, wenn ich ihn sah, hoben sich seine Schultern, als würde er ständig die Achseln zucken; ich dachte: mit Sicherheit nicht in Amerika geboren, mit Sicherheit durch die Hölle gegangen. An Jom Kippur schlug er sich sachte mit der Faust auf die Brust, während er die Sünden im Viddui sang, dem Bekenntnis. Ein Schlag für jede Sünde: *A-scham-nu*, wir bringen Schande, *Ba-gad-nu*, wir begehen Verrat. Seine Stimme führte die Gemeinde an, als er die Melodie sang, die abfallenden Triolen, die ich auf meinem Weg zum Tempel gehört hatte. Ich beobachtete die Reise seiner Faust, und ich wünschte, von ihr gehalten zu werden, zum Herzen geführt zu werden: zu seinem und dem meines Vaters und dem des Rabbis.

Hineni. Hier bin ich, wollte ich ihnen sagen. War das genug? Hier bin ich? Ich wollte sagen, *Vergib mir, Vater, denn ich habe gesündigt.* Nein, das war die andere Religion. Sehen Sie, Rabbi? Hier bin ich und spotte wie immer. So heißt es im Viddui *Kis-av-nu, latz-nu, mar-ad-nu,* wir haben gelogen, wir haben gespottet, wir lehnen uns auf. Der alte Mann sang es, schlug sich für Gott weiß was, und alles, was ich sagen konnte, war: Hier bin ich, Rabbi. Rebbe. Lehrer.

Rabbi Stern machte einen kleinen Schritt zurück, mit immer noch flammenden Augen, im unteren Gesicht breitete sich etwas aus, das jedoch kein richtiges Lächeln war. Es ist nicht leicht, ein Lächeln zu erkennen, wenn das Fleisch so eng auf den Knochen liegt. Der Rabbi hob sein Gesicht zu den überfüllten Balkonen, seine Augen wanderten nach rechts, dann nach vorn, langsam nach links, ganz nach hinten in die Synagoge, Blicke trafen sich, von Auge zu Auge. Ich wandte mich meiner Tochter zu, aber sie sah weiter geradeaus. Neben ihr sah der alte Mann endlich von seinem Gebetbuch auf. Er nickte dem Rabbi zu, ein schnelles Nicken, dann langsamer, sein Kopf bewegte sich kaum.

Bruce Jay Friedman

Wenn man entschuldigt ist, ist man entschuldigt

Mr Kessler erschrak fast zu Tode, als im Alter von siebenunddreißig Jahren bei ihm ein Gallenstein entfernt werden musste, und nachdem er wieder kuriert war, gelobte er, sich so gut in Form zu bringen wie noch nie. Er trat einem Fitnessklub namens Vic Tanny's bei und trainierte sechs Monate lang an jedem zweiten Abend in der Woche, nur drei Mal fehlte er, weil er die asiatische Grippe hatte. Als ein Training auf den Vorabend von Jom Kippur fiel, den heiligsten Tag des jüdischen Jahres, sagte Mr Kessler, der wichtige religiöse Feiertage normalerweise einhielt, zu seiner Frau: »Ich brauche dieses Training inzwischen, mein Körper verlangt danach wie nach einer Droge. Es ist wie Medizin, und wenn ich eins auslasse, werde ich kribbelig und fühle mich furchtbar. Es spielt keine Rolle, dass es der wichtigste Feiertag ist. Ich muss da heute Abend hingehen. Es ist Teil der Religion, dass man nicht in die Synagoge geht, wenn man krank ist. Dann ist man entschuldigt, das steht in einem der Psalmen.«

Mrs Kessler war eine Frau mit tiefen religiösen Überzeugungen, die jedoch nur eine dürftige Ausbildung genossen hatte. Das ermöglichte es ihrem Ehemann, sie mit dem Verweis auf obskure religiöse Dokumente herumzukommandieren. Sobald er die Psalmen erwähnte, war es ausgeschlossen, ihn zu widerlegen, und sie konnte nur sagen: »Gut, wenn es dort so steht.«

Den restlichen Tag lief Mr Kessler ziemlich viel ziellos durch das Haus. Sein vierjähriger Sohn fragte ihn: »Gibt es auch gute Piraten?«, und Mr Kessler sagte: »Mir ist nicht danach, über Piraten zu reden.« Als die Dunkelheit kam und es Zeit war, in den Fitnessklub zu gehen, sagte Mr Kessler zu seiner Frau: »Na gut, es steht nicht in den Psalmen, aber in irgendeinem religiösen Text steht es, und es spielt keine Rolle, dass es so ein wichtiger Feiertag ist. Wenn man entschuldigt ist, ist man entschuldigt. Das gilt für den Columbus Day und für Washingtons Geburtstag, und wenn die Japaner Pearl Harbor noch mal angreifen, ist man an dem Tag auch entschuldigt. Eigentlich ist man prinzipiell *gerade* an Jom Kippur entschuldigt.«

Mr Kessler suchte seine Sportsachen zusammen, und seine Frau begleitete ihn bis zur Einfahrt. »Hier draußen ist es so dunkel und heilig«, sagte sie.

»Blödsinn«, sagte Mr Kessler.

Er öffnete die Tür seines Wagens und sagte dann: »Na gut, ich gebe zu, ich bin nicht sicher. Ich habe mir schon vorgestellt, dass eine Schwadron alter Rabbis durch die Straßen schleicht und die Namen der Juden aufschreibt, die in den Fitnessklub gehen. Als die Eisenbahn gepfiffen hat, dachte ich, es wäre ein Widderhorn, und der Wind klingt heute Abend, als würde er aus dem Ghetto tausend Klagen herüberwehen. Aber ich muss da hingehen, auch wenn ich nur schnell trainiere und mein Dampfbad heute weglasse. Es ist zu dumm, dass Jom Kippur ist, und ich gebe zu, das bringt mich etwas aus der Fassung, aber wenn man entschuldigt ist, ist man entschuldigt. Ob nun Jom Kippur ist oder *doppelter* Jom Kippur.«

Mr Kessler setzte sich hinter das Lenkrad, und sein kleiner Sohn brüllte durch das offene Fenster: »Kann ein Riese einen finden, wenn man sich versteckt?«

»Hier geht es um wichtigere Dinge als um Riesen«, sagte Mr Kessler, steuerte den Wagen die Einfahrt hinunter und fuhr in die Nacht.

Fünfzehn Minuten später parkte er vor dem Fitnessklub und rauschte hinein. Er ging an der blonden Empfangsdame vorbei, die rief: »Wo ist Ihre Frau?«, und Mr Kessler sagte: »Sie ist nur das eine Mal mitgekommen, und Sie wissen verdammt gut, dass bei ihren Hüften nichts mehr zu machen ist. Warum müssen Sie das jedes Mal fragen, wenn ich hier hereinkomme?«

Er zog sich im Umkleideraum aus und gab seine Straßenbekleidung Rico, dem winzigen Aufseher, der sich die Nase putzte und sagte: »Ich bin erkältet, aber ich bin froh. Es ist gut, eine Erkältung zu haben. Die Leute kommen hierher, um ihre Erkältung loszuwerden, und ich bin froh, das ganze Jahr über eine zu haben. Wenn man erkältet ist, achtet man immer auf sich, und das ist gut.«

Mr Kessler sagte: »Ich habe bisher noch nie mit Ihnen gesprochen, weil ich weiß, dass Sie ein reizender Mensch sein sollen, aber Sie sind ein Idiot. Es ist nicht gut, erkältet zu sein. Es ist besser, nicht erkältet zu sein. Egal wann. Ich möchte nur schnell trainieren und nach Hause gehen und dort bleiben. Ich möchte nicht herumblödeln.«

Oben, im Trainingsraum, lag ein dünner Mann in einer peinlichen Haltung auf dem Boden und hob mit einer unnatürlichen Bewegung eine Hantel. »Wollen Sie wissen, wie die geht?«, fragte der Mann. »Das ist die beste Übung, die es gibt, da wird ein Muskel beansprucht, um den sich sonst überhaupt niemand kümmert. Er ist genau in der Mitte des Arms, man kann ihn nicht sehen. Seine Aufgabe ist es, die ganzen anderen Muskeln zu bewegen. Wenn man anfängt, sieht man erst mal nicht viel, aber sobald er trainiert ist, explodieren all die andern Muskeln, und man sieht aus wie ein Affe.«

»Ich hab heute Abend keine Zeit für neue Übungen«, sagte Mr Kessler. »Ich komme nur schnell rein und gehe dann wieder. Außerdem gefällt mir Ihr Körper gar nicht.«

Mr Kessler machte ein paar Aufwärmübungen und nahm dann ein Paar leichter Hanteln, um seinen Bizeps zu trainieren. Ein gut aussehender und sehr verschwitzter junger Mann mit breiten Schultern kam herüber und sagte: »Puh, das ist echt harte Arbeit. Aber als ich sechzehn war, habe ich nur hundertzehn Pfund gewogen und mir gesagt: ›Ich werde mal nach was aussehen.‹ Also hab ich jeden Abend, nachdem ich an der Tankstelle meines Dads gearbeitet hab, in der Garage irgendwelches Zeug gehoben, bis ich ziemliche Muskeln hatte, und dann, später, bin ich hier Mitglied geworden. Ich hab mir geschworen, dass ich nie wieder nach nichts aussehen werde.«

»Wie kommen Sie darauf, dass das so interessant ist?«, fragte Mr Kessler. »Das habe ich schon tausend Mal gehört. Ich glaube, *Sie* haben mir das auch schon mal erzählt, und ich möchte es nicht noch mal hören, solange ich lebe.«

»Welche Laus ist Ihnen denn über die Leber gelaufen?« Der gut aussehende Mann wunderte sich.

»Ich komme nur schnell rein und gehe dann wieder, ich möchte mir nicht irgendwelche dummen Geschichten anhören«, sagte Mr Kessler. Er ging auf ein Rudergerät zu, aber ein spärlich behaarter Mann, der Skigymnastik machte und energisch den Oberkörper hin und her drehte, war ihm im Weg. »Warum machen Sie das nicht zu Hause?«, sagte Mr Kessler. »Sie sind mir im Weg. Ich hab Sie hier schon öfter gesehen, Sie benutzen nie irgendwelche Geräte. Sie machen nur Gymnastik, und Sie sind verrückt, dafür hierherzukommen. Was soll das, wollen Sie angeben?«

»Ich mache es einfach lieber hier«, sagte der Mann und ließ Mr Kessler an das Rudergerät. Nach einem Blick auf die Uhr machte Mr Kessler ein halbes Dutzend Ruderzüge und sprang dann auf, griff nach dem Reck und schwang ein paar Mal hin und her. Ein Polizist, der heimlich trainierte, während er im Dienst war, kam auf ihn zu und sagte: »Ihr Latissimus kommt sehr schön heraus.«

»Oh, wirklich?«, sagte Mr Kessler. »Können Sie von da aus meine Deltamuskeln sehen?«

»Wahre Schönheiten«, sagte der Polizist. »Beide.«

»Vielen Dank, das ist sehr freundlich von Ihnen«, sagte Mr Kessler und schwang ungezwungen an der Stange hin und her. »Ich spüre jetzt richtig, wie die Muskeln herauskommen. Ich weiß nicht, warum, aber jetzt, wo Sie das sagen, fühle ich mich zum ersten Mal heute Abend wohl. Ich habe mich so beeilt mit dem Training, weil wir heute diesen wichtigen Feiertag haben und ich mich schuldig fühle, aber jetzt werde ich doch ein bisschen bleiben. Vor sechs Monaten hatte ich einen schlimmen Gallenstein und habe allen erzählt, dass man, wenn man krank ist, nur sich selbst verpflichtet ist. Noch vor den Kindern, der Ehefrau und der Synagoge. Jetzt fühle ich mich hier wohl und werde mich nicht beeilen. Hier soll ich jetzt sein. Egal, ob Jom Kippur ist oder ob der Bürgermeister von Vogelkacke erschlagen worden ist.«

»Ich bin zwar nicht in allem Ihrer Meinung«, sagte der Polizist, »aber Ihr Latissimus kommt wirklich schön heraus. Das werde ich jedem Mann in diesem Fitness-studio direkt ins Gesicht sagen.«

»Das ist sehr freundlich von Ihnen«, sagte Mr Kessler, stieß sich von der Stange ab und nahm auf einer Bank Platz, um ein paar Beinübungen zu machen. Ein winziger dunkelhaariger Mann mit kräftigen Unterarmen benutzte ebenfalls gerade die Bank.

»Die Unterarme profitieren enorm davon«, sagte der winzige Mann. »Die werden richtig toll aufgepumpt, da rennen sogar die großen Saukerle davon.«

»Ich bin auch so ein großer Saukerl«, sagte Mr Kessler. »Das können Sie nicht sehen, weil ich jetzt sitze.«

»Das habe ich nicht gesehen«, sagte der kleine Mann.

»Schon in Ordnung«, meinte Mr Kessler. »Nur sollten Sie die Geschichte vielleicht einem kleinen Saukerl er-zählen.«

»Ich erzähle sie überhaupt niemandem«, gab der kleine Mann zurück.

Mr Kessler machte seine Beinübungen und ging dann auf die Schrägbank, um Sit-ups zu machen. Ein Mann mit einem großen Kopf kam auf ihn zu und sagte: »Sie kommen mir so bekannt vor. Ich glaube, wir kennen uns von früher.«

»Von der Schule«, sagte Mr Kessler und stand auf, um

dem Mann die Hand zu schütteln. »Sie heißen Block, und Ihr Vater war Anwalt.«

»Rechnungsprüfer«, sagte der Mann. »Aber Block stimmt.«

»Sie haben im Wohnheim gelebt, und irgendwas war noch mit Ihnen. Wie kommt es, dass Sie heute nicht in der Synagoge sind?«

»Ich richte mich nicht nach den Feiertagen«, sagte der Mann. »Haben wir noch nie gemacht. Ich trainiere heute zum ersten Mal hier.«

»Ich richte mich nach ihnen, aber ich war krank und schätze, ich bin entschuldigt. Ich erinnere mich an einen alten Mann im Tempel, der nicht fasten musste, weil sein Magen nicht in Ordnung war. Das war orthodox, und ich schätze, wenn er entschuldigt war, bin ich mit Sicherheit entschuldigt. Es ging mir eine Zeit lang ziemlich schlecht, aber jetzt nicht mehr. Wenn man krank ist, spielt es keine Rolle, ob Jom Kippur ist, selbst wenn sie einen Tag erfinden würden, der noch heiliger wäre als Jom Kippur, würde es keine Rolle spielen. Wenn man entschuldigt ist, ist man entschuldigt. Irgendwas war da doch noch mit Ihnen, verdammt, was war das nur?«

»Ich würde um die Taille rum gern ein bisschen abnehmen und was davon auf die Schultern packen.«

»Ich weiß«, sagte Mr Kessler. »*Blockhead*. Sie sind Blockhead genannt worden. Stimmt doch, oder?«

»Das gefällt mir heute genauso wenig wie damals«, sagte der Mann mit dem großen Kopf.

»Ja, ich wollte nur Klarheit haben«, sagte Mr Kessler. »So etwas kann einem auf die Nerven gehen.«

Mr Kessler machte zehn Sätze Sit-ups, und nachdem

er ordentlich ins Schwitzen gekommen war, ging er hinunter und duschte. Der Massageraum war leer, und Mr Kessler sagte zu dem Aufseher: »Ich möchte eine Massage. Es macht nichts, dass ich noch nie massiert worden bin und dass ich eine Massage mit Luxus und Extravaganz assoziiere, ich möchte eine. Als ich vorhin ankam, hatte ich vor, ganz schnell wieder zu gehen, aber es geht ums Prinzip. Heute ist dieser wichtige Feiertag, ein sehr wichtiger Feiertag, aber entweder ist man entschuldigt, oder man ist es nicht. Und ich bin entschuldigt. Ich war ziemlich krank.«

»Wenn ich Handtücher benutzen dürfte«, sagte der Masseur und ölte Mr Kesslers Körper ein. »Man kann es nicht ganz ohne Handtücher machen.«

»Es ist verrückt, dass jetzt alle dort sitzen und beten und ich bin hier, aber wenn man etwas beweisen will, wirken die Dinge manchmal lächerlich.«

»Wenn Sie auch nur ein bisschen Einfluss haben«, sagte der Masseur, »versuchen Sie, mir Handtücher zu besorgen. Es geht nicht ohne.«

Im Fitnessklub war jetzt Musik zu hören, und Mr Kessler summte zu den frühen Jerome-Kern-Klängen mit. Als seine Massage beendet war, stand er auf, duschte noch einmal, und als er sich anzog, sagte er zu Rico, der auf die Garderobe aufpasste: »Ich fühle mich ganz kribbelig. Ich wusste, dass ich das Richtige mache. Nächstes Jahr werde ich mit den anderen vornübergebeugt im Tempel sitzen, aber heute Abend habe ich das Richtige gemacht.«

»Sie brauchen nichts weiter als eine Erkältung«, sagte Rico.

»Sie wissen, was ich von dieser Bemerkung halte«, sagte Mr Kessler.

Oben lächelte Mr Kessler der blonden Empfangsdame zu, die sich ihn schnappte und anfing, im Eingangsbereich einen Cha-Cha-Cha mit ihm zu tanzen. »Das mache ich mit Mädchen nicht«, sagte Mr Kessler und verfiel in den Tanzschritt. »Ich werde jetzt direkt nach Hause fahren. Sie haben einen Pferdeschwanz, und das macht mich verrückt.«

»Wo ist Ihre Frau?«, fragte das Mädchen und machte eine komplizierte Cha-Cha-Cha-Bewegung, die Mr Kessler durcheinanderbrachte.

»Das fragen Sie mich jedes Mal«, sagte Mr Kessler, fiel wieder in den Rhythmus und machte primitive Armbewegungen. »Sehen Sie, ihre Hüften spielen überhaupt keine Rolle. Verstehen Sie denn nicht, dass ein Mann eine Frau lieben kann, ganz egal, wie breit ihre Hüften sind? Sie fragen, wo meine Frau ist? Wozu brauchen wir sie denn?«

»Möchten Sie tanzen gehen?«, fragte das Mädchen.

»Ich habe Ihnen doch schon gesagt, ich mache nichts mit Mädchen«, sagte Mr Kessler. »Ich sollte noch nicht mal hier in der Eingangshalle mit Ihnen tanzen. Wie heißen Sie?«

»Irish«, sagte das Mädchen.

»Irish?«, sagte Mr Kessler. »Müssen Sie denn den nichtjüdischsten Namen haben, den es gibt? Die sind alle da draußen und klagen und schlagen sich auf die Brust, um zu sühnen, und ich bin bei einer Irish. Aber ich frage mich, ob es besser wäre, wenn Sie Inge hießen. Ich mache nichts Falsches, und selbst wenn ich etwas Falsches machte, würde es keine Rolle spielen, dass ich es heute Abend mache. Entweder bin ich entschuldigt, oder ich bin nicht entschuldigt. Ich bin früh fertig geworden und komme für ungefähr zwanzig Minuten mit.«

Das Mädchen zog sich einen Pullover über und ging vor Mr Kessler her zu seinem Auto. Er ließ den Motor an, und sie sagte: »Ich möchte nicht jetzt sofort tanzen. Mir wäre lieber, wenn Sie irgendwo parken und mit mir schlafen.«

»Ich kann es nicht haben, wenn Mädchen so etwas sagen«, sagte Mr Kessler. »Das macht mich verrückt. Sehen Sie, da drinnen im Fitnessstudio war das in Ordnung, aber hier draußen in der Nachtluft kommt es mir ein bisschen komisch vor. Als würde ich irgendwo in der verdammten Wüste Sinai herumwandern. Aber genau das muss ich bekämpfen. Ich glaube, hinter dem chinesischen Restaurant ist jetzt niemand. Aber wir werden nur ein bisschen herummachen.«

Auf dem Parkplatz des chinesischen Restaurants war es dunkel, als sie dort ankamen. Mr Kessler hielt das Auto an und steckte seinen Kopf in die Haare der blonden Empfangsdame und biss ihr ins Ohr. »Sie riechen jung. Aber was diesen Biss ins Ohr betrifft: Ich habe einfach das Gefühl, solange ich offen und ehrlich mit Jom Kippur umgehe, kann ich gar nichts Unaufrichtiges tun. Der Biss ist nicht von mir. Das heißt, es ist nur etwas, das ich tue. Ich habe vor langer Zeit mit meiner Frau mal eine Kreuzfahrt in der Karibik gemacht, das war, bevor ihre Hüften so breit wurden, und sie hat an Deck mit einem Mann aus Puerto Rico getanzt. Er hieß Rodriguez und arbeitete in der Werbung. Sie hat sich danach seltsam verhalten und mir gesagt, das läge daran, dass er sie erregt hätte. Ich habe aus ihr herausgekriegt, dass er ihr ins Ohr gebissen hatte. Nun kann ich ihr natürlich nicht ins Ohr beißen, aber ich wollte es unbedingt mal ausprobieren, deshalb habe ich das eingebaut.«

»Schlaf richtig mit mir«, flüsterte die Empfangsdame und drängte sich an Mr Kessler.

»Es wird nur ein bisschen herumgemacht«, sagte Mr Kessler. »Wissen Sie, was für ein verdammter Abend das ist? Oh, oh. Die Stimme, die Sie gehört haben, war die des allerschlimmsten Heuchlers. Stelle ich denn irgendwas unter Beweis, wenn ich nur ein bisschen den Hals und die Schultern küsse? Entweder ist ein Mann entschuldigt, oder er ist nicht entschuldigt. Oje, tragen Sie burschikose Unterwäsche. Irgend so was mussten Sie ja tragen. Jetzt reicht's«, sagte er und fiel über sie her.

Nach einer Weile sagte sie: »Jetzt, wo du mich gehabt hast, möchte ich, dass wir langsam zusammen tanzen, in dem Wissen, dass du mich gehabt hast.«

»Du machst verrückte Vorschläge«, sagte Mr Kessler. »Ich rufe meine Frau an, ehe ich auf den nächsten eingehe.«

Sie fuhren zu einer Tankstelle, und Mr Kessler wählte seine Nummer und sagte: »Ich dachte, ich gehe nur schnell rein und fahre dann wieder, aber das Auto hatte eine Panne. Es liegt am Differenzial.«

»Du weißt, dass ich nicht weiß, was das ist«, sagte Mrs Kessler. »Das ist, als würdest du sagen, es steht in den Psalmen.«

»Die Werkstatt muss ein paar Ersatzteile besorgen«, sagte er.

»Kommt es dir komisch vor, was du gemacht hast?«, fragte Mrs Kessler.

»Ich habe überhaupt nichts gemacht«, sagte er. »Alle vergessen immer, wie krank ich war. Wenn man krank ist, hat die Religion dafür Verständnis.«

Mr Kessler legte auf, und die Empfangsdame zeigte ihm, wo man tanzen konnte. Es war ein Keller namens *Tiger Sam's*, in dem Schwarze und Weiße bedient wurden und der sich auf gegrillte Schweinshaxen spezialisiert hatte. Sie tanzten eine Weile, dann sagte die Empfangsdame, dass sie Hunger habe. »Ich auch«, sagte Mr Kessler. »Es wird schwer, diesen ersten Bissen runterzukriegen, weil ich weiß, dass die Fastenzeit erst vorbei ist, wenn morgen die Sonne untergeht, aber es wird langsam Zeit, dass ich aufhöre, so zu denken. Ich vergesse immer, wie krank ich war.«

Die Empfangsdame sagte, sie wolle die Schweinshaxe, und Mr Kessler sagte: »Ich gestehe, ich hatte das Bedürfnis, sie zu probieren, aber sie sind wahrscheinlich das Unkoscherste auf der ganzen Welt. Ich fange noch mal an. Wäre ich nicht der rückgratloseste Mann in ganz Amerika, wenn ich Eier bestellen würde und denen sage, sie sollen die Haxen behalten? Ich nehme die Haxen.«

Als er fertig war mit Essen, trank Mr Kessler einen doppelten Bourbon nach dem anderen, bis er vom Stuhl rutschte und ins Sägemehl fiel.

»Ich bin über den Punkt hinaus, an dem ich hätte aufhören sollen. Ich hoffe nur, ich werde nicht rührselig und renne plötzlich in eine Synagoge. Mir bricht das Herz bei jedem Juden, der jemals in gebeugter Haltung in ein Gebetbuch weinte. Aber genau bei solchen Sachen muss ich aufpassen. Es wäre für mich die beste Medizin der Welt, wenn eine alte Jüdin, die geflohen ist, zufällig hier hereingestolpert käme. Einfach, damit ich es unterlassen könnte, sie zu umarmen und zu küssen und mich für alle Verbrechen der Welt zu entschuldigen. Das wär's, dann hätte ich bewiesen, erstens, dass ich krank war, und zweitens, dass man entschuldigt ist, wenn man krank ist, und drittens, dass man wirklich entschuldigt ist, wenn man entschuldigt ist.«

Ein junger Schwarzer, dessen Körper die Anmut eines Tänzers hatte, kam herüber, verbeugte sich vor dem im Sägemehl liegenden Mr Kessler und sagte: »Ich bin Ben und würde mit Ihrer reizenden blonden Begleitung gern den Merengue tanzen. Mit Ihrer Erlaubnis.«

Mr Kessler sagte, das sei in Ordnung, und blieb im Sägemehl liegen, während die zwei eng und primitiv zu haitianischen Rhythmen tanzten. Über Mr Kessler saßen auf Hockern zwei Musiker, beide schwarz. Einer reichte ihm noch einen doppelten Bourbon hinunter und sagte: »Dann frohen Jom Kippur, Süßer.«

»Ich komm nicht mehr hoch«, sagte Mr Kessler. »Ihr denkt vielleicht, das wäre witzig, aber zufällig bin ich Jude. Ich sollte euch verprügeln, aber nicht mal Witze sollten mir etwas ausmachen, wenn ich von dem Feiertag entschuldigt bin. Wenn ich mich aufrege und euch verprügeln würde, würde das nur zeigen, dass ich nicht wirklich entschuldigt bin.«

Einer der Musiker ließ über Mr Kesslers Nase einen WC-Stein baumeln, während der andere johlte.

»Ich weiß nicht, ob das passend wäre«, sagte Mr Kessler, »aber ich werde mich nicht aufregen.«

Der Schwarze namens Ben kam jetzt zurück, den Arm um die Taille der Empfangsdame gelegt, und sagte: »Wollt ihr beide vielleicht mit in meine Wohnung kommen? Da findet eine Party statt, und Bennys Einrichtung wird euch bestimmt gefallen.«

Die zwei Musiker trugen Mr Kessler nach draußen zu einem Sunbeam-Cabrio, legten ihn vor den Rücksitzen auf den Boden und setzten sich dann über ihm auf die Sitze. Die Empfangsdame setzte sich neben Ben, der nach Harlem fuhr. Die beiden Musiker hielten Mr Kessler immer noch den WC-Stein ins Gesicht. »Ich nehme an, ihr habt dafür einen Grund«, sagte er vom Boden aus, als sie durch die Nachtluft sausten und ihn immer noch gegen seine Nase stoßen ließen.

Als das Auto hielt, sagte Mr Kessler »Ich kann jetzt selbst gehen«, und stolperte hinter den Vieren her, die die Stufen zu einem Brownstone hochgingen. Ben klopfte zweimal leicht und einmal laut, und ein kräftiger, blasser Mann im Turnanzug öffnete schnell die Tür, die in ein riesiges einzelnes Zimmer führte, das von einem violetten Vorhang unterteilt wurde. Es war eingerichtet wie eine Höhle, auf Regalbrettern standen afrikanische Skulpturen neben Kampagnenfotos des New Yorker Gouverneurs Harriman. An der Wand lief ein Film, in dem Martha Graham Ballettschritte zeigte, und vierzig bis fünfzig Paare, die aus Schwarzen und Weißen bestanden und ebenfalls Turnanzüge trugen, sahen zu; manche in dem stickigen Raum nahmen dieselben Posen ein wie die Tänzer. Ben holte Turnanzüge für die Neuankömmlinge und führte sie hinter den violetten Vorhang, damit sie sich umziehen konnten. Dort saß ein Mann im seidenen Morgenmantel auf einem Diwan, der die Form eines Muffins hatte, und las *Popular Mechanics*. Ben stellte ihn Mr Kessler und der Empfangsdame als »Tor« vor, sein Mitbewohner, ein renommierter Anthropologe. »Warum muss ich einen Turnanzug anziehen?«, fragte Mr Kessler, als die Empfangsdame und der Musiker in ihre schlüpften und der Anthropologe zusah. »Allerdings wette ich, dass mein neuer Vic-Tanny's-Körper darin gar nicht schlecht aussehen würde.« Nachdem er sich umgezogen hatte, gab es auf der anderen Seite des Vorhangs ein Handgemenge. Der Film hatte plötzlich angehalten, und Martha Graham war mit einem Bein auf der Stange zu sehen. Mehrere Paare schrien. Auf dem Boden lag ein Polizist, und Ben sagte zu Mr Kessler: »Nehmen Sie seine Beine. Er ist hier hochgekommen und hat sich in was verwickelt, und wir müssen ihn hier rausschaffen.«

»Ich habe nie ein Verbrechen begangen«, sagte Mr Kessler, strich seinen Turnanzug glatt und griff nach den Beinen des Polizisten. Etwas Weinrotes, Nasses war auf der Brusttasche des Polizisten. »Was meinen Sie damit, er hat sich in was verwickelt? Ich möchte ihn nicht tragen, wenn er in was verwickelt ist.«

Sie wankten mit ihm die Stufen hinunter und schleppten ihn in der Dunkelheit mehrere Blocks weit, bis sie den Polizisten gegen eine Mülltonne lehnten.

»Ich weiß nicht, ob wir ihn wirklich hier gegen die Mülltonne lehnen sollen«, sagte Mr Kessler. »Es tut mir leid, dass ich das heute Abend tun muss. Nicht, weil es gerade heute Abend ist, sondern weil ich es an gar keinem Abend tun müssen möchte. Aber wenn ich es schon tun muss, dann bin ich vermutlich froh, dass es heute Abend ist. Warum sollte es mich beunruhigen, es an Jom Kippur zu machen? Ich verstehe, dass es generell beunruhigend ist, aber nicht, weil es heute Abend passiert. Nicht, wenn ich annehme, dass ich entschuldigt bin.«

Sie gingen zurück zu der Party. Der Film war jetzt vorbei, und die Paare tanzten in der Dunkelheit wild, begleitet von einer Combo aus drei Männern, die alle eine Bongo schlugen. Sie brüllten ein Lied, dessen Text nur aus der Zeile »Wir sind eine Bongo-Combo« bestand, die mehrmals wiederholt wurde. Einer der Musiker steckte Mr Kessler eine schmale Zigarette in den Mund und zündete sie an. »Hey, Moment mal«, sagte Mr Kessler. »Ich weiß, was für eine Art Zigarette das ist. Ich mag ja schon immer das Verlangen gehabt haben, so was mal zu probieren, aber das ist etwas, das ich heute Abend auf gar keinen Fall tun werde. Nicht, weil heute Abend ist. Ich würde mich sogar noch mehr dagegen sträuben, wenn es ein ganz normaler Abend wäre. Ich habe sie sogar deshalb nicht schon lange ausgespuckt, weil ich zeigen will, dass ich vor Jom Kippur keine Angst habe. Es wirkt schon.«

Mr Kessler setzte sich friedlich mitten zwischen die parfümierten, tanzenden, rasenden Füße. »Meine Sinne sind geschärft. Ich habe gelesen, dass genau das dann passiert.« Er sah, wie sich der Vorhang kurz teilte. Die blonde Empfangsdame stand, jetzt nackt, auf dem Muffin und hielt den violetten Umhang des Anthropologen in der Art eines Stierkämpfers vor sich. Der renommierte Schwede setzte an und kam mit bullenartigen Schritten auf sie zu, einen Finger an jedem Ohr. Ein schwarzes Mädchen mit vollen Lippen beugte sich herunter und zog den Kopf von Mr Kessler an ihren pistolenhaften

Busen und hielt ihn dort, mit geschärften Sinnen, eine scheinbare Ewigkeit lang fest, und dann wirbelte Ben in mehreren *West Side Story*-Hüpfern vorbei, tätschelte ihm kokett das Kinn und küsste feucht sein Ohr. Mr Kessler ging auf die Knie und schrie: »J'ACCUSE! Das meinte ich nicht. Ich meine, ICH BIN ENTSCHULDIGT, ICH BIN ENTSCHULDIGT«, aber niemand hörte ihn, und er wurde bewusstlos.

Als er aufwachte, halfen Ben und die beiden Schwarzen, die Musik gemacht hatten, ihm hinter das Steuer seines eigenen Wagens. Ben klopfte der blonden Empfangsdame auf den Hintern, und sie glitt neben Mr Kessler.

»Wie außerordentlich schön, dass Sie uns Gesellschaft geleistet haben«, sagte Ben, und die zwei Musiker johlten. »Ich hoffe, die Einrichtung und die erstklassige Unterhaltung haben Ihnen gefallen.«

»Wie spät ist es?«, fragte Mr Kessler das Mädchen, als die Schwarzen weggefahren waren.

»Schon fast Morgen«, sagte die Empfangsdame.

»Dann sind sie jetzt zumindest draußen«, sagte Mr Kessler.

»Wer ist wo draußen?«, fragte sie.

»Die Juden aus der Synagoge«, sagte Mr Kessler.

»Ich möchte, dass du meine Brüder kennenlernst«, sagte sie. »Vielleicht können wir ein paar Bier zusammen trinken, bevor die Sonne aufgeht.«

»Es ist immer noch Feiertag, aber der entscheidende Teil ist vorbei«, sagte Mr Kessler. »Heute Abend ist dann alles vorbei.«

Die Empfangsdame zeigte Mr Kessler den Weg zu ihrem weißen Fachwerkhaus. »Ich bin vor zwei Jahren geschieden worden«, sagte sie. »Jetzt lebe ich mit meinen beiden Brüdern zusammen. Sie sind wahnsinnig lustig, ich habe wirklich Glück mit ihnen.«

Die Nacht war schon fast vorüber, als sie bei dem Haus ankamen. Die Empfangsdame stellte Mr Kessler ihren zwei Brüdern vor, die beide groß und sommersprossig waren. Der ältere Bruder holte Bierdosen für alle, und als sie sie ausgetrunken hatten, öffnete er eine Kiste Pampelmusen. »Unser Verkaufsleiter hat sie uns aus dem Süden geschickt«, sagte er. »Sind die nicht wunderbar?« Er nahm eine der Pampelmusen und rollte sie zu seinem jüngeren Bruder, der sie wie einen Baseball annahm und sie zurückwarf. »Die hast du genommen wie Tommy Henrich«, sagte der ältere Bruder und rollte sie zurück. Der jüngere Bruder nahm sie, machte einen kleinen Hüpfer und schmiss sie wieder zurück. »Hey, genau wie Johnny Logan«, sagte der Ältere. Er rollte sie noch einmal, und als er sie zurückbekam, sagte er: »Das war Marty Marion.«

»Oder ›Phumblin' Phil‹ Weintraub«, sagte Mr Kessler.

Die Brüder unterbrachen sich einen Moment, und dann rollte der ältere Bruder wieder die Pampelmuse. »George Stirnweiss«, brüllte er, als sein Bruder sie ihm entgegenpfefferte. Er rollte sie. Er bekam sie zurück. »Genau wie Bobby Richardson«, sagte er.

»Oder ›Phumblin' Phil‹ Weintraub«, sagte Mr Kessler.

»Wer ist das?«, fragte der ältere Bruder.

»Jetzt reicht es«, sagte Mr Kessler. Er stand mit geballten Fäusten auf und ging auf den älteren Bruder zu.

»Das hätten Sie nicht sagen sollen«, sagte Mr Kessler.

»Ich habe doch gar nichts gesagt«, sagte der Junge.

»O doch, das haben Sie«, sagte Mr Kessler mit zusammengebissenen Zähnen. »Ich bin vielleicht zu Vic Tanny's gegangen und habe mit einem Mädchen namens Irish die Ehe gebrochen und mich betrunken und gegrillte Schweinshaxen gegessen. Vielleicht habe ich einen toten Polizisten versteckt und Marihuana geraucht und bin zu einer verrückten Party gegangen und bin von einem schwarzen homosexuellen Balletttänzer geküsst worden. Aber das lasse ich Ihnen nicht durchgehen.«

Er ging jetzt auf den älteren Bruder los, schlug ihn nieder und fing an, an seinem Ohr zu reißen. »Das war ein berühmter Schlagmann, der in den frühen Vierzigern vier Jahre lang für die Giants gespielt hat und nachgelassen hat, als die regulären Spieler nach und nach ausstiegen, UND KEIN SCHEISSKERL WIRD AN JOM KIPPUR IRGENDWAS ÜBER DEN ARMEN ›PHUMBLIN' PHIL‹ WEINTRAUB SAGEN!«

Der jüngere Bruder und das Mädchen zerrten wütend an ihm und vertrieben ihn schließlich, aber erst, als ein kleines Stück vom Ohr abgerissen war. Dann glättete Mr Kessler seinen Turnanzug und ging schluchzend aus der Tür.

»Ich mag ja entschuldigt gewesen sein«, hörten sie ihn in der Ferne durch den frühen Morgen rufen, »aber so entschuldigt war ich nicht.«

Nadine Gordimer

Mein Vater verlässt seine Heimat

Die Häuser wenden sich ab, kehren der Dorfstraße die Stirn, um für sich zu sein, privat. Aber sie sind mit Blumen- und Früchtegirlanden und Schnörkeln bemalt. Blühende Ranken ziehen sich wie Wäscheleinen an der kleiner werdenden Perspektive aneinandergereihter schmaler Veranden entlang. Tomaten und Gänseblümchen klettern zusammen hinter Lattenzäunen. In ein Handtuch von einem Garten sind Verschläge und Käfige für Hühner und Enten gestopft, und da gibt es ein Schwein. Aber nicht in dem Haus, aus dem er kam; sie werden kein Schwein gehabt haben.

Das Postamt ist aus Holzbrettern gebaut und hat einen geschnitzten Volant unter dem Dach – ein Postschild erkennt man überall, in jeder Sprache, obwohl es hier eines aus der Zeit vor der Luftpost ist: kein stilisierter Vogel, sondern ein gebogenes Posthorn mit Kordel und Troddeln. Von hier werden die Briefe damals abgegangen sein, welche die Überfahrt regelten. Eine Bank steht davor, und darauf sitzt eine alte Frau und bricht Bohnen. Sie trägt einen schwarzen, um den Kopf gebundenen Schal und eine Schürze, sie hat den lippenlosen geschlossenen Mund eines Menschen, der die Zähne verloren hat. Wie alt? Das Alter einer Frau ohne Östrogenpillen, Haartönungsmittel, Sonnenblocker und Antifaltencremes. Sie hat ihm seine Sachen gepackt. Die Kleidung eines kalten Landes, er hatte nichts anderes. Sie nähte die Risse darin und stopfte Strümpfe; und was noch? Eine Mütze, einen Mantel; ein Junge von dreizehn mag noch keinen alten Anzug seines Vaters oder anderer Verwandter gehabt haben. Andererseits hat man ihm vielleicht extra einen besorgt, für die Reise, für die Zukunft.

Von Pferden gezogene Fuhrwerke stampfen und rattern durch die Straßen. Kutschwagen schwanken in der Gangart der fransenhufigen Gespanne auf den Landstraßen, welche die Städte verbinden, verlangsamen Autos und Busse zurück in ein anderes Jahrhundert. Er wurde mit seinem Koffer auf einen dieser Wagen gehoben, er trug den Anzug, mit Gewissheit die Mütze. Stiefel, die von dem Familienmitglied noch einmal ausgebessert worden waren, dessen Handwerk dies war. Es muss einen Schuhmacher unter ihnen gegeben haben; das war die andere Möglichkeit, die ihm offengestanden hatte: Er hätte das Schuhemachen lernen können, hatte sich aber für die Uhrmacherei entschieden. Sie müssen ihn mit der Lupe fürs Auge und den Miniaturschraubenziehern und Schrauben, den Unruhfedern und den Fischschuppen-Uhrengläsern ausgerüstet haben; auch die waren wohl in seinem Koffer. Und einige religiöse Notwendigkeiten. Der Schal, die Dinge, die man sich um Arm und Stirn wand. Die wird sie nicht vergessen haben; er war dreizehn, sie hatten ihn zu Hause behalten und ernährt, zumindest bis ihre Religion sagte, er sei ein Mann.

Im Bahnhofslokal singen die Zigeuner. Es ist Abend. Der Zug schwitzt einen Nebel von Dampf in die Herbstkälte, und er könnte da irgendwo stehen, neben seinem

Koffer, auf das Einsteigen wartend. Sie mag ihn bis hierher begleitet haben, aber eher nicht. Als er den Pferdewagen erklomm, das war das Ende, für sie. Sie sah ihn nie wieder. Der Mann mit dem Bart, das Familienoberhaupt, war da. Er war es, der für die Eisenbahnfahrkarte, für die Schiffsüberfahrt gespart hatte. Es gibt keinen Abschied; in der trunkenen Ausgelassenheit der Zigeuner, die das Lokal füllen, ist kein Raum für Kummer, der Schuppen glüht von ihrer Hitze, ein Herd in der nächtlichen Dunkelheit. Der bärtige Mann fährt mit seinem Sohn ans Meer, wo das alte Leben endet. Er wird in den unteren Decks des Schiffes einen Platz für ihn finden, er wird die Fahrscheine und Papierstücke übergeben, die der Zukunft erklären werden, wer der Junge war.

Wir hatten geräucherte Paprikawurst und Slibowitz für die Fahrt gekauft – die Gruppe war zu groß für einen Wagen, deshalb machte es mehr Spaß, den Zug zu nehmen. Zwischen den gepolsterten Flintenhüllen und dem geprägten Leder der Gewehrkästen sangen wir und ließen die Flasche herumgehen, fanden unsere Bemerkungen zum Brüllen komisch. Der Franzose besaß ein Nest von fingerhutgroßen Silberbechern, und er schnitt die Wurst mit einem Hornmesser aus dem Souvenirladen des Hotels in der Hauptstadt auf, schnitt auf seinen Daumen zu. Der Engländer versuchte in Cobbetts *Rural Rides* zu lesen, aber der Band lag auf seinem Schoß, während der klare Schnaps in ihm das Unglück seiner Ehe wachrief, das er einer Frau anvertraute, der er vorher nie begegnet war. Ruhelos in ihrem Vergnügen, gingen die Leute im Abteil ein und aus, ließen plötzlich hochgedrehte Lautstärke der Bewegung und Windstöße frischer Luft herein; draußen, gesehen mit am Waggonfenster ruhender Stirn, nichts als Bäume, Bäume, die Biegung eines Flusses mit einem verrottenden Boot, der vergehende osteuropäische Sommer, fern der Sonne.

Um drinnen die Party wieder einzuholen: jemand bekam Applaus, weil er eine Flasche Wein zum Vorschein brachte, jemand anderer bekam komische Belehrungen, wie man mit einer dieser neumodischen Kameras umzugehen hatte. In den Bahnhöfen von Städten, auf die niemand einen Blick warf – dieselben industriellen Eingeweide von Fabrikhöfen und Schrotthalden, durch die Eisenbahnlinien überall in der Welt, aus der wir kamen, führen –, stiegen Einheimische zu und saßen auf Koffern in den Gängen. Ein Mann spähte ausdauernd zu uns herein, und die Stimmung ging dahin, dass man in dem Abteil irgendwie Platz für ihn finden müsse. Niemand beherrschte die Sprache, und er kannte unsere nicht, aber der Wein und die Wurst erbrachten sofortige, überraschte Kommunikation, wir redeten auf ihn ein, ob er den Wörtern folgen konnte oder nicht, und er zuckte die Schultern und lächelte mit den begeisterten und gequälten Reaktionen eines Mannes, der angesichts von Fremden mit Stummheit geschlagen ist. Er verschaffte sich nur dadurch Respekt, dass er beim Slibowitz abwinkte – Ausländer fühlten sich natürlich verpflichtet, so was zu trinken. Und als wir ihn vergaßen, weil wir uns über eine merkwürdige Landkarte ereiferten, die der staatliche Jagdverband uns gegeben hatte, nicht ethno- oder geografisch, sondern mit der Verbreitung des Wasser- und Wildgeflügels in der Gegend, der wir uns näherten, sah ich, dass er uns prüfend musterte, einen nach dem anderen, um den Hintergrund, aus dem wir kamen, zu entziffern, unsicher – angesichts ihm unvertrauter Merkmale –, ob er beneiden, mit Zynismus betrachten oder amüsiert sein sollte. Er schlief ein. Und ich studierte ihn.

Niemand von der Jagdhütte war da, um uns an dem Dorfbahnhof in Empfang zu nehmen, der auf der Karte eingekreist war. Es war Nacht. Herbstkälte. Wir standen herum und stampften mit den Füßen in diesem Abenteuer. Einen Stationsvorsteher gab es nicht. Eine Telefonzelle, aber wen sollten wir anrufen? Alles inklusive; Sie werden von einem Führer und einem Dolmetscher überallhin begleitet – also hatten wir nicht daran gedacht, uns die Telefonnummer der Jagdhütte geben zu lassen. Da war ein Holzschuppen in der Dunkelheit, nebelhaft in dickem gelben Licht und Lärm. Eine Bar! Die Männer unserer Gruppe gingen hinüber, um sich dem einen männlichen Klub anzuschließen, der überall Mitgliedschaft auf Gegenseitigkeit hat; die Frauen waren unsicher, ob sie erwünscht sein würden – die Sitten des jeweiligen Landes mussten beachtet werden, in einigen kann man die Brüste entblößen, in anderen ist man unanständig, wenn man Hosen trägt. Der Engländer pendelte hin und her, um zu berichten. Männer tobten sich in dem Schuppen aus, sie mussten irgendwas feiern, sie waren irgendeine Art Bruderschaft, schwarzhaarig und unrasiert, betrunken. Wir saßen im Dunst des Dampfes, den der Zug hinterlassen hatte, auf unserem Gepäck, ein trüber Streifen Sicht, erhellt von der Glut aus der Bar, und unsere Welt stürzte hinter der Bahnsteigkante steil ins Nichts. An einer unbekannten Etappe einer Reise an einen unbekannten Ort, der plötzlich unvorstellbar wurde.

Ein alter Wagen platschte in den Bahnhofsvorplatz. Der Jagdhütten-Chef fiel aus ihm heraus und auf die Füße wie ein Rennfahrer. Er trug einen grünen Filzhut mit Abzeichen und Federn rund um das Hutband. Er sprach unsere Sprache, ja. Es ist nicht gut hier, sagte er, als die Männer unserer Gruppe aus der Bar kamen. Achten Sie auf Ihre Taschen. Zigeuner. Sie arbeiten nicht, stehlen nur und kriegen Kinder, damit die Regierung ihnen jedes Mal wieder Geld gibt.

Der Mond auf dem Rücken liegend.

Mit das Erste, was ihm aufgefallen sein wird, als er ankam, war, dass der Mond in der südlichen Hemisphäre falsch herum liegt. Die Sonne geht noch immer im Osten auf und im Westen unter, aber die eine andere Gewissheit, auf die man zählen kann, dass derselbe Himmel, der sich über dem Dorf wölbt, über der ganzen Welt steht, ist verloren. Welch größere Bestätigung, wie weit fort man ist, kann es geben; wenn man aufsieht in der ersten Nacht.

Er mag auf dem Schiff ein paar Wörter gelernt haben. Jemand, der einige Jahre vor ihm dorthin gekommen ist, hat ihn vielleicht in Empfang genommen. Er wurde in einen Zug gesetzt, der zwei Tage lang durch Weinberge und Hügel und dann die Wüste rollte; aber lange bevor das Schiff festmachte, muss es ihm in seinem Anzug zu heiß geworden sein auf seiner Reise nach Süden. Auf der Hochebene kam er bei den Goldminen an, wo er einem Verwandten anvertraut werden sollte. Der Verwandte war zu stolz gewesen, um brieflich zu erklären, dass er zu arm war, um ihn aufzunehmen, aber seine Frau stellte dies klar. Er nahm das Uhrmacherwerkzeug, mit dem er ausgestattet worden war, und ging zu den Minen. Und dann? Er lauerte weißen Bergleuten auf und ersetzte Hemmungsräder und zerbrochene Zifferblätter an Ort und Stelle, er ging zu den Lagern, wo schwarze Kumpel stolz Uhren erworben hatten, als Handschellen ihrer neuen Sklaverei: der Schichtarbeit. In diesem ihrem eigenen Land waren sie Wanderer, fern ihrer Heimat, wie er. Sie kannten nur ein paar Wörter der Sprache, wie er. Während er Englisch lernte, schnappte er auch den knappen Jargon aus Englisch und ihren Sprachen auf, der den Bergleuten beigebracht wurde, damit die Arbeitsbefehle verstanden wurden. *Fanagalo*: ›Mach dies, mach es so.‹ Ein Vokabular des Kommandos. Also wusste er von Anfang an, dass er, wenn auch arm und fremd, zumindest weiß war, er sprach seine gebrochenen Sätze aus den Rängen der Kommandeure zu den Kommandierten: ein erster Hinweis darauf, wer er war, jetzt. Und die Uhren der schwarzen Kumpel waren meistens billig, nicht wert, heil gemacht zu werden. Sie konnten für den Preis, den er für die Reparatur fordern musste, eine neue kriegen; er kaufte eine kleine Lieferung von Zobo-Taschenuhren und bot sie als fliegender Händler in den Lagern feil. Also wurde er aufgrund der Schwarzen zum Geschäftsmann; noch ein Hinweis.

Und dann?

Zobos waren dicke Metallkreise mit einem kräftigen Ring darauf, mit lautem Tick trotteten sie die Zeit aus. Er hatte einen Wellblechschuppen mit der Uhrmacher-

Werkbank in einer Ecke, er verkaufte Uhren und Ver-
lobungs- und Eheringe. Die weißen Bergleute waren es,
die die Gewohnheit hatten, Verlobungen mit Schmuck
zu signalisieren, den sie auf Raten abzahlten. Sie ver-
sprachen, soundso viel pro Monat zu zahlen; am letzten
Freitag, wenn sie Lohn bekommen hatten, kamen sie von
der Hotelbar zu ihm herein, nach Brandy riechend. Er
brachte sich selbst bei, Buch zu führen, und schleppte
faule Kredite bis in die Wirtschaftskrise der Dreißiger.

Zu der Zeit war er schon verheiratet und hatte Kinder.
Vielleicht hatten sie angeboten, ihm ein Mädchen nach-
zuschicken, ein Mädchen aus der Heimat, das er in seiner
Sprache lieben konnte, das nach den Regeln kochen
würde. Das war unter den Dorfbewohnern üblich; die
Überfahrt hätte er sicherlich bezahlen können. Aber
wenn sie wussten, dass er den Blechschuppen hinter sich
gelassen hatte, in dem er zunächst übernachtete, als er
Geschäftsmann geworden war, so konnten sie sich bestimmt nicht vorstellen, dass er nun im Hotel des Ortes
wohnte, wo die weißen Kumpel tranken und wo er
Fleisch aß, das von Schwarzen gebraten wurde. Er nahm
Gesangsunterricht und wurde in die Freimaurerloge
eingeführt. Über dem Rollpult im Büro hinter seinem
neuen Laden mit dem Schild UHRMACHER JUWELIER
& SILBERSCHMIED hing eine ovale Fotografie im vergoldeten Rahmen, die ihn in der Schürze seines Frei-
maurerranges zeigte. Er machte einen weiteren Zug; mit
Erfolg warb er um die Hand einer jungen Frau, deren
Muttersprache Englisch war. Aus dem Dorf, über dem
der Mond andersherum gedreht stand, kam als Hoch-
zeitsgeschenk nur ein Stück grauen Leinens, das mit

Seidenstickereien – Blumen und Schnörkeln – bedeckt war. Die alte Frau, die auf der Bank saß, musste die Nadelarbeit schon lange zuvor gemacht, sie für den erwarteten Anlass aufgehoben haben, denn zur Zeit der fernen Hochzeit war sie schon blind (das schrieb ihm jemand). Bei einem Pogrom verletzt – war das eine Annahme, eine Übertreibung des Leids dort oben, die jene, die alles hinter sich gelassen hatten, benutzten, um ein Entkommen zu dramatisieren? Wahrscheinlich eher grauer Star, in diesem Dorf, und kein Chirurg erreichbar. Die Enkelinnen entdeckten das bestickte Tuch hinter lavendelduftenden Handtüchern und Kissenbezügen im Wäscheschrank ihrer Mutter und benutzten es als Teppich für ihr Puppenhaus.

Die englische Frau spielte Klavier, und die Kinder sangen um sie herum aufgestellt, aber er sang nicht. Anscheinend gab er den Gesangsunterricht auf; manchmal lachte er mit Freunden darüber, dass man ihm gesagt hatte, er sei ein lyrischer Bariton, und dass er bei Freimaurerkonzerten Tennyson-Balladen gesungen hatte. Als ob er wüsste, wer Tennyson war! Als seine jüngere Tochter alt genug war, sich zu fragen, was die Fotografie bedeutete, die in seinem Büro hinter dem nach außen gewölbten Glas heruntersah, hatte er aufgehört, zu den Logentreffen zu gehen. Als er einmal von einem solchen Anlass nach Hause gekommen war, hatte er den Wagen in die Garagenwand gefahren; der Schaden wurde in Momenten der Spannung immer wieder erwähnt. Aber vielleicht gab er den Freimaurerrang auf, weil seine Frau sich mit ihrem machtvollen Ekel von seiner Whiskyfahne abwandte, wenn er sich nach diesen Versammlungen im Dunkeln neben sie ins Bett legte. Wenn die Phylakterien und das Käppchen irgendwo aufgehoben wurden, so sahen die Kinder sie nie. Er ging am Versöhnungstag in die Synagoge, um zu fasten, und kehrte jedes Jahr an den Todestagen der alten Leute in jenem Dorf, die seine Frau und die Kinder nie gesehen hatten, zurück, um eine Kerze zu entzünden. Schwache Flamme: Wer waren sie? In den Streitereien zwischen Mann und Frau sah sie sie als unwissend und schmutzig; sie musste irgendwo irgendetwas gelesen haben, das dazu dienen konnte, ihn zu verhöhnen: Ihr habt wie Tiere um den Ofen geschlafen, nach Knoblauch gestunken, einmal die Woche gebadet. Die Kinder wussten, wie niedrig man sank, wenn man sich nicht wusch. Und in Wut gebracht kannte er die niedrigste Kategorie von allen in ihrem Land, in diesem Land.

Du redest mit mir, als wär ich ein Kaffer.

Das Schweigen kalter Länder beim Herannahen des Winters. Auf einer Insel aus Lehm, noch immer dort stehend, wo ein Dorfweg sich teilt wie zwei Strähnen nassen Haares, wird ein Kriegsdenkmal gekrönt vom Emblem eines vergessenen Erobererreiches, dem andere folgten und wieder andere. Unter einem der anderen lebten sie, machten Schuhe und Uhren heil. Aßen Knoblauch und schliefen um den Ofen. Auf dem Friedhof lehnen die Steine aneinander und sinken von einer Besetzung und Revolution zur nächsten, die Zobos zählen sie tickend, die alte Frau, die auf der Bank Bohnen brach, und der bärtige Mann auf dem Hafenkai liegen in Grabhügeln, die alle Zenotaphen sind, weil die Inschriften, die ihre Namen festhalten, in einer Sprache sind, die er vergessen hat und seine Töchter nie gekannt haben. Ein plötzlicher Schwarm Kinder, gerade aus der Schule, landet wie Tauben um das Denkmal. Wie ist es möglich, dass man sie verstehen kann, wie sie starren, kichern und – die mutigen – fragen. Wie mit dem Mann im Zug: Der Ton, der Gesichtsausdruck, die Neugier macht die Bedeutung klar.

Wer seid ihr?

Wo kommt ihr her?

Eine Karte von Afrika wird mit einem Stock in den Schlamm gezeichnet.

Afrika! Die Kinder stoßen einander und hüpfen, sie erkennen es. Sie kommen näher. Eines von ihnen zieht kräftig an dem vergoldeten Ring im Ohr eines kleinen Mädchens, das dunkel und kurzgelockt ist wie ein Pudel. Sie zeigen: Gold.

Jene anderen damals, vor langer Zeit, wussten vom Gold; für die Armen und Verachteten gibt es immer die Vorstellung von Gold irgendwo anders. Deshalb schickten sie ihn fort, als er dreizehn war und nach ihrem Glauben ein Mann.

Um vier Uhr nachmittags blutet der alte Mond ein Strahlen in den grauen Himmel. Im Wald ist ehrfurchtsvoll ein dichtes Gefieder aus gefallenen Eichenblättern ausgelegt, während die Federn der toten Fasane an den Gürteln der Treiber schwingen. Die Treiber kommen im ersten Mondlicht über die weiten Maisfelder. Die Gewehre dringen in seinen Glorienschein. Wo ich warte, entfernt, aus dem Weg, versteckt, höre ich das Rascheln der Furcht unter den Kreaturen. Ihre Federn streifen schwirrend gegen Stiele und Blätter. Das Glucken, um die Jungen zu sammeln; das plötzlich ausbrechende Zetern des Schreckens, als die Männer mit ihren dreschenden Stöcken die Beute vorantreiben, die kopflos hier- und dorthin stürzt, keine Richtung, in der es nicht Männer und Stöcke, Männer und Gewehre gibt. Sie haben Flügel, wagen aber nicht zu fliegen und sich zu offenbaren, sie hatten nichts, wohin sie hätten laufen können vom Dorf in die Felder, mehr und mehr von ihnen, der ausschlagende Huf des Kosakenpferdes bereit, kriechende Köpfe zu treffen, der Stoß eines Bajonetts einen Mann am Herzen hochreißend wie ein Stück Fleisch auf einer Gabel. Der vorrückende Tod und keine Zuflucht. Blindheit durch Feuer oder Kugel, und kein Ausweg zu sehen, Bohnen nach dem Gefühl brechen. Das Krachen der Schüsse und wilde Agonie des Flatterns überall um mich, ich ducke mich weg von dem Geräusch und dem Anblick, nur Zuschauerin, bin nur Zuschauerin, bitte, aber die Kosakenpferde ritten diese flehenden armen Wesen nieder. Ein Vogel plumpst tot herab, schlägt an meine Schulter, bevor er auf das weiche Laubbett neben mir trifft.

Sechs Blätter aus dem Land meines Vaters.

Als ich begann, ihn in seinem Laden zu kennen, ihn als etwas von dem Schoß, auf dem ich saß, Unterschiedliches zu sehen, brüllte er den schwarzen Mann auf der anderen Seite des Ladentisches an, der den Boden fegte und Botengänge machte, und er warf ihm den Wochenlohn widerwillig hin. Ich merkte, dass da jemand war, dem mein Vater Angst gemacht hatte. Ein Kind versteht

Angst und die Verletzung und den Hass, die sie mit sich bringt.

Ich hob die Blätter auf, weil sie hübsche Herbstfarben hatten, nicht aus sentimentalen Gründen. Dieses Dorf, in dem wir die staatliche Jagdhütte gemietet hatten, ist nicht das Dorf meines Vaters. Ich weiß nicht, wo in seinem Land es war, nur den Namen des Hafens, von dem aus er es verließ. Ich habe ihn nicht nach seinem Dorf gefragt. Er hat es mir nie gesagt; oder ich habe nicht zugehört. Ich habe die Blätter in der Hand. Ich wusste nicht, dass ich hier im Wald auf die Treiber stoßen würde, die vorrücken, vorrücken über die Welt.

Jehuda Amichai

Vaters Tode

Es war an einem Versöhnungstag, Vater stand vor mir in
der Synagoge. Ich kletterte auf einen Stuhl, um ihn besser
von hinten betrachten zu können. Ich mag mich eher an
seinen Nacken als an sein Gesicht erinnern. Der Nacken
blieb starr und unbeweglich, doch das Gesicht bewegte
sich ständig beim Sprechen. Sein Mund war ein dunkler
Höhleneingang oder eine flatternde Fahne. Augen und
Lider glichen Briefmarken auf einem Brief, der weit fort-
gesandt wird. Die Ohren waren Segelschiffe auf seines
Gottes Meer. Manchmal war sein Gesicht rot und
manchmal weiß wie sein Haar. Und Wellen lagen auf
seiner Stirne, die wie ein kleiner, abgeschiedener Strand
am Weltenmeer war.

Da sah ich seinen Nacken. Eine tiefe Furche zog sich
quer darüber hin. Ein richtiger Riss. Obwohl ich damals
diesem Land noch fern war, sah ich zum ersten Mal ein
tiefes, trockenes Wadi. Vielleicht hatte auch Vater in
solch einem Wadi begonnen; denn es fiel kein Regen,
und Schwüle lag über dem Land, in dem ich an jenem
Versöhnungstag war.

Sein Gesicht sehe ich erst jetzt auf der Fotografie in
meinem Schrank. Er hat das Gesicht eines Mannes, der
sein Leibgericht kostet und entdeckt, dass es einen ver-
dorbenen Nachgeschmack hat, worüber er enttäuscht
ist. Das bezeugen die nach unten gezogenen Mund-

winkel, die Furche an seinen Nasenflügeln und auch die Krähenfüße. Ich sehe viele Zeugen aus seinem Gesicht sprechen. Nicht um über ihn zu urteilen, sondern um mein eigenes Urteil zu fällen.

An jenem Versöhnungstag stand er vor mir, beschäftigt mit seinem erwachsenen Gott. Vater war ganz in Weiß gehüllt. Die Welt um ihn schien schwarz wie die Stelle eines ausgebrannten Lagerfeuers, an der nur noch schwarze Steine zurückgeblieben sind. Die Tänzer sind fort, die Musikanten sind abgezogen, doch die schwarzen Steine sind geblieben. Und auch Vater blieb zurück, in sein weißes Gewand gehüllt. Das war der erste Tod, an den ich mich erinnere. Beim Alenu-Gebet kniete er mit allen andern nieder, und seine Stirn berührte den Fußboden. Es schien mir, als trinke er mit seiner Stirn. Ich dachte, vielleicht fließt Gott dort unten zwischen den Tischbeinen dahin. Bevor er niederkniete, breitete er seinen Tallit-Beutel auf dem Boden aus, um sich die Knie nicht zu beschmutzen. Dass seine Stirn schmutzig werden könnte, kümmerte ihn nicht. Und dann stand er wieder zum Leben auf. Er erhob sich, ohne die Füße zu bewegen. Er erhob sich, seine Gesichtsfarbe wechselte, er war wieder lebendig und mein, und ich kletterte auf den Stuhl, um seinen Nacken mit der Furche zu sehen. Er war neu erstandenes Fleisch und Blut. Warum sagt man von lebendigen Menschen, sie seien Fleisch und Blut? Fleisch und Blut sieht man doch nur, wenn ein Mensch zerrissen, wenn sein Körper verwundet oder tot ist. Beim lebendigen Menschen sieht man andere Verbindungen. Nicht Fleisch und Blut, sondern Haut und Augen, Lächeln und dunkles Haar, Hände und Mund.

Ich stieg zur Frauengalerie hinauf, um Mutter von der Auferstehung der Toten zu berichten. Es lagen dort nelkenbespickte Riechäpfel, damit die Frauen vom Fasten nicht ohnmächtig würden. Ich beneidete die Frauen. Schon immer hatte ich mir gewünscht, in Ohnmacht zu fallen, aber es gelang mir nie. Einfach ausgelöscht werden, von allem losgelöst, planlos und ohne Widerstand. Die Gewürzäpfel lagen in den Händen der Frauen, genauso wie ich und der ganze Erdball. Sie stellten mich vor die große Uhr, um die Zeit an mir zu messen. Sie blickten mich mit dem leuchtenden Glanz des Feuers an, das später die Synagoge verbrennen sollte.

Von oben sah ich, wie man von den Thorarollen die weißen Hemden abstreifte. Man zerrte an den Trägern und riss das Kleid ab. Die Thorarolle war nackt, und ihr war kalt.

Mein Vater war zu neuem Leben erwacht, und am Abend nach dem Schlussgebet setzte er sich zum Essen hin. Das Jahr war ein Riesenrad, eine Mauer, die Tage und Jahreszeiten einschließt, ein komisches Spiel. Sühne und Sünde waren zweifach in mir, doch schienen sie dasselbe zu sein. Abends wanderte der Mond über die Stadt wie ein leuchtender Hahn, der alle Sünden auf sich genommen hat.

Vater starb noch viele Male, und immer noch stirbt er von Zeit zu Zeit. Manchmal bin ich bei ihm, manchmal stirbt er allein. Manchmal überkommt ihn der Tod an meinem Schreibtisch oder während meiner Arbeit, wenn ich schöne Worte auf die Tafel male oder bunte Länder auf der Landkarte betrachte. Manchmal bin ich weit weg, wenn er stirbt, wie damals im Ersten Weltkrieg.

Es ist gut, dass die Söhne ihre Väter im Krieg nicht sehen. Zum Glück kämpfte ich nicht im selben Krieg, sonst hätten wir einander getötet, denn Vater trug die Uniform von Kaiser Wilhelm von Deutschland und ich die von König Georg von England, und Gott legte fünfundzwanzig Jahre zwischen uns beide. Ich habe seine Auszeichnungen in die Schachtel gelegt zu meinen Orden aus dem Zweiten Weltkrieg, weil es sonst keinen andern Platz für sie gibt. Auf einer seiner Medaillen sind ein Löwe und ein gekreuztes Schwertpaar dargestellt wie zwei Gegner im Duell, die einander sehen, selbst aber unsichtbar sind. Auf den meisten Abzeichen sind wilde Tiere abgebildet: Löwen und Adler, kämpfende Stiere und andere Raubtiere. In den Synagogen halten zwei Löwen die Gesetzestafeln über der Heiligen Lade fest. Sogar unsere Gesetze können nur von wilden Tieren gehütet und gehalten werden.

Einmal in Deutschland, viele Jahre nach dem Krieg, zog Vater seinen schwarzen Frack an und steckte alle seine Medaillen an. Er setzte seinen glänzenden Zylinder auf und begab sich zu einer Denkmalsetzung für Kriegsgefallene. Die Namen aller Toten waren in alphabetischer Reihenfolge in den Stein gemeißelt. Dieses Denkmal stand im Stadtpark neben dem Spielplatz, bei den Schaukeln und der Sandkiste. Ich erinnere mich nicht mehr, wie das Denkmal aussah. Wahrscheinlich stellte es Soldaten mit erhobenen Steingewehren unter Steinflaggen dar und Mütter aus Stein mit ihren steinernen Klagen. Gewiss prangten auch Raubtiere darauf, um Menschen, Generäle und Kaiser zu verherrlichen.

Vier Jahre lang starb Vater im Krieg. Er grub unzählige

Schützengräben. Man sagte ihm, dass Schweiß Blut spare. Und Soldatenblut spare den Schweiß von Generälen. Und der Schweiß von Generälen spare wieder Blut und Schweiß von Fabrikbesitzern und Kaisern, und so sei des Sparens kein Ende. Unzählige Schützengräben grub mein Vater. Er schaufelte sich viele Gräber. Nur einmal wurde er verwundet. Alle andern Kugeln verfehlten ihr Ziel. Bei seinem wahren Tod, viele Jahre später, vereinigten sich alle Kugeln und Geschosse, die ihn damals verschont hatten, und zerrissen sein Herz. Aus jenem letzten Graben, den die andern für ihn gruben, kam er nicht mehr heraus. Er überlebte viele Schlachten, und oft figurierte er als »statistisch tot«. Sein Blut leuchtete in ihm wie das elektrische Auge des Lichtschalters im Treppenhaus, damit ihn der Tod sähe. Aber der Tod drückte nicht auf die Knöpfe seines leuchtenden Blutes, und Vater starb nicht wirklich. Der Gott, an den er glaubte, schwebte über ihm wie ein weißer, rettender Fallschirm, noch höher als der Flug der Granaten. Seinen Gott mischte er nicht in Kriegsangelegenheiten, sondern überließ ihn den Naturgesetzen und Sternen, ließ ihn über sich schweben wie prickelnder Schaum auf seinem dunklen, schweren Lebenstrunk.

Manchmal, wenn der Krieg besonders wütete, glich sein Körper einem kahlen Baum. Alles Leben war aus ihm gewichen, nur die Blattnerven blieben zurück. Er schickte uns viele Briefe. Anfangs waren es nur vereinzelte Schreiben. Im Laufe der vier Kriegsjahre häuften sich die Briefe zu Bündeln und Paketen. Die Pakete wurden schwer wie Steine. Was geschieht eigentlich mit Briefen? Erst schweben sie leicht und weiß wie Taubenflügel. Dann werden sie hart wie Stein. Die Briefe wanderten von einem Platz zum andern, von Schachtel zu Schachtel, hinein in den Schrank und auf den Schrank hinauf, von dort auf den Dachboden und dann geradewegs unter die Dachbalken. Als Vater wirklich starb, sprang er mit einem einzigen Sprung viel höher als alle seine Briefe unter dem Dach. Wenn er wiederaufersteht, wird er alle Bündel öffnen und seine Briefe lesen, denn ein Mensch verschenkt in seinem Leben Blut und Schweiß, Poesie und Briefe.

Einmal erzählte er uns, wie ihn französische Gefangene bei Verdun um Wasser angefleht hätten: »De l'eau! De l'eau!« Er gab ihnen, was noch in seiner Feldflasche war. Seither kann ich ihr Rufen um Wasser nicht vergessen. Manchmal kommen sie zu mir und bitten um ein paar Tropfen Wasser. Vielleicht hatte ihnen Vater von mir erzählt. Es ist zwar unwahrscheinlich, weil ich damals noch gar nicht auf der Welt war; aber im Krieg, der Menschen und Länder verwirrt, alles umstürzt, Stehende zum Sitzen und Sitzende zum Liegen bringt und Liegende zu Bildern an der Wand werden lässt, ist alles möglich.

Einmal, kurz bevor Hitler ans Ruder kam, luden ihn seine Waffengefährten zu einer Gedenkfeier ein. Sie schrieben ihm einen freundlichen Brief. Den Briefkopf zierte das Emblem seines ehemaligen Regiments: Jägerhut, Hirschgeweih und gekreuzte Flinten. Denn es war ein Jägerbataillon, ein Bataillon von ehrwürdiger Tradition. Ein edles Bataillon. Mit der Hasen- und Hirschjagd hatte es begonnen. Dann jagten sie Menschen im Krieg. Nicht, um sie aufzuessen wie die Hasen und Hirsche, sondern um sie zu töten und zu zermalmen, damit man Fleisch und Blut sehe und nicht Haare und Lächeln, Arme und Liebkosungen oder andere gefällige Verbindungen.

Vater beantwortete die Einladung nicht. Und das war auch wieder ein Tod, denn sie hatten ihn sehr gern und riefen ihn David. Vor dem Versöhnungstag im Krieg gaben sie ihm von ihren Rationen, damit er das Fasten besser durchstehe. Sie sammelten Sterne für sein Gebet und stille Momente für seine Andachten. Vater stärkte dafür ihren Mut mit seiner Zuversicht und seinen heiteren Geschichten.

Darauf starb er noch oft.

Er starb, als man ihn verhaftete, weil er das Naziabzeichen, das ich gefunden hatte, in den Mülleimer geworfen hatte. Schwarz schritten sie auf die Tür zu, und schwarz brachen sie sie auf. Es war für mich schrecklich, zu sehen, dass Vater unser Haus nicht mehr vor dem Feind beschützen konnte. Das war das Ende meiner Kindheit. Wäre ich größer gewesen, hätte ich Vater beschützt, so wie er mich stets zu beschützen pflegte.

Er starb, als man Wachen vor sein Geschäft stellte, damit keiner mehr bei dem Juden einkaufe. Er starb, als wir Deutschland verließen, um nach Israel auszuwandern. All die Jahre starben mit ihm. Als der Zug am jüdischen Altersheim vorbeirollte, das mein Vater unterstützt hatte, standen die Greise an Balkonen und Fenstern und schwenkten Leintücher. Nicht zum Zeichen der Niederlage winkten sie, sondern um Lebewohl zu sagen. Was ist der Unterschied zwischen Abschied und Niederlage? Für beide schwenkt man weiße Fahnen und Tücher.

Er starb viele Male, denn er war aus vielerlei Stoffen gemacht. Manchmal war er wie Eisen, manchmal wie weißes Brot und manchmal wie altes Edelholz. Und all dies musste sterben. Manchmal sah ich, dass er sein Gesicht mit seinen Händen wie mit einem Kleid bedeckte, damit ich es nicht in seiner Blöße sähe; oft drückten seine Gedanken zu schwer auf seinen kleinen Körper, und er ging gebeugt unter ihrer Last. Manchmal war er aber auch stark wie ein Telegrafenmast, und seine Gedanken blitzten leicht wie die gespannten Drähte, und es ließen sich sogar Singvögel auf ihnen nieder.

Als er tatsächlich starb, wusste Gott nicht, ob er wirklich gestorben war. Sonst kam Vater immer wieder zum Leben zurück, aber diesmal erhob er sich nicht. Einige Wochen zuvor hatte er eine Herzattacke erlitten. Man nennt das so, aber wer attackiert wen? Das Herz den Körper oder der Körper das Herz? Oder vielleicht greift die Welt beide an?

Als ich ihn einmal besuchte, lag er neben einer eisernen Sauerstoffflasche, und seine Augen waren gebrochen wie Kristallgläser bei einem Hochzeitsfest. Früher stand ein Engel neben den Betten der Kranken, jetzt ist es die volle Sauerstoffbombe, die summt. Den Männern in U-Booten und den Fliegern gibt man auch Sauerstoffflaschen mit. Wohin wird Vater wohl gehen? Wird er untertauchen oder sich erheben? Jedenfalls wird er uns verlassen.

Er winkte mich zu sich. Ich sagte ihm: »Sprich nicht, das strengt dich zu sehr an.«

Er sagte: »Die Katze schreit auf dem Dach des Nachbarn. Vielleicht ist sie eingeschlossen und möchte hinaus.«

Ich ging zum Nachbarn und befreite die Katze. Und wieder hörten wir nichts als das Raunen des Sauerstoffs. Über dem Tank tickte eine Uhr, die den Druck maß. Vaters Zeit war die Zeit des Sauerstoffs im Behälter. Meine Mutter stand in der Tür. Hätte es in ihrer Macht gestanden, hätte sie ihm, wie die Sauerstoffbombe neben seinem Bett, von ihrer Lebenskraft gegeben.

Dann ging es Vater Tag für Tag besser in seinem Bett. Allmählich kehrten ihm die Farben zurück. Bei seinem Herzanfall waren sie geflohen und hatten sich zerstreut, doch jetzt kamen sie zurück wie Flüchtlinge nach dem Bombenangriff. Der Sauerstofftank wurde auf den Balkon gestellt.

An seinem Sterbetag machte der Arzt ein Kardiogramm. Er öffnete eine Art Radio und verband Papa mit allen möglichen elektrischen Drähten. Wenn man liebt, braucht man keine so komplizierten Geräte, um das Herz zu prüfen. Aber bei einem kranken Menschen ist das anders. Die Nadel notierte Zickzacklinien auf einem Papier, wie der Seismograf ein Erdbeben registriert. Vater glich einer Empfangsstation mit lauter Drähten und Antennen. Am selben Tag strahlte er seine letzte Sendung aus. Ich habe sie vernommen.

Der Arzt sagte indessen: »Wir sind in Ordnung.« Wie wenn jemand bezweifelt hätte, dass er in Ordnung sei. Er nahm seinen Apparat auseinander und zeigte uns das Zickzack, das seiner Meinung nach in Ordnung war.

Am Abend ging ich mit meiner Frau ins Kino. Nachdem die Zerrgesichter auf der Leinwand zu lachen und zu weinen aufgehört hatten, gingen wir auf die Straße hinaus. Meine Frau kaufte Blumen aus einem Tonkrug des Straßenhändlers neben einem Künstlercafé. Junge Dichter mit traurigem, in die Ferne gerichtetem Blick kommen dorthin und Leute mit allerlei Auszeichnungen von verschiedenen Schlachten. Manche hinken, weil sie im Krieg verwundet wurden, und manche hinken, weil das Hinken etwas Edles an sich hat. Es gibt dort Burschen mit Schnurrbärten, die Krieg lieben und keine Uniformen tragen, und solche, die Frieden lieben und Uniformen tragen, und Mädchen, die es lieben, mit allen zu sein. Wir kauften rote Rosen, vielleicht, um die aufsteigende Farbe auf Papas Wangen zu ermuntern.

Wir setzten uns neben Vater hin. Meine Frau stellte die Blumen in eine Vase, und sie atmeten erleichtert auf. Wir rückten unsere Stühle zum Bett, und Vater begann uns von einem Mann zu erzählen, der von einem Transportzug nach Auschwitz abgesprungen war, sich bei guten Christen versteckt gehalten hatte und schließlich ins Land kam. Vaters Augen füllten sich mit Tränen, als er von den guten Leuten sprach, die einen gehetzten Menschen versteckt hatten. Seine Augen füllten sich mit Tränen, sein Mund stieß ein eigentümliches Keuchen aus. Seine Rede brach ab wie ein zerrissener Film im Kino, wie eine Rundfunksendung, die von einem fremden Sender gestört wird. Welche Station unterbrach wohl Papas Sendung? Beide Stationen verstummten, seine eigene und der Störsender. Sein Mund blieb offen, als wollte er noch mehr Geschichten über gute Menschen erzählen, doch er brachte sie nicht mehr hervor. Ich sprang auf, umarmte ihn und küsste ihn auf die kalte

Stirn. Vielleicht dachte ich an seine Stirn, die am Versöhnungstag den Boden berührt hatte. Vielleicht wollte ich ihm seinen Geist zurückbringen wie der Prophet Elischa. Mutter kam aus dem Badezimmer herein. Meine Frau rief den Arzt. Er kam und stellte fest, was bereits feststand. Ein guter Nachbar bot uns seine Hilfe an. Dann kam der Rabbiner, ein Bekannter meines Vaters, und traf Anordnungen. Möbel wurden verschoben, Fenster geöffnet und geschlossen. Er war an Tote gewöhnt. Er stellte eine Kerze auf den Fußboden wie ein Licht auf einer Baustelle oder beim Ausbessern einer Straße. Dann öffnete er ein Buch und murmelte leise vor sich hin. Nun brauchte die Sauerstoffflasche nicht mehr zu summen.

Am nächsten Tag wurde Vater gewaschen. Man räumte die Möbel aus dem Zimmer, goss Kessel voll Wasser aus und verband ihn mit vielen Stoffstreifen. Nach der Beerdigung besuchten uns Verwandte und Bekannte. Tante Schoschana vom Dorf freute sich, ihre Hühnerfarm einen Tag lang ihrem Schicksal zu überlassen und alte Freunde wiederzusehen.

Es gab viele Arten der Trauer. Nur dem bitteren, lauten Geschrei gaben wir uns nicht hin. Vielleicht, weil Vater mitten in seiner Erzählung gestorben war oder weil alle Radiosender abgestellt worden waren. Oder weil das Herz ein weiter Schalltrichter hätte sein sollen, aber nicht groß genug war. Man konnte auch mit dem Geheul der Eisenbahn trauern, die sich zwischen den kluftigen Bergen nach Jerusalem hinaufwand. Oder auch ganz still, wie ein offen gelassenes Fenster, das leise hin und her schwingt.

Wir vermögen so wenig auszudrücken: Kummer,

Angst, Freude und vielleicht noch ein paar Regungen. Es geht uns wie den großen Schaufensterpuppen in den Modegeschäften. Das Schicksal stellt uns in Pose wie der Dekorateur die Puppen im Fenster. Manchmal hebt er ihnen eine Hand hoch oder wendet den Kopf zur Seite, und so bleiben sie jahraus, jahrein, genauso wie wir.

Ich ließ mir einen Trauerbart wachsen. Erst war er hart, doch mit der Zeit wurde er weicher. Wenn ich dalag, hörte ich manchmal Schüsse oder das Dröhnen von Traktoren in einem der Täler und das Sprengen aus den Steinbrüchen. Mein Vater war wie ein Steinbruch gewesen. Er hatte mir alle Steine gegeben, bis er selbst leer war. Jetzt, da er tot ist und ich aufgebaut bin, liegt er verlassen da, und rings um ihn wächst Wald. Wenn ich in die Ebene hinunterfahre, sehe ich die Steinbrüche an der Landstraße ausgestorben daliegen.

Ich bestellte einen Grabstein. Am Abend zuvor sah ich ein Mädchen neben einem Grabstein stehen. Es schnallte sich die Sandalen zu, die aufgegangen waren. Als ich mich näherte, flüchtete es zwischen die beiden hohen Häuser. Ich bestellte einen breiten Grabstein mit einem steinernen Kissen darüber. Der Steinhauer erkundigte sich nach den Maßen, so wie ein Schneider nach den Säumen, Knöpfen und dem Stoff fragt.

Der Friedhof liegt nahe der Grenze. Zu Kriegszeiten bleiben die Toten allein. Nur Soldaten erblickt man von Zeit zu Zeit. Neben meinem Vater liegt ein deutscher Arzt begraben. Er hat keinen Grabstein, nur eine kleine Metalltafel.

Auf der Stadtseite sieht man den Kühlturm der städtischen Molkerei. Heute dienen uns die Türme nicht mehr zum Schutz; aber dieser Turm kühlt wenigstens. Die alten Wassertürme mussten groß sein, um alle Häuser mit Wasser zu füllen. Vaters Gott war so groß, dass er ihn ganz ausfüllte. Mich erfüllten andere Dinge, doch stammten sie nicht immer aus hohen Türmen. Manchmal war der Druck schwach und erfüllte mich nur zur Hälfte mit Gedanken und Träumen. Vor einigen Tagen war ich auf dem Friedhof. Über jedem Grab steht ein Name und ein Bibelvers. Niemand weiß, wo Moses begraben liegt, aber wo er gelebt hat, wissen alle, und bis zum heutigen Tag ist uns sein ganzes Leben bekannt. Heute ist es umgekehrt. Nur die Begräbnisstätten sind bekannt, doch wo wir gelebt haben, weiß keiner. Wir wandern, wir wechseln, wir verändern uns, und nur unsere Grabstätte kennt man.

Nun schreite ich allein auf meinem Weg weiter und nehme manche Stationen meines Vaters und manche seiner Gesichtszüge mit mir. Einige führe ich weiter und entwickle sie, und andere lasse ich liegen.

Doch Vater, ich sagte es schon, stirbt immer noch. Er erscheint in meinen Träumen, und voller Sorge sage ich zu ihm: »Nimm dir einen Mantel, geh langsam, sprich nicht, damit du dich nicht aufregst. Ruh dich vom schrecklichen Krieg aus. Ich, ich kann nicht ruhen. Ich gehe, aber ich bete nicht. Ich lege die Gebetriemen nicht auf meinen Arm und meine Stirn, sondern in die Schublade, die ich nicht öffne.«

Einmal ging ich über die alte Via Appia in Rom. Mein Vater lag auf meiner Schulter. Plötzlich sank sein Kopf herab, und ich fürchtete, Vater würde sterben. Ich bettete ihn an den Wegrand und legte einen Stein unter seinen

Nacken. Ich rief ein Taxi. Ich fand keines und ging auf die Suche. Alle paar Schritte wandte ich mich nach Vater um und lief weiter in den Verkehr hinein. Vater lag am Wegrand. Nur sein Kopf war mir zugewendet und hielt mich zurück. Ich sah ihn, als ich durch den San-Sebastian-Bogen schritt. Leute gingen vorüber, beugten sich über ihn und setzten ihren Weg fort. Ich erreichte ein Taxi, aber es war zu schmal und glich einer Schlange. Ich fand ein zweites, und der Fahrer sagte: »Man kennt das, er stellt sich tot.« Ich wandte mich um und sah, dass Vater immer noch am Wegrand lag. Sein blasses Gesicht war mir zugekehrt, aber ich wusste nicht, ob er noch lebte. Ich wandte mich nochmals um und sah ihn weit, weit weg, jenseits der alten Bogen des San-Sebastian-Tores liegen.

Isaac B. Singer

Ein Gast im Schtibl

Eines Nachmittags betrat ein breitschultriger Riese mit gerötetem Gesicht, blondem Bart und wilden Augen das kleine chassidische Bethaus zur Zeit der Mincha. Sein Gewand war weder lang noch kurz. Er trug einen Pelz-umhang und einen Kaftan mit Kapuze, der aussah, als stamme er aus dem Mittelalter. Seine Stiefel hatten breite Stulpen, in die er seine weiten Hosen gesteckt hatte. Er zog ein winziges Gebetbuch aus der Tasche und fing an, das Achtzehngebet zu sprechen.

Er betete hingebungsvoll, aber die Worte, die aus seinem Mund kamen, waren hart und schwer wie Steine. Die Leute beobachteten ihn und zuckten die Achseln. »Wer ist das?«, fragten sie.

Nach dem Gottesdienst begrüßten die Beter ihn mit »Scholem alejchem« und fragten ihn, woher er komme.

»Oh, von weit her.«

»Woher?«

»Aus Russland.«

»Aus welcher Stadt?«

Er nannte eine, von der die Warschauer Chassidim noch nie gehört hatten.

»Und wie heißen Sie?«

»Awrom.«

An der Art, wie er »Awrom« aussprach, erkannten sie, dass er kein Jude war wie andere Juden. Nach einigem

Hin und Her fanden sie heraus, dass Awrom Konvertit war. Er war ein Bauer aus einer entlegenen russischen Provinz, der in diese jüdische Straße in Warschau gezogen war, um hier als Blechschmied zu leben.

Als man ihn fragte, warum er Jude geworden sei, rief er aus: »Weil die Juden die Wahrheit haben!«

Die Juden waren verwundert. Noch mehr wunderten sie sich darüber, dass er zum Beten in ein chassidisches Schtibl gekommen war anstatt in eine reguläre Schul, aber alle hießen ihn freundlich willkommen. Als man ihm einen Aufruf zur Thoralesung gewährte und ihn als »Reb Awrom ben Awrom« nach vorne rief, berührte der Konvertit die Thora mit den Schaufäden seines Gebetsmantels, küsste sie und sagte den Segensspruch mit tiefer Bassstimme, die aus einem Fass oder Grab zu kommen schien. Die kleineren Jungen kicherten und stießen einander mit den Ellbogen. Der Thoravorleser konnte das Lachen gerade noch unterdrücken, indem er sich wiegte und finster das Gesicht verzog. Ja, vor uns stand ein Jude, ein frommer Jude – in Form und Gestalt eines Goj.

Binnen Kurzem machte der Konvertit Ärger. Unter Chassidim ist es üblich, sich beim Gottesdienst zu unterhalten, doch wenn der Konvertit jemanden schwatzen hörte, wurde er rot und blass vor Wut und schrie gereizt: »Pst – pst!«

Und legte einen Finger an die Lippen.

Während der stillen Andacht blieb er lange ins Gebet versunken stehen. Der Vorbeter hatte nicht die Geduld, abzuwarten, bis er geendet hatte, und setzte mit der Wiederholung ein. Infolgedessen verpasste der Konvertit die Keduscha, was ihn erzürnte.

»Sie beten viel zu hastig«, beschwerte er sich. »Sie vergessen, dass Sie zu Gott sprechen.«

Der Konvertit hatte offensichtlich die heiligen Texte studiert und kannte die Gesetze, denn er fragte: »Seid ihr beim Geldzählen auch so schnell? Man soll beten, wie man Geld zählt.«

Er habe recht, räumten die Chassidim ein. Misnagdim waren sie darum aber noch lange nicht. Zwar hatten sie sich bei dem Konvertiten entschuldigt und ihm recht gegeben, aber am nächsten Tag wiederholte sich die Szene. Der Konvertit schrie, hämmerte mit seinen schweren Fäusten auf den Tisch und brüllte, der Messias werde nicht kommen, weil die Juden sündigten.

Noch mehr Schwierigkeiten mit ihm hatten die Jungen. Allesamt schwatzten sie während der Gebete, rannten herum, zwickten einander und kicherten. Der Konvertit tobte, dass das Haus wackelte. Am meisten ärgerte ihn, dass die Grünschnäbel nicht an den richtigen Stellen »Gepriesen sei Er und gepriesen sei Sein Name« und »Amen« sagten. Wenn er selbst mit sonorer Stimme rief: »Gepriesen sei Er und gepriesen sei Sein Name« und »Amen«, erzitterten die Wände. Seine gojische Frömmigkeit weckte bei den Jungen und selbst bei den Erwachsenen einen unwiderstehlichen Drang zu lachen. Sogar der Kantor musste mitten im Gebet in die vorgehaltene Hand lachen.

Am Jom Kippur tat der Konvertit etwas völlig Verrücktes: Anstatt in Socken stand er barfuß da. Seine Füße waren riesig, und seine ungewöhnlich weit auseinanderstehenden großen Zehen wurden von unförmigen Zehennägeln gekrönt. Ein kurzer Blick auf diese Füße genügte, um einen zum Lachen zu bringen. Am Abend des Jom Kippur, während des Kantors Kol Nidre, hatte die gesamte Gemeinde einen Lachkrampf. Sie schlugen sich an die Brust während des Sündenbekenntnisses und glucksten in ihre Gebetbücher für die Hohen Feiertage.

Der Konvertit stand da, in weißem Leinenkittel und in einen Gebetsmantel gehüllt. Wenn er sich gegen die Brust trommelte, hallte die heilige Stätte davon wider, ebenso wie von seinem erbarmenswürdigen Jammern. Seine Gestalt hob sich von allen anderen Gebetsmänteln und Leinenkitteln ab. Er trug eine goldbestickte Jarmulke und sah damit nicht wie ein Jude, sondern wie einer jener Heiligen aus, die die Christen auf Kirchenwände malen. Die Chassidim kamen zu dem Schluss, dass sie diesen Iwan loswerden mussten – nur wie? Dürfen Juden einen Goj vertreiben, der das Joch der Jüdischkeit auf sich genommen hat? War er nicht ein Zaddik, ein heiliger Mann?

Nach dem Gebet zum Ausgang des Tages ging der Konvertit nicht nach Hause, sondern verbrachte die Nacht im Bethaus. Die ganze Nacht lang sang er Psalmen. Am nächsten Morgen machte er eine Szene, bevor die Thora aus der heiligen Lade gehoben wurde. Der Gabbai hatte mit der Versteigerung der »Aufrufe« zur Thora begonnen und wiederholte in lautem Singsang: »Sechs Złoty zum Ersten, sechs Złoty zum Zweiten, sechs Złoty zum … zum … sechs Złoty zehn …« Kaum hatte der Gabbai die letzten Worte gerufen, schrie der Konvertit lauthals: »Was geht hier vor? Geld, Geld, Geld!«

Er stampfte mit seinen bloßen Füßen auf, fuchtelte mit den Fäusten und brüllte: »Złoty, Złoty, Złoty … Es ist

Jom Kippur! Flegelhaftes Pack! … Ihr versündigt euch! Ihr entweiht den Namen des Herrn!«

»Frechheit!«, kreischte jemand.

»Goj bleibt Goj!«, rief ein junger Mann.

»Selber Goj«, gab der Konvertit zurück. »Jom Kippur ist ein heiliger Tag. Der heiligste Tag des Jahres. Gott vergibt uns unsere Sünden, und ihr macht Geschäfte, Geschäfte … genauso wie dazumal im heiligen Tempel … Darum wurde er zerstört … Darum kommt der Messias nicht!«

Und der Konvertit brach in Tränen aus – ein heiseres männliches Weinen, das die anderen erschaudern ließ. Alles verstummte.

Dann rief der Gabbai laut: »Wir müssen unser Bethaus unterhalten … Wir brauchen Kohle für den Winter. Wir müssen Miete zahlen.«

»Am Jom Kippur ist es verboten, vor der Thoralesung Geschäfte zu machen«, erwiderte der Konvertit.

»Wir brauchen keine Belehrung darüber, wie Juden sich verhalten sollen.«

»Es ist verboten«, sagte er.

Nach einer Weile wurde das chassidische Bethaus den Konvertiten los; er betete nun in einer Synagoge. Aber auf der Straße war er weiterhin lästig. Den Prostituierten, die an den Haustoren standen, predigte er Moral. Den Dieben, die in der Anlage herumlungerten, hielt er einen halb jiddischen, halb russischen Vortrag, in dem er sie mahnend darauf hinwies, wo in den Zehn Geboten der Bibel der Satz »Du sollst nicht stehlen« vorkam. Selbst damals schon gab es in der Straße Haushalte, wo die Frauen am Schabbat kochten, und der Konvertit tauchte dort auf, um sie zu maßregeln, sagte Katastrophen voraus, Seuchen und sogar Pogrome. Nicht lange, und die Kinder hefteten sich an seine Fersen und neckten ihn mit »Iwan, Iwan muss marschiern, Iwan muss den Kopf verliern …«.

Seine größte Entrüstung aber sparte er sich für die jungen Mädchen auf, die kurzärmlige, ausgeschnittene Kleider trugen. Der Konvertit rannte ihnen nach, schimpfte sie Dirnen und Huren und schalt sie lauthals Sünderinnen, die andere zur Sünde verführten.

In der Straße gab es ein Teehaus, wo Jungen und Mädchen am Schabbat zusammenkamen, um Kürbiskerne zu knacken, zu flirten und zu tanzen. Die Besitzerin ging mit unbedecktem Haar herum und goss ab und zu kaltes Wasser in den Samowar nach oder stieß verstohlen den eisernen Schürhaken ins Feuer. Der Konvertit sah, was da vor sich ging, und ernannte sich selbst zum Schabbatwächter. Die Diebe und Schläger, die in diesem Lokal Stammgäste waren, verwünschten den Konvertiten und drohten ihm, er werde eines Tages mit einem Messer im Rücken aufwachen. Die Mädchen lachten ihn aus und geleiteten ihn mit Pfiffen zum Teehaus hinaus.

Der Konvertit beschwerte sich bei Vater und tadelte ihn, dass er sich nicht um die Straße kümmere. Vater rechtfertigte sich vor dem Konvertiten, als sei er einer seiner eigenen Leute, und erzählte ihm, wie wenig die heutige Generation sich um ethische Botschaften scherte. Vater deutete dem Konvertiten an, er solle lieber beten, solle lernen, Jude zu sein, und nicht versuchen, andere zu bessern, weil das vergebliche Mühe sei. Doch der Konvertit verwies Vater auf den Vers im Pentateuch, wo dem Gläubigen geboten wird, seinen Mitmenschen zu tadeln.

Vater pflichtete ihm bei, zeigte ihm aber ein Gesetz, das bestimmte, wenn man Gewissheit habe, dass Moralpredigten wirkungslos seien und der Mitmensch mutwillig und absichtlich sündige, solle man ihm nicht länger Vorhaltungen machen. »Alles hat seine Grenzen«, erklärte Vater.

»Ihretwegen wird der Messias nicht kommen, und wir müssen auf ewig in der Verbannung bleiben.«

»Auf ewig? Das verhüte Gott!«

»Sie fordern die neuerliche Zerstörung heraus.«

Der Konvertit wollte sich nicht trösten lassen. Das Sündigen auf der Straße bereitete ihm endlose Pein. Aus seinen blassen Augen sprach unjüdische Bitterkeit.

Eines Schabbats wurden die Menschen Zeuge einer anderen sonderbaren Szene: Der Konvertit wurde zwischen zwei Polizisten abgeführt. Da es in Russland verboten war, zum Judentum überzutreten, hatte der Konvertit ein Staatsverbrechen begangen. Offensichtlich hatte jemand ihn bei den Behörden angeschwärzt. Oder er hatte vielleicht eine andere Übertretung begangen. Die Polizei hängte ein Schloss vor die Werkstatt und versiegelte die Tür.

Einige meinten, man müsse Nachforschungen anstellen und dem Konvertiten einen Anwalt suchen, aber niemand hatte Geld oder Zeit für solche Bemühungen übrig. Nach einer Weile wurde das Schloss vor seiner Tür entfernt, und ein Sodawasserladen machte dort auf. Der Konvertit schien sich in Luft aufgelöst zu haben. Erst jetzt begannen die Menschen in der Straße zu begreifen, was geschehen war. Ein Goj hatte sein Leben für die Jüdischkeit geopfert, und die Juden hatten ihn verspottet. Er war irgendwo eingekerkert, und niemand unternahm auch nur die geringste Anstrengung, ihn zu befreien. Manche sagten, der Konvertit sei nach Sibirien geschickt worden. Die Elementarschüler waren sicher, dass er entweder gehenkt oder auf dem Scheiterhaufen verbrannt worden war und seine Seele mit den Worten »Höre Israel!« ausgehaucht hatte. Die Menschen in der Straße fühlten sich schuldig.

Sie dachten, sie würden den Konvertiten nie wiedersehen. Doch nicht lange nachdem die Deutschen Warschau im Ersten Weltkrieg besetzt hatten, erzählte ein Bursche namens Chaim folgende Geschichte:

Eines Tages war er hungrig die Długastraße entlanggegangen. Da erblickte er einen Laden mit hebräischer Aufschrift. Ein junger Mann stand im Eingang und fragte Chaim: »Du bist hungrig, ja? Dann komm herein.«

Chaim ging hinein. Man brachte ihm eine Schüssel Hafergrütze und einen Brotkanten. Andere junge Männer saßen an einem langen Tisch. Nach dem Mahl betrat ein barhäuptiger Jude mit dem Bart eines Lehrers und der goldgeränderten Brille eines Reichen den Raum und fing an zu predigen: Der wahre Messias sei bereits gekommen, und sein Name sei Jesus von Nazareth. Dieser Jude sprach dann von dem kleinen Lamm, dem Osteropfer und Jesajas Prophezeiung, eine Jungfrau werde schwanger sein und einen Sohn gebären. Er erläuterte den schwierigen Vers in Psalm 2,12 mit den Worten, er bedeute: Küsset Gottes Sohn.

Da war Chaim klar geworden, dass er unter die Missionare gefallen war, aber er scheute sich, das Essen stehen zu lassen und wegzulaufen. Und auf einmal war der Konvertit aufgetaucht. Offenbar lebte er hier.

Ja, Juden hatten ihn vertrieben, und er war zu den Missionaren übergewechselt. Chaim erkannte ihn wieder, und der Konvertit versicherte ihm: »Ich bin Jude! Jude! Aber der Messias ist schon da. Ihr wartet vergebens. Jesus ist der Messias … Jesus von Nazareth!«

Als diese Geschichte bis ins Bethaus drang, hieß es unter den dortigen Juden: »Das ist das Problem mit den Gojim. Sie haben nicht die Geduld zu warten.«

Lizzie Doron

Kol Nidre

Jom Kippur.

Die ganze Nachbarschaft im Sühnedienst; die Häuser menschenleer. An diesem Tag gab es für alle nur ein Haus – Gutas Synagoge. An Werktagen war es ein Wohnhaus, an heiligen Tagen verwandelte es sich in ein Haus Gottes. Im Wohnzimmer, das zum Betraum wurde, fügten sich heilige Bücher und Kultgegenstände zusammen mit den Stühlen, dem Sofa und dem Tisch. Das Schlafzimmer wurde zur Frauenabteilung umfunktioniert, und der Flur trennte, wie es das Gesetz vorschreibt, die männlichen und die weiblichen Betenden. Der Raum mit dem Thoraschrein füllte sich mit Reihen von Betern, eingehüllt in den Gebetschal.

Auf dem Rasen im Hof spielten die Kinder Fangen, Verstecken und Dreisprung. Das göttliche Jugendkulturzentrum war mit Leben erfüllt.

Helena bereitete sich wie die anderen auf Jom Kippur vor. Vor Sonnenuntergang zog sie sich weiß an, bedeckte den Kopf mit einem weißen Seidentuch, das halb wie ein Gebetschal aussah, halb wie ein Brautschleier, stellte sich auf den Balkon ihrer Wohnung im zweiten Stock und schaute zur Synagoge auf der anderen Straßenseite. »Wann wird das Jiskor gebetet?«, fragte sie diejenigen, die zum Beten hineingingen. »Ich muss sie und Gott an ein paar Dinge erinnern.«

Und mich schickte sie in den Hof zum Spielen.

Jedes Jahr, vermutlich im Voraus organisiert, stand ihr ein Kind zu Diensten, das vom Hof heraufrief: »Helena, Helena, als Nächstes kommt das Jiskor dran!« Helena verschwand vom Balkon und stand blitzschnell in der Synagoge, vor dem Thoraschrein. Mit einem Schlag wurde es still. Alle in ihren Gebetschal gehüllten Beter erstarrten. »Aber das ist die Abteilung der Männer.« Verwirrung, Verlegenheit. Anfangs versuchten einige zu erklären: »Du hast dich geirrt, geh ins andere Zimmer.« Helena schaute sie an und sagte: »Ich habe mich nicht geirrt, ich bin am richtigen Ort.« Und mit einer heftigen Bewegung drehte sie sich von den Betenden zum Thoraschrein, und ihre Stimme donnerte in die Stille: »Zur Kenntnis Gottes und zur Kenntnis der Gemeinde, ich, Helena, Spross einer Familie, die ausgerottet wurde, trete vor dich, Herr, um ein Gelübde zu erfüllen, das ich abgelegt habe, es ist ein Auftrag, den ich mir nicht ausgesucht habe. Ich erinnere an Seelen. Und nur du weißt, warum ausgerechnet ich das tun muss. Ich stehe hier an ihrer Statt. Wenn sie noch da wären, hätten sie vor dem Heiligen Schrein stehen können, und ich stünde dort, wo ich hingehöre.«

Plötzlich, den Tränen nahe, drehte sie sich um zu den Betern, deren Blicke wie gebannt an ihrem Rücken gehangen hatten. »Was starrt ihr mich so an? Das bin nicht ich, ich bin jeder, der nicht hier ist.« Und wieder wandte sie sich zum Thoraschrein. Vollkommen starr stand sie da, und ihr Seidentuch, das vorher wie ein Gebetschal oder ein Brautschleier ausgesehen hatte, verwandelte sich: He-

113

lena war in Weiß gehüllt, wie ein Toter in Leichentücher. Nach einem kurzen Moment wandte sie sich wieder an die Gemeinde. »Ich werde nur die Vornamen sagen«, erklärte sie, als leistete sie einen Schwur, »damit ihr euch, Gott behüte, mit dem Beten nicht verspätet.«

Der Rabbiner gab ein Zeichen, er verstand, dass ihm nichts anderes übrigblieb. Und Helena zählte die Namen auf: »Gott gedenke Kube, Mosche, Aharon, Selig, Judel, Kalman, Pinchas und Efraim…« Sie begann mit den Namen der Männer und fuhr mit den Namen der Frauen fort: »Frieda, Pepa, Golda, Nina …« Die Finger ihrer langen, schmalen Hände bewegten sich wie Kontrolleure, einer nach dem anderen, zu jedem Namen ein Finger, zu jedem Finger ein Name, und die Zahl der Finger wuchs mit der Zahl der Namen. Helenas Liste war lang.

In der Synagoge herrschte Schweigen.

Den Männern war anzumerken, dass ihre Kehlen trocken und ihre Augen feucht wurden, und in der Frauenabteilung wurden Taschentücher weitergereicht, um die Tränen abzuwischen. Vom Thoraschrein zerriss eine Melodie die Luft, einer nach dem anderen stiegen dort die Namen empor – und jeder Name mit seinem eigenen Weinen. Am Ende der Liste war Helenas Weinen nicht mehr zu hören, nur noch das Weinen der ganzen Gemeinde. Am Schluss bedankte sie sich bei allen, die ihr geholfen hatten, ihr Gelübde zu erfüllen, und verließ das Bethaus.

Die Zeremonie des Jom Kippur nahm ihren vorgeschriebenen Verlauf.

Ja, so geschah es jedes Jahr an Jom Kippur, in der Synagoge unseres Viertels.

Und im Hof spielten die Kinder weiter ihre Jom-Kippur-Spiele.

Wenn Helena vom Balkon verschwand, verschwand ich aus dem Hof und schaute vom Hinterfenster der Synagoge aus zu, was sich vor dem Thoraschrein abspielte. Der Schrein verdeckte sie, verbarg ihren Blick, ihren Schmerz, aber nicht die Stimme. Anfangs hörte ich nur zu, später stellte ich mich auf die Zehenspitzen, um etwas zu sehen, und noch später genügte es mir, den Hals zu recken. So erfuhr ich jedes Jahr etwas mehr. Als ich groß genug war, wurde in unserem Viertel eine andere Synagoge gebaut, eine vornehme und prächtige, und die alte wurde geschlossen.

Helena stand weiterhin jedes Jahr auf dem Balkon, und wenn es so weit war, dass der Verstorbenen gedacht wurde, sagte sie Namen auf. Ohne Gemeinde, ohne Rabbiner, ohne Betende, nur im Angesicht Gottes.

❧ Chanukka ☙

Das Lichterfest

Erich Mühsam

Minister und Agrarier,
Bourgeois und Proletarier –
Es feiert jeder Arier
Zu gleicher Zeit und überall
Die Christgeburt im Rindviehstall.
Das Volk allein, dem das geschah,
das feiert lieber Chanukka.

Anne Roiphe

Weg mit dem Weihnachtsbaum

Im Dezember 1978 bat mich die *New York Times*, für die Home-Sparte der Zeitung etwas Kurzes über ein weihnachtliches Thema zu schreiben. Ich warf einen Essay aufs Papier, in dem es darum ging, jüdisch zu sein und einen Weihnachtsbaum zu haben. Die *Times* veröffentlichte ihn am Donnerstag vor dem Feiertag. Ich hatte es für einen kleinen, unbedeutenden Beitrag gehalten, eine Art Familiengrübelei, die im Geist des Lesers schmelzen würde wie eine Schneeflocke auf der Zunge. Ich habe in meinem Leben Dinge falsch eingeschätzt, aber nichts war so folgenreich für mich wie diese Fehleinschätzung.

Die Telefone klingelten bei der *New York Times* – es schien, als würden sich alle Verantwortlichen aller bedeutenden jüdischen Organisationen bei ihren jeweiligen Freunden von der *Times* über meinen Artikel beschweren. Hausfrauen, Rabbis, Anwälte, Ärzte, Geschäftsleute, alle, nur keine Indianerhäuptlinge, riefen an oder schrieben, erbost, dass die Zeitung einen Artikel veröffentlicht hatte, der Assimilation befürwortete, von Unwissenheit über das Judentum zeugte und Geringschätzung gegenüber der jüdischen Lebensart auszudrücken schien. Zu Hause begannen die Telefone Donnerstagmittag zu klingeln und hörten wochenlang nicht auf…

Was ich in der *New York Times* geschrieben hatte, war Folgendes: Jedes Jahr an Weihnachten kaufte meine Familie einen Weihnachtsbaum – und es schien, als würden wir jedes Jahr genau in dem Moment dem uns gegenüberwohnenden Rabbi in die Arme laufen, in dem wir den Baum in unser Haus brachten. Mir war jedes Mal unbehaglich zumute, ich war verlegen, und ich wusste nicht genau, warum. Ja, meine Familie war jüdisch, und wir alle bezeichneten uns als Juden. Aber wir hatten die Entscheidung getroffen, nicht Chanukka zu feiern – weil wir säkulare Juden waren, weil Chanukka mir immer als ein Feiertag erschienen war, an dem es um ein inakzeptables Wunder ging. Gott hätte, sagte ich, den Krieg gleich verhindern und die Leben derjenigen retten sollen, die auf beiden Seiten in der Schlacht gestorben sind, statt nur einem kleinen Krug Öl ein längeres Leben zu erlauben. Nach dem Holocaust schien das Wunder von dem Ölkrug ziemlich schwach. An diesem Punkt machte ich in meinem Artikel einen peinlichen Fehler. Ich verwechselte die Römer mit den Syrern und offenbarte den Lesern der *New York Times*, dass es sehr viele Jahre her war, seit ich mich mit Chanukka beschäftigt hatte, und es mir so gleichgültig war, dass sogar mein Verständnis der jüdischen Geschichte gelitten hatte. Ich demonstrierte treffend, wenn auch unbewusst, dass Ignoranz dem Judentum gegenüber das Eis auf dem rutschigen Weg zur Assimilation ist. Ich schloss meinen Essay mit der Äußerung, dass wir Weihnachten feiern, weil es eine Möglichkeit ist, als Familie zusammenzukommen, unsere täglichen Anstrengungen zu unterbrechen, zusammen zu sein und uns gegenseitig etwas zu geben. Zu Ehren wovon? Zu Ehren der Familie, nahm ich an.

Durch die heftigen Reaktionen auf den Text wurde mir klar, dass ich unabsichtlich viele Menschen verletzt hatte. Rabbis machten den Artikel zum Gegenstand ihrer Predigten, behandelten mich, als wäre ich ein weiblicher Arafat. Jeden Tag luden mich Rabbis, Wissenschaftler und Freunde ein, um das Judentum zu erforschen und zu sehen, was ich versäumt hatte. Ich nahm diese Einladungen an …

Durch diese Studien wurde mir klar, dass ich nicht frei entschieden hatte, weniger jüdisch oder amerikanischer zu sein. Ich hatte nicht gewusst, dass das, was mir und meiner Familie passierte, Assimilation genannt wird. Ich hatte nicht gewusst, dass der Strom der Zeit meine Familie aus Zentraleuropa an die Ufer der Lower East Side gebracht hatte und bis an die Portale der besten Colleges des Landes. Ich hatte die Kraft der Leitkultur nicht verstanden, die gegen meine fragile Identität ausgespielt wurde und mir sagte, dass ich schöner wäre, wenn ich aussähe wie eine Nichtjüdin, mit glatten blonden Haaren und einer kleinen Nase. Ich hatte nicht verstanden, dass ich, aufgewachsen in den Vierzigern, den Antisemitismus jener Kultur angenommen hatte und deshalb dachte, dass Leute, die mit Akzent sprechen, seltsam sind, dass Juden Außenseiter sind. Ich wollte drinnen bei den anderen sein. Und wo waren die anderen an Weihnachten? Sie versammelten sich um ihren Weihnachtsbaum.

Bevor ich mich mit dem Judentum beschäftigte, war mir nicht klar, dass Assimilation eine dunkle Seite hat. Ich dachte, Assimilation wäre ein so natürlicher und unvermeidbarer Prozess wie atmen. Das stimmt nicht ganz. Ich habe überhaupt nicht darüber nachgedacht. Jetzt wird mir klar, dass Assimilation eine Persönlichkeit hervorbringen kann, die oberflächlich, materialistisch, wurzellos und ängstlich ist. Assimilation kann einen Menschen des Vergnügens berauben, dazuzugehören, und der Lebenskraft, die aus Wissen und dem wirklichen Interesse an der Gemeinschaft dieser Menschen resultiert. Amerikanisch zu sein und sonst nichts heißt, so langweilig zu sein wie ein Hamburger von McDonald's, so flach wie die Highways, die durch Kansas führen, so stumpf wie unser nächtliches Fernsehprogramm. Amerikaner können große Reden über die Verfassung und brüderliche Liebe halten und darüber, wie Paul Revere durch die Nacht reitet, aber die amerikanische Identität wird, wenn sie nicht auf etwas Festes gebaut ist, zu Dampf, einer Substanz, die nichts halten, nichts nähren kann. Meine Studien des Judentums haben mich die Schwierigkeiten verstehen lassen, denen meine Eltern und ich gegenüberstanden. Mir wurde klar, dass das Konzept der Diaspora und des Schmelztiegels einander direkt entgegenstanden und dass meine Eltern den Schmelztiegel aus Gründen gewählt hatten, die für sie vollkommen legitim waren.

Als ich ein Kind war, war Weihnachten der einzige Feiertag der Wintersonnenwende, der wichtig war. Für meine Mutter war es schwer, den blinkenden Lichtern, den Tannenbäumen, dem Rentier und den Geschenken, die überall um sie herum waren, zu widerstehen. Zu der Zeit feierte niemand Chanukka auf eine Weise, die mit der offenkundigen Freude von Weihnachten mithalten konnte. Das war nicht unbedeutend, denn die Kraft von Weihnachten – die Lieder, der Gottesdienst und der kommerzielle Rummel – war sehr groß und ließ die amerikanisch-christliche Mainstream-Welt attraktiver erscheinen als die jüdische. Die Entscheidungen, die Menschen und Familien in Bezug auf Weihnachten treffen, sind bedeutsame Stellungnahmen zum Thema Assimilation, dazu, wie diese Menschen und Familien als Juden in Amerika leben werden und wo auf dem Drahtseil sie stehen werden, das zwischen dem Jüdischsein und dem Amerikanischsein verläuft. Wenn Juden Weihnachten widerstehen, bestätigen wir unsere eigene Identität. Wenn Juden Weihnachten widerstehen, verringern wir die Heuchelei in unserem Leben und erhöhen unsere persönliche Geborgenheit, indem wir uns fester in unseren eigenen Traditionen verwurzeln. Wir machen unser Recht geltend, als Gleichgestellte teilzunehmen und nicht nur als knapp tolerierte Minderheit, wenn wir darauf bestehen, uns *nicht* der Leitkultur anzuschließen.

Ich betrachte Chanukka nicht als Feier des Ölwunders. (Ich glaube immer noch, dass Gott ein größeres Wunder vollbringen muss, um unser Erstaunen zu verdienen.) Ich betrachte Chanukka als Zeit, in der wir die Kerzen anzünden und ehrfürchtig vor dem jüdischen Volk innehalten, dessen Überleben in der Not Licht in die Dunkelheit der menschlichen Seele bringt. Durch diese Sichtweise bin ich auf andere Weise jüdisch, als ich es vorher war. Durch sie bin ich ein Teil der Gemeinschaft, während ich mir immer noch erlaube, ich selbst zu sein, eine moderne amerikanische Jüdin mit all den Zweifeln und dunklen Gedanken, die in meiner Zeit verbreitet sind. Weihnachten ist nicht so eine unschuldige Angelegenheit, wie ich mal gedacht habe.

Nathan Englander

Reb Kringle

Buna Michla steckte den Kopf in den Männerbereich der Synagoge. Sie zögerte einen Moment, obwohl dort nur ihr Ehemann war.

»Izhi«, sagte sie.

Er stand drüben bei der Bundeslade, wechselte die Birne im ewigen Licht und tat, als hätte er sie nicht gehört.

»Izhi, die Kinder. Denk doch an all die Kinder.«

»Pah!« Er schraubte die Birne mit dem Taschentuch ein, und das ewige Licht flackerte einmal, bevor es sein übliches Glühen wiederaufnahm. Reb Izhak faltete sein Taschentuch sorgfältig zusammen und stopfte es unter dem Kaftan in die Gesäßtasche.

»Izhi!«

Er wandte sich zu ihr. »Ich soll mir Gedanken wegen dieser Kinder machen? Sind es meine Kinder, dass ich mir wegen ihnen und ihrer Habgier Gedanken machen soll?«

Sie ging in die Mitte des Raums und setzte sich in die erste Reihe der nach Osten ausgerichteten Bänke. »Vielleicht solltest du dir Gedanken wegen deiner Schul machen«, schrie sie, »wegen der fälligen Hypothek.« Buna atmete tief ein. Es bereitete ihr Befriedigung, diesen störrischen Mann anzubrüllen. »Wie viele Leute beten hier, Izhele? Wie viele Gebete steigen unter diesem Dach zum Himmel auf?«

»Einunddreißig Leute beten hier dreimal am Tag, und

ich weiß nicht, wie viele Gebete zum Himmel auf-
steigen. Wenn ich so etwas wüsste, wüsste ich auch, wie
ich die Miete zahlen soll.«

»Und was ist mit dem Dach, unter dem wir schlafen?«

»Ja, Buna. Dann wüsste ich auch, wie ich das Dach
bezahlen kann.«

»Du weißt, wie du's bezahlen kannst«, sagte sie. »Vier
Wochen, und wir haben zu essen, also wo liegt das Problem? Die anderen elf Monate brauchst du nicht mehr zu
lächeln.«

Reb Izhak erwog die Worte seiner Frau. Jedes Jahr
derselbe Streit, und jedes Jahr verlor er. Wenn er nur ein
klügerer Mann gewesen wäre – oder eine einfachere Frau
geheiratet hätte. Langsam strich er sich den weißen Bart
bis hinunter zum ausgefransten Rand.

»Dieser Job ist eine Sünde«, mehr fiel ihm nicht ein.

»Er ist überhaupt keine Sünde. Wo steht, dass es eine
Sünde wäre, mit gojischen Kindern zu spielen? Es gibt
keine Regel, welche das Spielen mit ihnen verbietet.«

»Spielen! Du bist noch nie dabei gewesen, Buna.
Niemand, der sie gesehen hat, würde solches Chaos
Spielen nennen. Seit Noahs Zeiten hat die Welt nicht
mehr so eine grenzenlose Habgier gesehen.«

»Also ist es kein Spielen. Schön. Aber du wirst hingehen, und du wirst fröhlich sein und lachen, wie der Braut-
vater bei einer Hochzeit – ob dir danach ist oder nicht.«

Reb Izhak legte den Kaftan ab und stieg hinab in den
Keller, wobei er sich bei jeder Stufe aufs Geländer
stützte. Er war ein schwerer Mann mit dickem Bauch,
und sein Ischias machte sich bemerkbar. Die wacklige
Holztreppe ächzte, als er ins Dunkel hinabstieg, wo er

nach der ausgefransten Strippe tastete, um die einsame 60-Watt-Birne einzuschalten.

Der Ölbrenner stand unter einem Geflecht rostiger Rohre, die sich an der niedrigen Decke verzweigten. Hinter dem Brenner führte eine Biegung zu einem engen Winkel, der als Lagerraum diente. Es war der abgelegenste Ort, der beste zum Aufheben des Pessach-Geschirrs, damit es nicht während des übrigen Jahres beschmutzt würde.

Er zog die Hüllen von den Kartons, auf denen mit dickem schwarzem Filzstift in hebräischen Buchstaben Pessach stand. Er konnte das Wort nicht erkennen, weil das Licht der schwachen Birne kaum bis hierher reichte, aber Reb Izhak brauchte nicht so gut zu sehen. Was er suchte, ließ sich ertasten. Der Karton, den er brauchte, war verziert, nicht wie die mit der Aufschrift von Cornflakes oder Toilettenpapier, die man sich hinter dem Supermarkt holt, Kartons, die schon ein zweites Leben führen. Dieser hier hatte einen Deckel, den man abnehmen konnte, wie bei einer Hutschachtel, aber rechteckig. Dieser satinbezogene Karton fühlte sich seidig an. Als seine Finger darüberstrichen, erkannte er ihn.

Beim Heben des Kartons folgte Reb Izhak der rückenschonenden Methode des Aufstehens und zählte die Positionen mit: »Eins: Füße auseinander, zwei: Knie beugen«, genau wie Dr. Mittleman es ihm gezeigt hatte.

Izhak schlurfte die Treppe hinauf und direkt zur Haustür, wo er stehen blieb und den sperrigen Karton absetzte.

»Ach, die U-Bahn-Münzen«, sagte er.

»Auf dem Regal in der Diele, da liegen sie seit vierzig Jahren.« Buna kam aus der Küche und trocknete sich die

Hände an einem Küchentuch ab, um diesem Maultier von einem Mann zu zeigen, wo eine Münze und wo das Regal war und, wenn es sein musste, auch, wo die Tür war.

»Wie du zur U-Bahn kommst, weißt du?«, fragte sie und lauerte auf das kleinste Anzeichen von Widerstand. »Willst du, dass ich mich anziehe und mit dir in die Stadt fahre?«

Reb Izhak wollte das keineswegs.

Er zog Kaftan und Mantel an, nahm den Satinkarton und warf Buna Michla einen Blick tiefster Verzweiflung zu – einen Blick, den sie nur zweimal im Jahr sah. Einmal, wenn die Zeit kam, das ganze Pessachgeschirr aus dem Keller zu holen, und das zweite Mal an der Tür, wenn er sich zu Beginn des Festtagsrummels auf den Weg zum Kaufhaus machte. Der Blick war so traurig, dass sie den Vorsatz aufgab, ihn nicht auszuschimpfen – sie hielt es nicht aus, wenn er so in seinem Schmerz badete.

»Lassen sie dich etwa am Schabbes arbeiten?«, fragte sie. »Zwingen sie dich, mit unbedecktem Kopf herumzulaufen, oder lassen sie es an Respekt fehlen?« Sie schloss die Tür auf. »Wie einen König auf dem Thron behandeln sie dich.«

Den Karton im Arm, fummelte Izhak an der Tür.

»So einen König bedauere ich.«

Als er einen Moment an einer Telefonzelle lehnte, um wieder zu Atem zu kommen, sah Izhak überrascht, dass ein neuer Mann das Gitter des Warenaufzugs am Kaufhaus aufschob. Ramirez, der von Anfang an jedes Jahr da gewesen war, seit dem Tag, als Reb Izhak mit dem Zettel vom Arbeitsamt in der Hand auftauchte, war fort. Er war hier Reb Izhaks einziger Freund gewesen und hatte sich immer um »den Rabbi« gekümmert. Ohne den an seiner Zigarre kauenden und raschen Trost verheißenden Ramirez überließ Izhak sich für einen Augenblick fast der Verzweiflung. Er fühlte sich verlassen. Aber wenigstens war einer von ihnen frei.

Izhak näherte sich dem Warenaufzug und blickte den Mann von der Heilsarmee, der mit Holzklöppeln auf Glocken Weihnachtslieder spielte, finster an – seine letzte Chance, an diesem Tag mürrisch zu sein. Der Fahrstuhlführer, nicht viel älter als ein Junge, musterte Izhak langsam von oben bis unten, von den orthopädischen Schuhen bis zum weißen Bart, für den er sich viel Zeit nahm. Izhak ließ es über sich ergehen. Er war es gewohnt, und er war vorbereitet auf die Tausende von Blicken, auf die schwachsinnigen Fragen, auf das Herumzupfen und die klebrigen Finger, die ihm während der nächsten Tage bevorstanden.

»Welche Etage?«, fragte der Mann und wies mit dem Daumen nach oben.

»Achte«, antwortete Reb Izhak.

»Hab von Ihnen gehört«, sagte der Mann und schob die leeren Müllkarren an die Rückwand. »Sie sind der Weihnachtsrabbi.«

»Ja«, sagte Izhak. »Ich bin der berüchtigte Weihnachtsrebbe.«

Der Fahrstuhlführer hustete in seine Faust. »Verdammt«, meinte er, »ich dachte schon, die wollten mich verarschen und es gäb Sie gar nicht.«

»Doch, mich gibt es wirklich«, sagte Reb Izhak.

»Sieht so aus«, sagte der Mann. Er schloss das Gitter

hinter Reb Izhak und zögerte dann. »Wollen Sie als Weihnachtsmann nicht durch den Schornstein rein?«

Reb Izhak wandte ihm den Rücken zu. »Solche Witze wurden meinem Freund Ramirez schon langweilig, als Sie noch zu klein waren, um an die Knöpfe zu kommen.«

Die Kobolde waren auf dem Posten und standen in dem riesigen Saal alle zwei Meter entlang der Schlange von Kindern, die sich durch den Korridor, am winzigen Café vorbei und hinter den Kundenfahrstühlen herum bis zur Treppe zum siebten Stock bildete. Der Raum war mit blinkenden Lichtern, Kunstbäumen, leeren Geschenkkartons mit bunten Schleifen und riesigen Pappzuckerstangen geschmückt, an denen alle neugierigen Kinder leckten, eine Zunge voller Bazillen nach der anderen. Auch zu beiden Seiten von Izhak standen Kobolde, der eine – ein grimmiger, muskulöser Kleinwüchsiger – trug Soldatenstiefel, was ihm das Aussehen eines Kampfkobolds verlieh. Der andere hätte sein Zwillingsbruder sein können. Er trug schwarze Basketballstiefel, wirkte aber ebenso wachsam und paramilitärisch.

Als er in seinem Sessel mit den Plüschkissen saß und die Hände auf den goldenen Armlehnen ruhten, musste Izhak zugeben, dass Buna recht gehabt hatte. Vor Hunderten von verehrungsvollen Gesichtern und mit dreißig Helfern, die ihm aufs Wort gehorchten, schien es von seinem riesigen Sessel aus tatsächlich, als sei er ein König auf einem Thron.

Izhak hatte seine Hilfskobolde angewiesen, den Ruf »Fröhliche Weihnachten« nicht abreißen zu lassen. Er war keiner von den provinziellen Juden, die nie die Brücke von Royal Hills nach Manhattan überquert hatten, die Naiven, die nie in Kontakt zur Außenwelt getreten waren. Er trug das Kostüm nicht zum ersten Mal und wusste nur zu gut, dass die Weihnachtstage ihm ein Einkommen verschafften. Aber nach all den Jahren kam ihm das Wort »Fröhliche Weihnachten« immer noch obszön vor.

Das erste Kind war ein aufgeregtes kleines Mädchen. Klein genug für einen Besuch beim Weihnachtsmann, ein Tätscheln der Wangen und ein Foto für die Kühlschranktür – noch kein habgieriges kleines Biest mit einer langen Wunschliste, das einen Anfall bekam, wenn man ihm nicht alles versprach, was es wollte.

Izhak spielte seine Rolle und nickte dem Kobold zu, der an der roten Kordel stand. Das kleine Mädchen sauste wie der Blitz los, außerdem hatte die Mutter es auch noch nach vorn gestupst, und die gewaltige Menge machte ein Schrittchen auf ihn zu, eine Bewegung, die in der ersten Reihe begann und sich in einer scheinbar endlosen Welle nach hinten fortsetzte.

»Ho ho ho!«, sagte Izhak und gab dem Kind, das ihm auf den Schoß gesetzt wurde, die Hand. Im Gewitter der Blitzlichter strahlte das Mädchen angemessen und genoss die Ehre, mit dem ersten Ho ho ho des Jahres begrüßt zu werden.

»Wie heißt du denn?«

»Emily, Weihnachtsmann. Ich hab dir einen Brief geschrieben.«

»Ja, natürlich, der Brief von Emily.« Er stampfte mit dem Fuß aufs Podest. »Du musst dem Gedächtnis des Weihnachtsmannes ein bisschen nachhelfen: Warst du denn ein braves Mädchen?«

Kurz vor der Mittagspause war Izhak sich sicher, sein Geist sei in den Grundfesten erschüttert, als wäre Gott bei seiner Prüfung der menschlichen Seele zum Sadisten geworden. Beide Hosenbeine waren nass von den Malheurs der Kinder, die ihre Aufregung wie kleine Hunde zeigten. Der Ischias war wie zerstoßenes Glas, das den Nerv an der Rückseite seines Oberschenkels auf und nieder fuhr. Und ein Junge – ein richtiger kleiner Nazi – hatte eine Papierschere hervorgezogen und seinen Bart attackiert.

»Rauf mit dir«, sagte der weibliche Kobold, der über die College-Ferien aus Tulane gekommen war. Sie setzte einen lockigen Lümmel, dessen Unterlippe zitterte, als er seinen Heulapparat anwarf, auf Izhaks linkes Knie.

»Nicht weinen, Jingele. Wo ist deine Mutter?«

»Sie wartet am Lancôme-Stand.« Und nach einer Pause. »Sie lässt sich das Gesicht machen.«

»Das Gesicht machen?«, fragte Izhak.

»Ja.«

»Nu? Bist du denn dieses Jahr artig gewesen?«

Der Junge nickte.

»Hast du schön Bundes- und Staatssteuern gezahlt?«

Der Junge schüttelte den Kopf.

»Ich nehm's dir nicht übel«, sagte Izhak, »aber der Weihnachtsmann ist leider nicht das Finanzamt.«

Der Junge lachte nicht. Die Kobolde lachten nicht. Tulane machte sogar ein höhnisches Gesicht.

Reb Izhak strich sich den Bart und streckte das freie Bein aus.

»Was wünschst du dir denn?«, fragte er.

»Ein Mountainbike«, sagte der Junge.

»Und was noch?«

»Figuren aus Force Five Action.«

»Und was noch?«

»Verhängnis – die Rückkehr des Totenschiffs, Menschenfresser und Gary Barrys *All Star Eye on the Prize*, alles auf CD-ROM.«

»Sonst noch etwas?« Abgesehen von den dämlichen Kindern, die sich den Weltfrieden wünschten, schien das die kürzeste Liste des Tages zu sein.

»Na komm schon, raus damit«, sagte Izhak. Die Lippe bewegte sich wieder, und Izhak wusste, dass er mit einem Heulanfall zu rechnen hatte, wenn er den letzten Wunsch nicht bald herausbekam. »Was ist es denn?«

»Eine Menora«, sagte der Junge, und die Tränen liefen trotzdem, wurden aber durch große innere Stärke rasch bezwungen. Es war der zunächst wie vor den Kopf geschlagene Weihnachtsmann, der verzweifelt versuchte, sich an ein Spielzeug dieses Namens zu erinnern, und einem Anfall nahe war.

»Eine was?«, fragte er viel zu laut. Dann lieb und nett, in der Rolle von Mr Kringle: »Was war das noch mal?«

»Eine Menora.«

»Und was will ein netter christlicher Junge mit einer Menora?«

»Ich bin nicht christlich, ich bin Jude. Mein neuer Vater sagt, wir feiern richtige Weihnachten mit Weihnachtsbaum, ganz ohne Kerzen – und das ist nicht fair, weil ich bei meinem letzten Vater eine Menora haben durfte, und der war auch kein Jude.« Nun begannen ihm die Tränen die Nase entlangzulaufen.

»Warum will dieser neue Daddy nicht, dass du die Kerzen anzündest?«

»Weil er sagt, dieses Jahr gibt's kein Chanukka.«

Izhak schnappte nach Luft, worauf der Junge zu heulen anfing. »Beruhige dich, mein Kleiner. Der Weihnachtsmann ist ja da.« Izhak wand sich auf seinem Sessel, fasste in seine Tasche und zog ein sauberes Taschentuch hervor. »Hier«, sagte er. Das Kind schnaubte heftig. »Und jetzt mach dir mal keine Sorgen. Wenn du dir vom Weihnachtsmann Chanukka wünschst, kriegst du's auch.« Er versuchte, so gut es ging, fröhlich zu klingen, spürte aber, wie der Zorn in seiner Stimme aufstieg. »Sag mir nur, wo du wohnst, und ich bringe dir die Kerzen selbst.«

Der Junge hatte sich beruhigt, sagte aber nichts.

»Upper West oder Upper East?«, fragte der Weihnachtsmann.

Der Junge gab ein hohes »Keins von beidem« von sich.

»Hoffentlich nicht im Village.«

»Wir sind zu Weihnachten in Vermont. Wir müssen den ganzen Weg dorthin fahren, damit wir in die doofe Kirche von seinen Eltern gehen können.« In diesem Augenblick wusste Izhak mit einem bereits verblassenden Blitz völliger Klarheit, dass die Posse endgültig vorbei war.

»Kirche«, sagte er mit donnernder Stimme. »Kirche und kein Chanukka!«, brüllte Izhak, nahm den Jungen von seinem Knie und erhob sich. Mit blitzenden Augen hielt er den Jungen unterm Arm. Der Kobold in Basketballstiefeln nahm den Jungen und stellte ihn auf die Füße, während Izhak erneut brüllte: »Kein Chanukka!«

Buna würde es verstehen. Wenn er ihr von diesem Jungen erzählte, würde sie verstehen, warum das Ganze – der Job, das Kostüm und das Gelächter – eine Sünde war. Es war Blasphemie! Und dann schrie er lange und laut auf, wegen der Krämpfe in seinen Beinen und wegen des Ischiasnervs, der so wehtat, als sei er wie die Sehne eines Bogenschützen gespannt und dann losgelassen worden.

»Wo ist diese Mutter?«, schrie er über die Köpfe der Menge hinweg. Er packte den Jungen und hob ihn am Arm hoch, wobei er ein Zwicken des bereits gereizten Nervs riskierte. »Wo ist dieser Vater?«, begehrte Izhak zu wissen, während der Junge wie eine Handtasche an seiner Hand baumelte. Er wollte, dass dieser Wicht weggeführt würde, um sein gerechtes Urteil zu empfangen.

Der Junge riss sich los. Er nahm ein Handy aus der Tasche und rief seine Mutter in der ersten Etage an.

Beim Anblick des Telefons begann Izhak sich schuldig zu fühlen, weil er dem Kind Angst gemacht hatte. Er war noch immer zornig, aber auch beschämt. Er senkte die Augen und sah, wie das Gewühl aus Weihnachtsein-käufern und verblüfften Kindern ihn mit aufgerissenen Augen anstarrte. Izhak suchte ein freundliches Gesicht, ein ruhiges Gesicht, fand aber keines. Er wusste, dass er die Grenzen des Anstands überschritten hatte und weit über den Punkt hinaus war, wo er sich wieder hinsetzen und dem Kobold in Soldatenstiefeln zunicken konnte, da-mit dieser das nächste Kind vorließ. Er packte die herab-hängende Troddel und riss sich die Mütze herunter, wobei eine große schwarze Jarmulke zum Vorschein kam.

»Das ist kein Job für einen Juden«, donnerte er aus den Tiefen seines umfangreichen Bauches.

Eine Frau im Zentrum des Saals fiel sofort in Ohn-macht, ohne die Hand ihrer heulenden Tochter loszu-lassen. Sie stürzte auf eine Kordel, welche die messing-farbenen Pfosten mit zu Boden riss, wodurch die bereits nervöse Menge in Panik geriet und Aluminiumbäume und hohe Zuckerstangen umstieß. Die Kobolde liefen fluchend und schreiend durcheinander, auf einen solchen Notfall hatte sie ihr halbtägiger Kurs nicht vorbereitet. Ein Kobold, der Kobold vom Wachschutz, griff an den Ohrstöpsel in seinem spitzen Ohr und begann hastig in seinen grünen Kragen zu sprechen, was zwei weitere Kobolde auf den Plan rief, der eine groß und schwarz, der andere kleiner, dicklicher und weiß wie der Kunstschnee.

Die beiden packten den jüdischen Weihnachtsmann, diesen Hochstapler, der vom Kaufhaus nur aus Furcht weiterbeschäftigt worden war. Es war von Anfang an keine gute Idee gewesen, echter Bart hin oder her; eine schreckliche Idee vom ersten Jahr an. Und sie hätten ihn auch rausgeworfen, zehnmal hätten sie Izhak schon rausgeworfen, wenn die Direktion nicht in der Klemme gewesen wäre. Erst im September hatte das Kaufhaus 2,3 Millionen Dollar zahlen müssen, weil es den HIV-infizierten Weihnachtsmann gefeuert hatte, und es hatte keinen Cent mehr für den jüdischen oder den Sikh-Weihnachtsmann übrig – und außerdem keine Ahnung, was es mit der dritten Bewerbung des weiblichen Weihnachtsmanns machen sollte, die diesmal von ihrem Anwalt gekommen war.

Während Izhak hinausgeschleift wurde, stieß man seinen Ersatzmann durch eine Seitentür hinein. Die Mutter des Jungen kämpfte sich von da vor, wo das Ende der Schlange gewesen war. Die Einkaufstaschen wie Streitäxte schwingend, kam sie auf ihren Sohn zu. Sie rief seinen Namen mit der Lautstärke einer verängstigten Mutter, so laut, dass er sich über die widerhallende

Hysterie des Saals erhob und Izhak ihn hörte und wusste, zu wem die Stimme gehörte. Als sie den Jungen erreichte, strich sie ihm übers Haar, und da der Thron leer und ihr Sohn anscheinend unversehrt war, stellte sie die Frage, deren Antwort jede Mutter fürchtet:

»Matthew, mein Schatz, sag die Wahrheit. Hat der Weihnachtsmann dich angefasst?«

Sie hielten ihn in einem Lagerraum fest, wo sein Stuhl weder golden noch bequem war. Der Stuhl stand auf einer freien Stelle, umgeben von Türmen von Kartons, die wackliger wirkten als die Mauern von Jericho bei Josuas sechstem Vorbeimarsch. Izhak saß mit offenem Kostüm da, der Ledergürtel hing neben den Schaufäden seines Tallit herunter. Der blasse Mann vom Wachschutz, ein verbitterter Kobold, sagte zu Izhak, er sei weniger wert als die Säufer-Weihnachtsmänner auf der Straße – eine Parodie in Rot.

»Dafür muss ich meinen Bart nicht jeden Abend auf den Haken hängen«, entgegnete Izhak. Er wartete mit dem Kobold auf den Oberweihnachtsmann.

Der Oberweihnachtsmann war ein ebensolcher Schock für Reb Izhak wie Reb Izhak für die Kinder, denn der Zauberer hinter diesem Weihnachtsimperium war weder dick noch fröhlich noch ein Mann, sondern eine kleine, schmallippige Frau, die nicht den kleinsten Bauch zum Lachen hatte und deren Füße offensichtlich noch nie in spitzen roten Stiefeln gesteckt hatten.

Sie gab ihm einen Umschlag.

»Durchzählen«, sagte sie mit solcher Lautstärke, dass Izhak halb erwartete, einen Kassierer hereineilen zu sehen.

»Sie«, sagte sie mit vor Anspannung weißen Lippen, sodass ihr Gesicht unterhalb der Nase wie eine durchgehende Fläche erschien. »Sie sind eine Schande für Ihren Beruf! Und was uns und unsere hundertsechs Filialen angeht, sind Sie die längste Zeit der Weihnachtsmann gewesen!«

So einfach ist das nicht, wollte er sagen. Wünsche entgegenzunehmen, die man nicht zu erfüllen braucht, ist einfach. Jedem Kind zu glauben, dass es nicht unartig war, sondern brav, ist mit etwas Anstrengung möglich. Aber dem Mann im roten Kostüm – dem einzigen im Haus mit echtem Bauch, dem einzigen, dessen Bart nicht angeklebt ist – zu sagen, er sei nicht mehr der Weihnachtsmann, ist etwas ganz anderes. Dazu hatte diese Frau nicht die Macht, dazu hatte auch Reb Izhak aus Royal Hills, Brooklyn, nicht die Macht. Der einzige Mensch, der so etwas entscheiden konnte, war Buna Michla, und sie hatte gesagt, Izhak werde bis zum Schluss durchhalten. Das war ebenso sehr die Wahrheit, wie er wusste, dass er im Frühjahr wieder das Pessachgeschirr aus dem Keller hinauftragen würde, Ischias hin oder her.

Beim Hinunterfahren im Warenaufzug überlegte Izhak, was schlimmer war. Er lehnte den satinbezogenen Karton an einen leeren Kleiderständer, an dem die leeren Bügel wie Knochen aneinanderschlugen. Er stellte sich vor, wie er am nächsten Morgen entweder mit der Entschuldigung auf den Lippen, die Buna Michla ihm einbläuen würde, wieder in der U-Bahn saß oder wie er, falls er abgewiesen würde, in seinem Kostüm unter Aufsicht von Buna die Sitzreihen der Schul putzte. Sie würde sich schon darum kümmern. Bis zum Ende der Saison war Izhak der Weihnachtsmann, ob er seinen Thron verlor oder nicht.

Anonym

Oy What a Shock

'Twas the night before Chanukah ...
Oy! What a shock!
Somebody outside
was picking our Lock!

And there at the door
stood a ›Zayda‹ in Blue –
And he wore on his Kupp
a blue Yarmulka, too!

His Punim was Shain –
Everybody would love it!
'Round his neck hung a chain
With a gold Mogen Dovid!

He wore silken tsitzes
beneath his Wool Vest,
and a small flag of Israel
was draped on his chest!

He said: »I'm no Burglar,
so please don't be nervous.
I'm the spirit of Chanukah,
here at our service!«

»Menchen all call me
›Reb‹ Shalom Shapiro!
Without me, this Yom-Tov
might need a new ›Hero!‹«

»I visit all Yidlach,
and bring – Kinnahorra –
Good Fortune as bright
as a glowing Menorah!«

»Ich shlepp lots of Blessings
snd Chanukah gelt,
snd Joys that are Takka
the Best in der Velt!«

»If you know nice Menchen,
i'll visit them Quick,
and i'll bring them Gezunt
and a houseful of Glick!«

So we sent him to your house,
and shook aands and parted.
He shouted, »Shalom!«
out the doorway he darted!

He ran to a Wagon
with horses ahead.
He fed them some Bagels,
and here's what he said:

»Let's go, Moish and Mendel!
Make quick, Moe and Yussle!
Please give a Rush, Malkah!
Hey, Hymie, please hustle!«

Then they raced like the wind!
And they galloped so shnell,
all his clothing blew off,
and his gatkes as well!

Soon he was so kalt
that his tushie turned bluish!
he Moaned and he Hollered
in English and Jewish!

So, don't act embarrassed,
and please don't be Rude
when that frostbitten Zayda
arrives in the Nude!

Quick! Wrap him in blankets!
Don't beat ›round the bush‹!
And tie a hot water bag
on his cold tush!

Quick! Feed him some Chicken soup
heiss as can be!
And give him some shnapps
and a glez'l hot tea!

'Cause he brings you a houseful
of Chanukah wishes
as warm and geshmock
as plate of hot knishes!

And he brings them from our house
so friendlyand bright,
so your house will keep glowing
with Chanukah light.

Plus joy sweet as tsukker,
and peace and good-cheer
and everything fraylach
each day of the year!

And none in your family
will be a shlemazel,
for life will bring each of you
simchas and mazel!

And all through the Future
your hopes will come true,
and Himmel will bless
your mishpocha and you!!!

∾ Purim ∽

*Fest zum Gedenken
an die Errettung der Juden
durch Königin Esther*

Jonathan Goldstein

Messias in der Flasche

Reb Nachman war ein junger, idealistischer Rabbi aus Australien. Als gut aussehender Mann trug er seinen schwarzen Stetson in einem feschen Winkel und kämmte seinen Bart zu einer schicken Spitze, sodass er ein bisschen aussah wie die bösen Rabbis aus den jüdischen Volksmärchen. Aber Rabbi Nachman war nicht böse. Er war fromm, und sein Spaten von einem Bart ließ ihn nicht teuflisch, sondern eher intelligent aussehen und auch aerodynamisch.

Nachman war vom Großrabbiner nach Kanada beordert worden, einem Mann, der so heilig war, dass er mit einem Nicken tausend siebzigjährigen orthodoxen Juden befehlen konnte, das Stundengebet zu beten – und zwar nicht eins dieser laschen, lustlosen Stundengebete, sondern eins, das wie ein Fausthieb in der Luft ist, das die Bärte fliegen lässt, die Art von Stundengebet, die kleinen Kindern Angst macht. Als der Rabbi Reb Nachman als Abgesandten in unser Viertel in einem Vorort von Montreal schickte, um nichtpraktizierende Juden zu werben, hatte er also keine Einwände.

Nachmans erste Tat war es, die jüdische Gemeinde kennenzulernen, deshalb verbrachte er seine ersten Wochen in der Stadt damit, von Tür zu Tür zu gehen und die Mesusot zu inspizieren, diese kleinen Kapseln am Pfosten der Haustür, die die Welt wissen lassen, dass drinnen Juden sind. Ich war vierzehn, als er das erste Mal vor unserem Haus erschien, und als wir die Tür öffneten, begutachtete er schon unsere Mesusa. Zum Einstieg sagte er uns, dass das Pergamentpapier in der Mesusa alle paar Jahre ausgewechselt werden müsse, weil das ganze Ding wertlos sei, wenn es auf irgendeine Weise gerissen oder beschädigt wäre. Er sagte, das Äußere der Mesusa sei wie ein menschlicher Körper: nur eine Hülle. Das handbeschriebene Pergament innen drin sei das, was wirklich zähle: Es sei die Seele, und er wollte sehen, in welchem Zustand unsere war.

Meinem Vater behagte der Gedanke nicht, dass ein Fremder an unserer Mesusa herumfummelte. Trotzdem machte sich Rabbi Nachman an die Arbeit und entfernte sie mit einem Schraubenzieher vom Türpfosten. Er öffnete sie und enthüllte, dass unsere verzierte, versilberte Mesusa vollkommen leer war. Kein Pergament, kein gar nichts.

»Gut, dass ich jetzt vorbeigekommen bin«, sagte Reb Nachman.

»Ich glaube, der hat nur so Mist wie dieses Pergament im Kopf«, sagte mein Vater später beim Abendessen. »Und wer guckt überhaupt in die Mesusot anderer Leute? Das ist übergriffig. Ich sage euch, wenn ich den hier noch mal sehe, schmeiße ich ihn mitsamt seinem Bart raus.«

Mein Vater war nicht der Typ, der in die Synagoge ging. Er beschwerte sich über die harten Holzbänke, die Unverständlichkeit des Hebräischen und darüber, dass die Synagoge ihm, statt ihn zu inspirieren, das Gefühl gab, als ersticke er in einem klaustrophischen Sarg, der nach altem Mann stank. Aber es war nicht nur das: Mein Vater mochte es auch nicht, wenn man ihm sagte, was er tun sollte.

Gemessen an normalen Maßstäben, war unsere Familie jüdisch, aber wir hatten unsere eigenen Regeln. Wir aßen keinen Schinken, aber wir aßen Speck. Speck war irgendwie das jüdischere Schweinefleisch, während Schinken einfach *zu* Bing Crosby war. Wir hielten den Schabbat nicht ein, gingen aber an Jom Kippur in die Synagoge. Wir baten Gott, uns unsere Sünden zu vergeben und uns im Buch des Lebens einzuschreiben. Während wir das taten, sahen wir alle dreißig Sekunden auf die Uhr. Wir sprachen nicht hebräisch, aber wir warfen mit jüdischen Worten um uns, von denen die Hälfte ausgedacht war, so wie das Wort, das meine Mutter für die Fernbedienung des Fernsehers benutzte, die sie »der pushkeh« nannte. Es gab bestimmte Restaurants, in die wir gingen, nicht weil sie koscher waren, sondern weil sie »koscher-style« waren, was ungefähr so koscher ist wie die Wohnung gegenüber. Während man, um koscher zu leben, strenge Regeln beachten muss, braucht man, um koscher-style zu leben, nur einen Serviettenhalter aus Jerusalem auf dem Tisch, auf dem in großer hebräischer Schönschrift der Name des Restaurants stand. Wir studierten nicht die Thora, aber wir sahen jedes Jahr im Fernsehen *Die zehn Gebote*. Selbst wenn der lange Weg durch die Wüste unerträglich wurde, blieben wir dran. Dafür waren wir gläubig genug.

Ein paar Tage nach der ersten Begegnung auf unserer Türschwelle rief Rabbi Nachman an und lud mich zu einer Purim-Kinderparty in seinem Haus ein. Ich versuchte mich zu drücken – eine Party im Haus eines Rabbis, das roch nach Paradox –, aber Reb Nachman ließ ein Nein nicht gelten. Also erklärte ich mich einverstanden, zu kommen und mit dem Rest der jungen Juden aus Montreal zu feiern, dass mein Volk nicht von dem bösen Höfling Haman ermordet worden war, der mit solcher Begeisterung angeordnet hatte, die Semiten in Persien zu verfolgen, dass selbst die Philister verblüfft gewesen wären.

Als ich ein paar Abende später in sein Haus kam, fand ich eine Gruppe verwirrt aussehender Teenager wie mich, die im Kreis auf Bridgestühlen saßen. Rabbi Nachman verteilte jüdische Überraschungstüten. In jeder Tüte waren zwei Nickel, die gespendet werden sollten, trockener Pessach-Kaugummi und eine in Plastik verpackte Hamantasche. Eine Hamantasche ist ein mit Pflaumenmus gefülltes, dreieckiges Gebäck, das, je nachdem, wessen Version man glauben soll, entweder Hamans dreieckigen Hut oder Hamans dreieckige dreckige Ohren symbolisieren soll. Der Gedanke, ein Gebäck zu essen, das den hervorstechenden Merkmalen eines Juden hassenden Massenmörders nachempfunden ist, schien mir absurd und falsch zu sein – als würde man einen kleinen Hitler-Schnurrbart essen. Trotzdem aß ich die Hamantasche und kaute dann meinen Streifen Pessach-Kaugummi – der Pfefferminz- oder auch Zimtgeschmack haben mochte, wer wusste das schon –, und dann, nach den Überraschungstüten, der Kirschcola und ein paar jüdischen Witzen, kamen wir zu den ernsthafteren Themen.

An diesem Abend, auf der Purim-Party, hörte ich zum ersten Mal vom Maschiach, dem jüdischen Messias. Der Maschiach sei ein heiliger, einfacher und weiser Mann, sagte Reb Nachman, und sobald er beschließe, sich zu zeigen, werde es keine Mühsal und keinen Schmerz mehr geben. Gott werde sich offenbaren. Und so funktioniere es: Zuerst werde der Schofar so laut geblasen, dass die ganze Welt es höre. Dann erscheine der Maschiach auf einem weißen Pferd. Er werde die Toten wieder zum Leben erwecken. Er werde der Arbeit ein Ende machen. Er werde dem Tod ein Ende machen. Es werde alles genauso sein wie im Garten Eden. Er werde einfach so kommen. Er könne jeden Moment kommen.

»Sogar jetzt!«, schrie der Rabbi und schlug mit der Faust auf den Esstisch. »Er könnte in genau dieser Sekunde kommen!« Der Rabbi brachte uns bei, ein Lied zu singen, das hieß *Wir wollen den Maschiach jetzt*. Er sagte, je lauter wir es sängen, desto eher käme der Maschiach. Ein Jude musste Mut zeigen. Er musste das Kommen seines Maschiach einfordern. Der Rabbi hat uns alle ziemlich angetrieben, und wir sangen dieses Lied, so laut wir konnten. Wir haben uns die Zunge aus dem Hals geschrien. Wir hatten das Gefühl, der Maschiach könnte jeden Moment direkt durch die Eingangstür kommen und genau wie ein ärgerlicher Vater sagen, wir sollten endlich den Mund halten. Der Gedanke, dass der Maschiach ein neues Zeitalter der Entspannung einführte, gefiel mir nicht nur, er ergab auch unmittelbar Sinn. Nach vierzehn Jahren harter Arbeit – zur Schule gehen, meine Familie ertragen – war schließlich Zahltag, und das schien irgendwie genau angemessen zu sein. Wenn der Maschiach erst mal gekommen war, könnten alle nur noch auf dem Bürgersteig herumliegen, behängt mit nassen Laken, Mangos essend, als wäre die ganze Welt ein einziges türkisches Dampfbad. An den Bäumen würden gebratene Enten hängen, und ich würde meine toten Tanten und Onkel sehen können. Und wahrscheinlich würde ich in den Tagen des Maschiach auch viel größer sein.

Nach dieser ersten Purim-Party fing der Rabbi an, regelmäßig bei mir zu Hause anzurufen und persönlich zu erfragen, ob ich in die Synagoge käme, und so war ich, zunächst widerstrebend, fast jeden Freitag anwesend. Im Großen und Ganzen fand ich die Synagoge langweilig und unzugänglich, aber diese Maschiach-Sache – die hatte es mir wirklich angetan.

Ich wollte meinem Vater vom Maschiach erzählen und ihn fragen, ob er schon mal von so was gehört hatte. Wie er das finde, fragte ich. Klang das nicht wunderbar? Mein Vater behandelte mich, als wäre ich der Moon-Sekte beigetreten.

»Bist du jetzt so ein religiöser Spinner?«, fragte er.

»Der Mann, der das Fuhrwerk lenkt, weiß, warum er die Reise unternimmt«, sagte ich, den Rabbi zitierend. »Das Pferd, das das Fuhrwerk zieht, weiß nur, dass es die Peitsche spürt.«

»Willst du damit sagen, ich bin das Pferd?«, fragte mein Vater.

Ich sah ihn an und schüttelte mitleidig den Kopf. Das hatte ich den Rabbi tun sehen, und es hatte mir gefallen. Es hatte mir sehr gefallen. Ich hatte es mir angeeignet. Es muss schwer für meinen Vater gewesen sein, zu sehen, wie sein vierzehnjähriger Sohn mitleidig über ihn den Kopf schüttelte. Es muss gewesen sein, als würde man von einem Baby fest in die Leistengegend geboxt.

Wenn ich als kleines Kind mit meinem Vater sprach, war Gott mein Lieblingsthema. Manchmal sagte mein Vater, dass er glaube, es gebe da oben etwas: »… eine Freundlichkeit… ein großes Gesicht mit einem warmen Lächeln.« Manchmal, wenn ich ihn nach Gott fragte, sagte er, das sei was für Trottel. Dann lachte er, und meine Mutter sagte, er solle still sein. Jetzt mit meinem Vater über Gott zu sprechen war äußerst ärgerlich. Der Mann weigerte sich, seinen gesunden Menschenverstand zu gebrauchen.

»Als ich ein Kind war und zur Synagoge gegangen bin«, sagte er, »haben wir nicht über die Wiederkunft gesprochen. Das ist was für Nichtjuden.«

»Es ist ja gar keine Wiederkunft«, sagte ich. »Es geht um die erste Ankunft.«

Ich hatte von Rabbi Nachman nicht nur den mitleidigen Blick übernommen, sondern auch seinen Tonfall, wenn es um religiöse Dinge ging. Ich schlug oft auf den Tisch und benutzte meine Faust dabei wie einen Hammer, genau wie ich es bei ihm gesehen hatte.

Der Tisch erzitterte so, dass die Tasse meines Vaters, in der sich löslicher Kaffee befand, auf ihrer Untertasse klapperte. Dann setzte ich Rabbi Nachmans patentierten »Du tust mir leid«-Blick auf. Mein Vater erwiderte meinen Gesichtsausdruck mit seinem patentierten »Freundchen, jetzt bist du wirklich übergeschnappt«-Blick.

Ich begann, fast jeden Freitagabend nach der Synagoge zum Schabbat-Essen zu Rabbi Nachman zu gehen. Zu Hause am Küchentisch sprachen wir nur darüber, wo es die billigsten Melonen gab und wer den saftigsten Buchweizenkuchen machte. Bei Rabbi Nachman sprachen wir über geistige Dinge. Wir sprachen über Gott und Engel, Golems und Dibbuks. Ich fühlte mich scharfsinnig.

An einem Abend drehte sich das Gespräch darum, dass wir nie wirklich wissen könnten, ob wir tatsächlich existierten oder nicht.

»Woher wisst ihr, dass ihr jetzt hier seid und nicht träumt?«, fragte der Rabbi und schlug mit der Faust auf den Tisch.

Ich überlegte kurz, ob ich den Beweis antreten sollte, indem ich ihm ein Glas Selters ins Gesicht schüttete, aber dafür war ich einfach nicht der Typ. Stattdessen sagte ich: »Ich denke, also bin ich«, was ich für einen Vierzehnjährigen ziemlich schlau fand.

»Und was ist Denken?«, kreischte der Rabbi, in jeder Faust eine Schläfenlocke.

Rabbi Nachman sagte, dass die einzige Möglichkeit, irgendwas zu wissen, die Thora sei. Woher sollte man wissen, dass man existierte? Thora. Woher sollte man wissen, dass Gott existierte? Thora. Ich fragte ihn, woher er wisse, dass die Thora existiere, und er lächelte.

»Wenn du von ihrer ewigen Frucht isst«, sagte er, »wirst du wissen, dass sie auf viel tiefgreifendere Weise existiert als deine eigene Seele.« Dann warf er mir seinen patentierten »Eines Tages wirst du es begreifen«-Blick zu.

Als wir mit Essen fertig waren, sangen wir eine mitreißende Version von *Wir wollen den Maschiach jetzt*. Diesmal, dachte ich, muss der Maschiach wirklich, wirklich nahe sein, denn ich konnte es fühlen. Er war gleich um die Ecke. Er zog schon an den Zügeln seines weißen Pferdes. Der Maschiach fummelte mit den Schlüsseln am Türschloss herum. An diesem Punkt meines Lebens spürte ich das Nahen des Maschiach so deutlich, dass ich dazu überging, in meinen Trainingshosen zu schlafen, nur für den Fall, dass ich hörte, wie der Schofar geblasen wurde, und umgehend auf die Straße laufen musste.

»Er könnte sogar jetzt kommen«, sagte Rabbi Nachman. »Sogar jetzt.«

Es war, als wartete man darauf, dass das Telefon klingelte.

An dem Abend ging ich vom Rabbi nach Hause und sah zu den Sternen hinauf. Manchmal, wenn ich Rabbi Nachmans Haus verließ und mir Gedanken über den Maschiach machte, dachte ich bei mir, dass ich, wie ein Crack-Baby, das mit einer Sucht geboren wurde, die es noch nicht einordnen konnte, mit der Sucht nach dem Maschiach geboren worden war. Dank Rabbi Nachman wusste ich nun endlich, wonach ich mich sehnte. Der Maschiach würde das Rätsel und die Einsamkeit beenden. Fremde würden sich auf der Straße umarmen und sich mit Herzlichkeit – echter Herzlichkeit – begegnen. Die Menschen würden in die Herzen der anderen sehen und sich verstehen. Mir erschien das auf so vollkommene Weise sinnvoll wie nichts anderes, was ich bisher verstanden hatte.

Meine Mutter zwang meinen Vater, ab und zu mit mir in die Synagoge zu gehen. Nun war mein Vater, wie ich schon sagte, nicht der Typ, der in die Synagoge ging, aber es stand wieder einmal Purim bevor, und er war einverstanden, zu einer Party bei Rabbi Nachman mitzukommen. Es war ein ganzes Jahr her, dass wir uns zum ersten Mal bei Rabbi Nachman getroffen hatten, und ich sah eine Menge von mir selbst – das, was ich gewesen war – in meinem Vater. Diese Uneinsichtigkeit. Die üble Einstellung. Obwohl meine Mutter ihn praktisch aus der Tür schubsen musste, wusste ich, dass er, wenn er die Chance bekäme, genau wie ich erleuchtet werden würde. Meine Mutter sagte meinem Vater, dass er nicht nach Hause kommen dürfe, ehe eine Stunde um war.

Als wir zum Haus des Rabbis kamen, führte seine Frau uns die Treppen hinunter in sein kleines Arbeitszimmer. Es war bis auf den letzten Platz besetzt, man konnte nur noch stehen: Mehrere Dutzend Juden standen Schulter an Schulter in einem Zimmer voller Bücher. Bücher waren das Lebenselixier des hebräischen Volkes, sagte der Rabbi immer. Ich vermute, er wollte, dass wir uns inspiriert fühlten, und ich fühlte mich inspiriert. Mein Vater sah einfach nur aus wie ein verschwitztes, in der Falle sitzendes Tier.

Als Rabbi Nachman meinen Vater und mich hereinkommen sah, rief er uns zu sich. Er holte zwei Bridgestühle, damit wir neben ihm am Kopf des Tisches sitzen konnten. Als wir uns setzten, nahm er seinen Hut ab und setzte ihn mir auf. Ich sah mich um. Alan Greenberg, der Besitzer des Süßigkeitenladens – ein Mann, den ich kaum erkannte, wenn er nicht hinter einem Regal voller

Schokoriegel stand –, war da und auch mein alter Turn-
lehrer, Ross Needleman. Es waren Menschen in dem
Arbeitszimmer, von denen ich noch nicht mal gewusst
hatte, dass sie Juden waren. Der Rabbi hatte unser Viertel wirklich bearbeitet, die Straßen ausgewrungen, um
auch wirklich jeden Juden zu finden. Ein Israeli neben
mir trug eine Pappjarmulke, mit der er aussah wie eine
Tresenkraft in einem koscheren Hotdogrestaurant. Er
reichte mir einen Plastikbecher mit Wodka. Ich stützte
meine Ellenbogen so auf den Tisch, wie Bogart es meiner
Meinung nach getan hätte, wenn er Purim feiern würde.

Seit einem Zwischenfall bei einer Bar-Mizwa in
Toronto, als mein Vater vier Tia Maria hintereinander
getrunken und meinen Cousins und Cousinen, allesamt
Teenager, im Flur vor der Toilette der Synagoge irgendeine Art Kung-Fu-Tanz beigebracht hatte, stellte meine
Mutter verbotenerweise zu Hause Schnaps her. Als
Rabbi Nachman meinem Vater also ein Glas Crown
Royal nach dem anderen eingoss, war die Anerkennung,
die seine jüdischen Brüder meinem Vater zollten, ergrei-
fend. Rabbi Nachman sagte, dass man an Purim so betrunken sein müsse, dass man den Unterschied zwischen
den Worten »Gelobt sei Mordechai« (der Held von
Purim) und »Verflucht sei Haman« (der Feind) nicht
mehr kennt. Rabbi Nachman sagte, dass Trinken an
Purim mehr als ein Recht war, es war eine Verpflichtung,
und solange es was zu trinken gab, sang mein Vater genauso mit wie alle anderen.

An diesem Abend trank ich zum ersten Mal überhaupt
Schnaps, und ich war deshalb sehr aufgeregt, denn im
Suff konnte man erkennen, dass die Welt wirklich nur

aus Geist bestand, dass die Seele hinter so gut wie allem hervorlugte. Im Suff lag die Wahrheit, und es war, ein ganz kleines bisschen, als wäre der Maschiach schon da.

Mein Vater hätte im nüchternen Zustand gesagt, dieses ganze Maschiach-Gerede sei was für die Hare Krishnas, aber in dem Moment, als der Alkohol herabregnete wie Manna, war er vollkommen offen für neue Gedanken.

Da ich zum ersten Mal betrunken war, schien es mir, als schleuderte dieses kleine Arbeitszimmer voller Bücher durchs Weltall, vorbei an Planeten, und verteidigte dabei die Galaxie. Ich kann mich an diesen Abend nur als an eine Serie von Auf- und Abblenden erinnern. Zuerst sangen wir Lieder und schlugen auf den Tisch; dann tanzten wir eine Hora und wedelten mit den Händen in der Luft herum wie diese fröhlichen Mädchen in den zwanziger Jahren; dann erzählte jemand eine sehr ernste Geschichte darüber, wie das Judentum sein Leben verändert habe, und wir pickten alle still Honigkuchenkrümel von der Tischdecke und tranken würdevoll aus unseren Plastikbechern. Als die Geschichte zu Ende war, applaudierten alle, und es wurde wieder gesungen, lauter als jemals zuvor. Ich erinnere mich, der Frau des Rabbis gesagt zu haben, dass sie diesem Mädchen aus der Schule, das ich so gerne mochte, sehr ähnlich sehe. Ich erinnere mich, dass jemand versucht hat, ein Stück Honigmelone in das Lächeln auf meinem Gesicht zu schieben. Ich erinnere mich, irgendwann von zwei Jeschiwa-Jungs zur Toilette gebracht worden zu sein, damit ich mich übergebe, um dann über der Toilette nur rumzuspucken. Ich erinnere mich, wie der Israeli mit der Pappkippa sagte, dass man durch die Bar-Mizwa noch nicht zum Mann werde, dass es mehr brauche als das, dass es dazu Wodka brauche. Viel, viel Wodka.

Dann erinnere ich mich, *Wir wollen den Maschiach jetzt* gesungen zu haben. Es war die bisher verrückteste Darbietung dieses Liedes. Dazu gehörte, dass ein paar Männer in einer Ecke eine Art Stegreif-Slamdance veranstalteten, bei dem Bücher aus den Regalen und auf unsere Köpfe fielen, was aber niemand zu bemerken schien. Wir sangen so laut und schlugen so heftig auf den Tisch, dass es sich anfühlte, als würde gleich etwas Großes passieren. Wir forderten unseren Messias. Ich sah zu meinem Vater hinüber, um zu sehen, ob er das Gleiche empfand, aber er saß nur da und starrte in seinen Whisky-becher.

Dann, mitten in dem ganzen Singen und Auf-den-Tisch-Hauen, erhob sich mein Vater – der nicht einfach nur betrunken war, sondern eher das, was ich Toronto-Bar-Mizwa-Kung-Fu-Tanz-betrunken nennen möchte – und sagte, er habe eine Mitteilung zu machen.

Alle sangen weiter und schlugen weiter auf den Tisch, also wiederholte mein Vater es noch mal.

»Ich habe etwas zu sagen«, sagte er, dieses Mal brüllte er, so laut er konnte. Der Rabbi stand auf, legte die Hände auf die Schultern meines Vaters und versuchte, ihn energisch wieder auf seinen Stuhl zu drücken, damit er sich zurücklehnen und weiter die Atmosphäre genießen konnte, aber mein Vater war schon drauf und dran, seine Mitteilung zu machen, also ruderte er mit den Armen und schrie weiter das Zimmer zusammen.

»Ich hab was zu sagen!«, brüllte er.

Schließlich wurden die Leute etwas ruhiger. Mein Vater trank den Rest Whisky, der noch in seinem Becher war, sah sich im Zimmer um und sagte: »Rabbi Nachman hat heute Abend immer wieder gesagt, wir müssen unseren Maschiach fordern. Gut, das mache ich jetzt.«

Mein Vater trat einen Schritt zurück und stellte sich direkt vor den Rabbi. Dann streckte er seinen Finger direkt in dessen Gesicht und sagte: »Zeig dich. Ich befehle dir, dich zu zeigen.«

Es herrschte fassungslose, betrunkene, kanadische Stille. Es war die Art Stille, die pulsiert und einem das Gefühl gibt, der Adamsapfel würde gleich explodieren, die Art, bei der einem die Fingerkuppen wehtun und die Luft sich dick anfühlt, als wäre sie voller Adern und Sehnen.

»Ich setze dich selbst auf das weiße Pferd«, sagte mein Vater und griff nach der Flasche Roggenwhisky.

Der Rabbi sah zornig aus. Mein Vater, der eigentlich nur seiner Dankbarkeit für die guten Getränke hatte Ausdruck verleihen wollen, hatte es geschafft, das Arbeitszimmer in eine Höhle der Lästerung zu verwandeln.

Auf dem Weg nach Hause lief ich im Zickzack die Straße hinunter, kletterte auf Bäume und machte mit ihnen Schattenboxen, während mein Vater hinter mir her stolperte. Ich sollte erst später verstehen, dass mein Vater an diesem Abend auf der Purim-Party mutiger war als alle anderen, als er sagte, was er sagte. Wir hatten alle das Gleiche empfunden, da bin ich mir sicher, aber wir waren einfach zu ängstlich, um es zu sagen oder es uns auch nur einzugestehen. Der Rabbi war tatsächlich ein großartiger Kandidat für den Messias. Er hatte all die messianischen Eigenschaften, außerdem war er auch noch fotogen, was wohl kaum schadet. Ich weiß, dass ich mir in verschiedenen Momenten so etwas wie eine Scooby-Doo-artige Demaskierung ausgemalt habe, bei der er zugab, nur auf den richtigen Moment gewartet zu haben, sich zu erkennen zu geben, da man als Messias sehr auf den richtigen Zeitpunkt achten müsse.

Am nächsten Morgen hatte ich meinen allerersten Kater. Ich wachte auf und fühlte mich so schlecht und war so deprimiert, wie ich es später an bestimmten Meilensteinen meines Lebens noch öfter erleben sollte, aber in dem Moment fühlte es sich erwachsen an. Es schien der Preis zu sein, den man zu zahlen hatte für ein kleines bisschen Erlösung.

Jizchak Lejb Perez

Das ganze Jahr betrunken und am Purim nüchtern

Es ist ein verbreitetes jüdisches Sprichwort; man sollte aber auch wissen, woher es kommt.

In den Tagen des Raw Chaim Vital lebte in der Stadt Zfas ein junger Mann, der, auf keinen von uns sei es gesagt, kaum ein Jahr nach seiner Hochzeit Witwer wurde. Gottes Wege sind schwer zu ergründen, und dergleichen kommt ja manchmal vor. Aber der junge Mann glaubte, dass für ihn die Welt untergegangen sei, dass ebenso, wie es am Himmel nur eine Sonne gebe, seine Frau die einzige Frau auf der Welt gewesen sei. Nun ging er hin, verkaufte seine ganze Habe und übergab den Erlös dem Rektor der Jeschiwa von Zfas mit der Bedingung, dass man ihn in die Jeschiwa aufnehme, ihn dort mit den andern Schülern ernähre und ihm eine eigene Kammer zuweise, wo er in völliger Einsamkeit lernen könne.

Der Rektor nahm die Schenkung an und ließ auf dem Dachboden der Jeschiwa einen eigenen Bretterverschlag für den jungen Mann bauen und ihm einen Strohsack und ein Waschgeschirr geben. Und der junge Mann ging ans Lernen. Mit Ausnahme des Schabbats und der Feiertage, wo er bei den Bürgern der Stadt zu Gast geladen war, sah er keinen lebenden Menschen; das Essen für die ganze Woche und das reine Hemd für den Schabbat oder Festtag pflegte ihm der Schuldiener hinaufzubringen. Und wenn der junge Mann seine Schritte auf der Treppe hörte, wandte er sich jedes Mal ab und stand, das Gesicht der Wand zugekehrt, bis der Schuldiener wieder hinausgegangen war und die Tür hinter sich geschlossen hatte.

Mit einem Wort – er wurde ein Porusch.

Anfangs glaubten die Leute, dass er es nicht lange aushalten würde; er war ja vorher so lebenslustig gewesen. Es verging aber eine Woche und noch eine Woche, und der Porusch saß noch immer da und studierte. Selbst um Mitternacht hörte man draußen auf der Straße, wie er mit trauriger Stimme lernte, oder man sah ihn am Fensterchen seiner Bodenkammer stehen und zum Himmel emporschauen. Das gefiel den Leuten, und sie fingen zu hoffen an, dass aus dem Porusch dereinst ein Großer in Israel und vielleicht gar ein Kabbalist und Wundertäter werden würde. Man berichtete das auch dem Raw Chaim Vital. Der aber schüttelte den Kopf und sagte: »Wenn er es nur aushält …«

Nun geschah ein kleines Wunder. Des Schuldieners Töchterchen, das dem Porusch manchmal das Essen hinaufbrachte, hatte das Verlangen, den Porusch wenigstens einmal von Angesicht zu Angesicht zu sehen. Was tat sie? Sie zog Schuh und Strümpfe aus und trug ihm seinen Brei barfuß hinauf; sie schlich so leise, dass sie das eigene Herz pochen hörte. Nun erschrak sie aber vor ihrem Herzklopfen, stürzte die Treppe hinunter und war nachher einige Monate krank. In ihrem Fieber erzählte sie die ganze Geschichte, und die Leute glaubten von nun an noch stärker an den Porusch und hofften mit noch größerer Ungeduld, dass er sich als heiliger Mann offenbaren werde.

Auch das berichtete man dem Raw Chaim Vital. Er schüttelte wieder den Kopf, seufzte und sagte: »Wenn er nur die Kraft dazu hat!« Und als man in ihn drang, dass er diese Worte erklären sollte, sagte er noch: »Da sein erster Entschluss nicht vom Himmel kam, wird er großen Versuchungen ausgesetzt sein. Dass er nur nicht strauchle …«

Raw Chaim Vital pflegte aber nichts so ins Blaue hinein zu sagen!

Einmal sitzt der Porusch, in ein Buch vertieft, in seiner Kammer, als er plötzlich draußen vor der Tür etwas picken hört. Ihn befällt eine Unruhe. Es pickt aber immer weiter und weiter. So erhebt er sich von seinem Platz, vergisst sogar, das Buch zuzumachen, und öffnet die Tür. Und wie er die Tür öffnet, steht draußen ein Truthahn. Und er lässt den Truthahn ein. Nun kommt ihm der Gedanke, dass es ganz gut wäre, wenigstens eine lebende Seele in seiner Kammer zu haben. Seine Frau pflegte ja Singvögel zu halten … Der Truthahn kommt in die Kammer und setzt sich ganz still in einen Winkel. Der Porusch grübelt, was das bedeuten mag, und setzt sich schließlich wieder an sein Buch. Und wie er so sitzt, fällt ihm ein: Bald ist ja Purim, und darum hat ihm der Himmel zum Lohn für sein Lernen einen Truthahn geschickt. Was wird er aber mit dem Truthahn anfangen? Wenn ihn jemand zum Purim einlädt – sagt er sich –, und vielleicht gar ein armer Mann, so wird er am Vorabend den Truthahn hinschicken und am nächsten Tag auch selbst etwas davon haben. Seitdem seine Frau gestorben ist, hat er noch kein einziges Mal Geflügel gekostet. Und wie er sich das denkt, läuft ihm schon das Wasser im Munde zusammen. Er wirft einen Blick auf den Truthahn und sieht, dass der Truthahn ihn so freundlich anschaut, als ob er seinen Gedanken erraten hätte und sich freute, dass ihm die Gnade bevorstehe, vom Porusch gegessen zu werden. Nun kann sich der Porusch nicht länger beherrschen. Er blickt jeden Augenblick vom Buch auf und schaut den Truthahn an. Und es scheint ihm, dass der Truthahn ihm zulächelt. Er erschrickt ein wenig, hat aber doch ein gewisses Vergnügen daran, dass ein lebendiges Wesen ihm zulächelt …

Und ebenso ist es auch beim Nachmittags- und Abendgebet. Während des Gebets der Achtzehn Segenssprüche kann er sich unmöglich beherrschen und schaut jeden Augenblick zum Truthahn hinüber. Und der Truthahn lächelt ihm immer zu. Plötzlich kommt es dem Porusch vor, als ob er dieses Lächeln schon seit langer Zeit kennte …

Als ob der Schöpfer der Welt, der ihm seine Frau genommen hatte, ihm ihr liebliches Lächeln geschickt hätte, damit es ihn in seiner Einsamkeit tröste. Und er gewinnt den Truthahn lieb und sagt sich, dass es doch gut wäre, wenn ihn zum Purim ein Reicher einlüde und der Truthahn am Leben bleiben könnte …

Wie wir später sehen werden, kam ihm dieser Wunsch in einem glücklichen Augenblick. Indessen brachte man ihm, wie jeden Tag, eine Schüssel Brei und ein Stück Brot hinauf. Er wusch sich die Hände und begann zu essen.

Wie er aber das Stück Brot in die Hand nahm, kam der Truthahn aus dem Winkel heraus und fing zu picken an, womit er sagen wollte, dass auch er Hunger habe. Und er stellte sich vor den Tisch. Denkt der Porusch: Soll er nur essen, ich werde daran nicht zugrunde gehen … Er stellte die Schüssel Brei mit dem Stück Brot auf den Fußboden, und der Truthahn begann zu fressen.

Am nächsten Morgen geht der Porusch zum Rektor und sagt, dass er nun einen Kostgänger habe; früher pflegte er immer ein wenig von seinem Brei übrigzulassen; heute sei ihm aber so, als hätte er gar nicht davon gekostet. Der Rektor sieht sein hungriges Gesicht und sagt, er werde es dem Raw Chaim Vital melden, damit dieser zu Gott bete, dass er vom bösen Geist erlöst werde. Indessen werde er Befehl geben, dass man ihm täglich zwei Schüsseln Brei und zwei Stück Brot hinaufbringe, damit es für beide reiche. Als man Raw Chaim Vital im Namen des Rektors die Geschichte vom Kostgänger meldete, schüttelte er wieder den Kopf, seufzte und sagte: »Jetzt fängt es erst an!«

Nun bekommt der Porusch doppelte Portionen. Er wird satt, und auch der Truthahn wird satt. Der Truthahn wird sogar fett. Und nach ein paar Wochen gewöhnte sich der Porusch schon so sehr an den Truthahn, dass er jeden Tag zu Gott betete, es möge ihn doch ein Reicher zum Purim einladen, damit er den Truthahn nicht zu opfern brauche.

Wie gesagt, geschah es nach seinem Wunsch. Einer der reichsten Bürger hatte ihn zum Purim eingeladen. Und da gab es nicht nur Truthahnbraten, sondern auch allerlei andere gute Speisen und Getränke, wie es ein König vermöchte. Es kamen auch gute Purimspieler hin, um den Hausherrn mit seiner Familie und alle Gäste, die zu ihm abends nach dem Purimmahl gekommen waren, zu erfreuen. Und unser Porusch war guter Dinge, trank und aß nach Herzenslust; vielleicht trank er sogar mehr, als er aß, denn der Wein war süß und erwärmte ihm das Herz und die Glieder.

Und plötzlich wurde es ganz anders.

Es begann das Purimspiel von Achaschwerosch und Esther ... Die Königin Waschti will nicht den Wunsch des Königs erfüllen und vor den Gästen so, wie Gott sie erschaffen hat, erscheinen ... Und bald darauf findet Esther Gnade vor den Augen des Königs ... Man gibt sie dem Hüter der Weiber ... Sechs Monate wird sie mit Myrrhen gesalbt und sechs Monate mit anderen Spezereien. Und unserm Porusch wurde es plötzlich so heiß in allen Gliedern und finster vor den Augen und eng im Herzen. Und in der Finsternis flogen vor seinen Augen rote Bänder und Flammenzungen, und ihn überkam plötzlich eine starke Begier, heimzukehren auf den Dachboden der Jeschiwa, in seine Kammer, in seinen stillen Winkel zum Truthahn ... Und er konnte es nicht aushalten, sprang noch vor dem Tischgebet auf und lief nach Hause.

Er kommt in seine Kammer, blickt in den Winkel, wo der Truthahn gesessen hatte, und erstarrt: Der Truthahn hat sich in ein Weib verwandelt; in ein Weib, so schön von Angesicht, wie es die Welt noch nicht gesehen hat. Und er erzittert am ganzen Leib. Und das Weib geht auf ihn zu und umschlingt mit ihren weißen, warmen, bloßen Armen seinen Hals, und der Porusch zittert noch mehr und fängt zu flehen an: »Nur nicht hier, nur nicht hier, es ist eine heilige Stätte, heilige Bücher liegen hier.« Sie flüstert ihm aber ins Ohr, dass sie die Königin von Saba sei, dass sie ganz in der Nähe der Jeschiwa, im hohen Schilf am Fluss, ihren kristallenen Palast habe, den ihr einst König Salomo geschenkt habe ... Und sie zieht ihn mit, dass er zu ihr in ihren kristallenen Palast mitkomme.

Er wankt und geht ...

Am nächsten Morgen war der Porusch verschwunden. Als man das Raw Chaim Vital hinterbrachte, sagte er, man möge das Flussufer absuchen. Und man fand ihn mehr tot als lebendig im Schilf ...

Man rief ihn ins Leben zurück, aber von nun an begann er zu trinken ...

Und Raw Chaim Vital sagte, dass das von seiner großen Sehnsucht nach der Königin von Saba käme; solange er tränke, sähe er sie. Man solle ihm das ganze Jahr das Trinken nicht verwehren, das ganze Jahr mit Ausnahme des Tages von Purim; denn am Purim sei ihr eine große Gewalt über ihn gegeben.

Daher kommt eben das Sprichwort: »Das ganze Jahr betrunken und am Purim nüchtern.«

ᰔ Pessach ᰔ

Fest zum Gedenken
an die Vertreibung der Juden
aus Ägypten

Allegra Goodman

Die vier Fragen

Ed sitzt in der blitzblanken Küche seiner Schwiegermutter Estelle und presst den Telefonhörer ans Ohr. »Kommt sie pünktlich?«, fragt Estelle. Ed wollte sich am Flughafen nach Yehudits Maschine aus San Francisco erkundigen.

»Noch geht keiner ran«, sagt Ed. Er sitzt auf einem Drehstuhl und wickelt sich die Telefonschnur um die Finger. Das Muster der gelbbraunen Gänseblümchentapete an einer Küchenwand, jede Blüte so groß wie Eds Handteller, findet sich in dem Springrollo am Fenster wieder. Das Farmhaus, in dem Eds Schwiegereltern wohnen, wurde 1954 erbaut, und die Grundausstattung ist im Wesentlichen originalgetreu erhalten. Seit ihrer Hochzeit haben Sarah und er fast jedes Pessachfest auf Long Island verbracht, und das Haus hat sich in all den Jahren nicht verändert. Das vordere Bad ist, einschließlich der Decke, mit weißen und gelben Blumen auf braunem Grund tapeziert, und über der Wanne hängt ein doppelter Duschvorhang, wobei der äußere mit Messingkettchen zurückgebunden wird. Das vordere Gästezimmer, ehemals Sarahs Mädchenzimmer, ist mit blauem Teppich, Organdygardinen und weißen Schleiflackmöbeln eingerichtet – einschließlich eines nierenförmigen Frisiertischs.

Unter Sarahs Bett lässt sich ein quietschendes Rollbett herausziehen, und darauf, eine Stufe unter Sarah, schläft traditionsgemäß Ed.

Früher flogen Sarah und Ed zusammen mit den Kindern von Washington her, aber inzwischen reisen die Kinder allein an. Miriam und Ben mit dem Shuttleflug aus Boston, Avi, der am Wesleyan College studiert, kommt mit dem Auto und Yehudit, die Jüngste, mit dem Flugzeug aus Kalifornien. Meistens kann sie es gar nicht einrichten, aber dieses Jahr fallen die Feiertage mit ihren Trimesterferien in Stanford zusammen. Ed wird sie heute Abend vom Kennedy-Flughafen abholen. »Die Maschine landet pünktlich«, sagt er zu Estelle.

»Schön«, antwortet sie und stellt sein leeres Glas weg. Estelle räumt ständig auf, es ist wie ein Reflex. Sie faltet die Zeitung zusammen, bevor Ed bis zum Wirtschaftsteil vorgedrungen ist, räumt den Tisch ab, während die langsameren Esser sich noch überlegen, ob sie ein zweites Mal zulangen sollen, und wenn Ed und Sarah auf Besuch sind und in dem Zimmer schlafen, das Sarah und ihre Schwester sich als Kinder geteilt haben, dann werden Eds Sachen während seiner Abwesenheit automatisch in Ordnung gebracht. Das Durcheinander von Münzen, Schlüsseln, Uhr und Kamm auf der weißen, goldgeränderten Frisierkommode ist jedesmal entwirrt, wenn er zurückkommt. Hemd und Socken auf dem Bett sind gewaschen und adrett gefaltet. Es ist ein Service, wie man ihn in einem erstklassigen Hotel erwarten würde, doch hier, bei den Schwiegereltern in West Hempstead, findet Ed ihn eher peinlich. Seine Schwiegermutter ist unablässig in Bewegung – sie wäscht und putzt, klappt die Kühlschranktür auf und zu, knipst, wenn er das Zimmer verlässt, hinter ihm das Licht aus. Im Augenblick kontrolliert sie den Backofen. »Das ist ein herrlicher

Vogel, Sarah«, ruft sie ins Arbeitszimmer. »Sei so gut und sag Miriam, wenn sie kommt, dass dieser Truthahn koscher ist. Ob sie davon essen wird, was meinst du?«

»Ich weiß es nicht«, sagt Sarah. Ihre Tochter, die an der Harvard Medical School Medizin studiert, achtet von Jahr zu Jahr strenger auf die Einhaltung der Ritualvorschriften. Schon während der Collegezeit fing sie an, Pappteller und Plastikbesteck zu den Großeltern mitzubringen, weil Estelle und Sol keine koschere Küche pflegen. Später begann sie sogar zu Hause in Washington von Papptellern zu essen, denn Ed und Sarah kochen zwar koscher, reinigen ihre Milch- und Fleischgefäße aber im selben Waschgang in der Spülmaschine.

»Von ihr hätte ich das am allerwenigsten erwartet«, sagt Estelle. »Sie hat doch früher alles gegessen, was auf den Tisch kam. Yehudit dagegen, die war schon immer heikel. Dass sie Vegetarierin geworden ist, hat mich nicht überrascht. Aber Miriam wollte immer von allem einen Nachschlag. Und wie gut ihr mein Truthahn früher geschmeckt hat.«

»Es hat nichts mit deiner Küche zu tun, Mommy«, sagt Sarah.

»Ich weiß. Es liegt an ihrer orthodoxen Einstellung. Ich kann mir nicht denken, woher sie das hat. Wahrscheinlich von Jonathan.« Jonathan ist Miriams Verlobter.

»Nein«, sagt Ed, »sie hat schon damit angefangen, als sie Jon noch gar nicht kannte.«

»Aus unserer Familie hat sie's jedenfalls nicht. Wollen die beiden sich eigentlich immer noch von diesem orthodoxen Rabbi trauen lassen?«

»Also …«, fängt Sarah an.

171

»Wir haben ihn inzwischen kennengelernt«, sagt Ed.

»Wie hieß er doch gleich, Lowenthal?«

»Lewitsky«, sagt Ed.

»Einer mit schwarzem Rock und Hut?«

»Nein, nein, noch ein ganz junger Bursche …«

»Das hat überhaupt nichts zu sagen«, meint Estelle.

»Im Grunde war er sehr nett«, sagt Sarah. »Das Problem ist, dass er die Trauung nicht in der S.T.-Gemeinde vollziehen will.«

»Wieso nicht? Ist die ihm nicht orthodox genug?«

»Na ja, es ist eine konservative Synagoge. Und unser Rabbi würde sie ihm sowieso nicht zur Verfügung stellen. Rabbi Landis zelebriert alle Riten selbst und möchte nicht, dass man die Schule wie einen Mietsaal behandelt. Miriam hat schon davon gesprochen, dass sie die Trauung vielleicht im Freien halten wollen.«

»Im Freien!«, wiederholt Estelle. »Im Juni! In Washington, D. C.? Bei der Hitze? Wenn ich da nur an deine arme Mutter denke, Ed.« Estelle ist elf Jahre jünger als Eds Mutter und immer sehr besorgt um deren Gesundheit. »Was stellen die Kinder sich vor? Wo könnten sie denn eine Hochzeit im Freien veranstalten?«

»Ich weiß auch nicht«, sagt Ed. »In Dumbarton Oaks. Oder im Rose Garden. Sie sind eben beide noch recht naiv.«

»Aber eine Hochzeit ist doch kein Barbecue«, meint Estelle.

»Was sollen wir machen? Wenn sie unbedingt diesen Rabbi wollen?«, sagt Sarah.

»Und jetzt haben wir schon März«, erwidert Estelle mit grimmiger Miene. »Hier, Ed« – sie nimmt einen rosa

Plastikbehälter aus dem Kühlschrank –, »iss die Eclairs vorsichtshalber auf, bevor sie kommt.«

»Das sollte ich lieber lassen.« Ed versucht, sein Gewicht zu halten.

»Bis zum Abendessen dauert es aber noch lange«, warnt Estelle, als sie die Plastikdose zurückstellt.

»Macht nichts, ich zehre vom Eingemachten«, sagt Ed und klopft sich den Bauch.

»Ich habe ihr versiegelte Mazzes besorgt, versiegelte Makronen und vakuumverpackten Gefilte Fisch.« Estelle legt die Packungen auf den ausgebogten Holzregalen in ihrer Speisekammer aus.

»Mach dir keine Sorgen. Was immer auch geschieht, die Jungen bringen garantiert einen Bärenhunger mit. Die essen alles«, versichert Sarah ihrer Mutter, während sie das gute Tischtuch im Esszimmer auflegen. »Erinnerst du dich noch an Avis Freund Naom?«

»Den, der immerzu Kaugummi kaute? Der hat hier an diesem Tisch vier Stücke Kuchen auf einen Sitz verdrückt!«

»Und jetzt ist er Versicherungsmathematiker«, sagt Sarah.

»Und Avi kommt mit einem Mädchen.«

»Sie ist ganz reizend«, meint Sarah.

»Entzückend«, bestätigt Estelle mit besorgter Miene.

In der Küche denkt Ed, dass er vielleicht doch ein Eclair essen könnte. Estelle hat stets vorzügliches Gebäck im Haus. Sol war selber Bäcker und hat immer noch ein paar Freunde in der Zunft. »Sind die von Leonard?«, fragt Ed, als Sol in die Küche kommt.

»Leonards Bäckerei ist von einem Konzern aufgekauft

worden«, sagt Sol und lässt sich auf einen Stuhl fallen. »Die sind vom *Magic Oven*. Was macht die Universität?«

»Ach, zurzeit habe ich ein ziemliches Pensum. Gleich zwei meiner Kollegen sind dieses Jahr auf Forschungsurlaub gegangen …«

»Und nun hast du zu wenig Personal.«

»So ungefähr«, sagt Ed. »Sieben Wochenstunden muss ich geben.«

»Mehr nicht?«, fragt Sol überrascht.

»Ich meine, zusätzlich zu meiner wissenschaftlichen Arbeit.«

»So schlimm hört sich das gar nicht an.«

Ed ist schon im Begriff zu antworten, doch dann geht er statt dessen an den Kühlschrank und holt aufs Neue die Eclairs heraus.

»Die von Leonard waren besser«, meint Sol nachdenklich. »Er hatte die bessere Vanillecreme.«

»Aber die schmecken auch recht gut. Was war das? Sind das schon die Kinder?« Das Gebäckstück in der Hand, läuft Ed hinaus in die Einfahrt, wo eben ein Taxi vorgefahren ist. Er bezahlt den Chauffeur, während seine beiden Ältesten schwer beladen aus dem Wagen stolpern – Ben mit Rucksack und Matchbeutel, Miriam mit Segeltuchtasche und ihrem geliebten Erbstück von Koffer, einem pinkfarbenen, mit Klebeband in Silbermetallic abgedichteten Unikum, das Ed und Sarah von ihrer Hochzeitsreise aus Paris mitgebracht haben.

»Daddy!«, ruft Miriam. »Was isst du da?«

Ed blickt auf sein Eclair. Genau genommen sollten inzwischen alle Speisen dieser Art aus dem Haus entfernt sein – alles Brot, Kuchen, Bonbons, Limonade, Eis –, sogar Nahrungsmittel, die nur mit Ahornsirup gesüßt sind. Und Miriam nimmt es natürlich mit diesen Vorschriften sehr genau. Er kann sich denken, dass sie gestern bis spät in die Nacht aufgeblieben ist, um in ihrem kleinen Apartment in Cambridge selbst die Ritzen der Couch auszusaugen und den Toaster wegzuschließen. Unter ihrem missbilligenden Blick steckt er den Rest des Eclairs in den Mund. Auf die Kalorien könnte er auch gut verzichten, denkt sie. Sie ist puritanisch geworden, seine Tochter, und er kann sich nicht erklären, warum. Sie haben die Kinder liberal und vernünftig erzogen – haben ihnen beigebracht, sich heiter und unverkrampft an der jüdischen Tradition zu erfreuen, und er begreift nicht, warum Miriam sich aus eigenem Antrieb für obskure Rituale und Askese entschieden hat. Sie ist doch erst dreiundzwanzig – selbst wenn sie im Juni heiraten wird. Was kann ein junges Mädchen an dieser strengen Gesetzmäßigkeit finden? Das macht ihm zu schaffen. Andererseits weiß er, dass sie recht hat, wenn es um sein Gewicht und den Blutdruck geht. Das Eclair eben, das hat er nicht gegessen, weil er wirklich Hunger hatte. Er wird sich beim Abendbrot zurückhalten.

Unterdessen schafft Ben das Gepäck hinein und deponiert es im Arbeitszimmer. »Hi, Großmama! Hi, Großpapa! Hi, Mom!« Damit schnappt er sich die Fernbedienung und fängt an, sich durch die Kanäle zu zappen. Dass Ben einmal zu einem religiösen Fanatiker werden könnte, befürchtet niemand. Er ist eins zweiundachtzig groß, trägt das hellbraune Haar fast schulterlang und verschwendet keinen Gedanken an die Zukunft, hat keine Vorstellung davon, wie sein Leben nach dem Examen aussehen soll: Ben studiert im vierten Jahr Psychologie, widmet sich seinem Fach aber eher planlos. Als er sich jetzt auf die Couch fallen lässt, sieht er aus wie ein großer, liebenswerter Golden Retriever.

»Geh und hol noch ein paar Stühle aus dem Keller, mein Junge«, sagt Estelle zu ihm. »Wir haben damit extra auf dich gewartet. Und du, Sarah, kannst jetzt die Weingläser vom Bord holen, du reichst ja bis hinauf.« Estelle ist in ihrem Element. Die Anhänger an ihrem Armband klimpern leise, während sie gestenreich Anweisungen erteilt. Ben dirigiert sie unter den Pingpongtisch, wobei er aber nicht die dort aufgestapelten Kartons umstoßen soll, und Sarah zu dem Bord über dem Kühlschrank. Estelle ist kleiner als Sarah – einen Meter achtundfünfzig –, und sie hat schärfere Gesichtszüge. In jüngeren Jahren war sie brünett, doch jetzt ist ihr Haar rotbraun. Auch ihre braunen Augen sind heller geworden, und seit sie und Sol die Winter in Florida verbringen, ist ihre Haut mit Sonnenflecken gesprenkelt. »Oh …«, seufzt sie, als Miriam mit einer Schachtel voller Pappteller aus der Küche kommt. »Warum muss das denn sein …?«

»Weil das hier kein Pessachgeschirr ist.«

Estelle schaut auf den gedeckten Tisch, auf ihr weißes Noritake-Geschirr mit dem Goldrand. »Das ist das gute Porzellan«, sagt sie. »Das *ist* das Pessachgeschirr.«

»Aber du benutzt es auch an anderen Feiertagen«, sagt Miriam. »Auf den Tellern hat Brot gelegen und Kuchen und Kürbistorte und wer weiß was alles.«

»Oh, du bist ja sooo stur!« Estelle reckt sich, legt ihrer hochgewachsenen Enkelin die Hände auf die Schultern und schüttelt sie kräftig. Doch als sie zu Miriam aufblickt, wirkt sie wie eine Bittstellerin. Dann klingelt die Schaltuhr am Backofen, und Estelle verschwindet eilig in der Küche. Sarah steht am Spülstein und wäscht Salat. »Den mache ich erst ganz zum Schluss an«, sagt Estelle zu ihr. »Wenn Ed zum Flughafen fährt.« In Gedanken ist sie noch immer bei Miriam. Was für eine Sederfeier wird das Mädchen wohl nächstes Jahr haben, wenn sie verheiratet ist? Estelle hat Miriams Verlobten schon kennengelernt und weiß, dass er ebenso orthodox eingestellt ist wie sie. »Hast du gesehen?«, fragt sie Sarah. »Ich habe dir meine Liste für Miriams Hochzeit rausgelegt.«

»Was für eine Liste?«

»Die auf dem Tisch. Hier.« Estelle reicht Sarah ein maschinenbeschriebenes Blatt. »Das sind die Namen und Adressen, um die du mich gebeten hast – die von den Leuten, die ich einladen muss.«

Sarahs Blick wandert über die Liste, sie dreht das Blatt um, überfliegt die Namen, rechnet nach. »Mommy!«, sagt sie. »Auf dieser Liste stehen zweiundvierzig Namen!«

»Natürlich werden nicht alle kommen können«, meint Estelle.

»Wir richten eine Hochzeit für nicht mehr als hundert Personen aus, hast du das vergessen? Und zwar einschließlich der Familie und der Freunde der Kinder …«

»Na ja, das ist doch unsere Familie. Deine Vettern und Cousinen, Sarah.«

Sarah schaut noch einmal auf die Liste. »Wann habe ich diese Leute zum letzten Mal gesehen? Miriam würde einige davon gar nicht wiedererkennen. Und wer ist das? Die Seligs? Die Magids? Robert und Trudy Rothman? Die sind doch nicht mit uns verwandt!«

»Sarah! Robert und Trudy sind meine besten Freunde. Und die Seligs und die Magids kennen wir seit über dreißig Jahren.«

»Das wird eine kleine Hochzeit, ein Familienfest«, sagt Sarah zu ihrer Mutter. »Bestimmt werden deine Freunde das verstehen …«

Estelle weiß, sie würden es nicht verstehen.

»Ich denke, wir werden diese Liste zusammenstreichen müssen«, sagt Sarah.

Estelle kommt nicht mehr dazu, ihr zu antworten, denn gerade ist Avi eingetroffen und begrüßt Ed, Miriam und Ben im Wohnzimmer. Sie steht neben ihm: Amy, seine Kommilitonin vom Wesleyan College. Estelle vermeidet es immer noch, sie seine Freundin zu nennen. Trotzdem, da ist sie, in voller Lebensgröße. Sie hat hinreißendes rotblondes Haar, und sie hat Estelle Blumen mitgebracht – rosa und malvenfarbene Tulpen mit kunstvoll gefiederten Blütenblättern. Niemand sonst hat Estelle Blumen geschenkt.

»Sind die schön! Sieh doch, Sol, sind sie nicht schön?«, sagt Estelle. »Avi, du kannst dein Gepäck ins Arbeitszimmer tragen. Die Jungen schlafen im Arbeitszimmer, die Mädchen im Wintergarten.«

»Ich will nicht ins Arbeitszimmer«, sagt Avi.

»Warum denn nicht?«, fragt Estelle.

»Weil er schnarcht.« Avi zeigt auf seinen Bruder. »Ehrlich, und wie laut! Da schlafe ich lieber im Keller.«

Alle sehen ihn an. Es ist ein ausgebauter Keller, und er hat einen Teppichboden, aber kalt ist es dort trotzdem.

»Du hast dir doch jahrelang mit Ben ein Zimmer geteilt«, sagt Sarah.

178

»Da unten wirst du erfrieren«, sagt Estelle.

»Ich habe meinen Schlafsack dabei.«

»Zu Hause hast du dich nie beklagt«, sagt Sarah.

»Ach, jetzt stellt euch doch nicht so an«, murmelt Ben vor sich hin. »In einem Schlafsack im Keller wird es schon keine Sexorgien geben.«

»Was?«, fragt Ed. »Hast du was gesagt, Ben?«

»Nein«, sagt Ben und schlendert zurück ins Arbeitszimmer.

»Ich will nicht, dass du im Keller übernachtest«, sagt Estelle zu ihrem Enkelsohn.

»Kann ich Ihnen in der Küche helfen, Mrs Kirshenbaum?«, fragt Amy.

Estelle und Amy bereiten die gehackte Leber vor. Die Jungen sehen im Arbeitszimmer fern, und Ed und Sarah haben sich hingelegt. Miriam telefoniert mit Jon.

»Soll ich auch gleich die Zwiebeln schneiden?«, fragt Amy.

»Nein, nein. Legen Sie die einfach hierher. Ich nehme jetzt die Leber aus dem Ofen, und den Rest besorgt der Fleischwolf …« Estelle montiert den Fleischwolf auf die Küchenmaschine und gibt nach und nach die gegrillte Leber hinein. »Und jetzt kommen die Zwiebeln und die Eier dazu.« Estelle drückt die hartgekochten Eier durch den Wolf. »Und das Schmalz.« Sie erklärt Amy in allen Einzelheiten, wie man gehackte Leber zubereitet, aber in ihrem Kopf wimmelt es von Fragen. Wie ernst ist es mit ihr und Avi? Was halten Amys Eltern davon? Sie sind Methodisten, so viel weiß Estelle. Und Amys Onkel ist sogar Methodistenpfarrer! Denen kann das unmöglich recht sein. Bloß, wie viel wissen sie über diese Freundschaft? Avi spricht kaum über Amy. Estelle und Sol haben sie zuvor nur einmal getroffen, damals, als sie zu dem Jazzkonzert von Avi und seiner Band gefahren sind. Und dann sagte Avi auf einmal, er wolle sie zum Seder mitbringen. Aber er hat vorher noch nie eine richtige Freundin gehabt, und in dem Alter schrecken die Kinder noch vor festen Bindungen zurück. Avis Vetter Jeffrey hatte im College an die fünf verschiedene Freundinnen, und er ist immer noch nicht verheiratet.

Amys Familie geht jeden Sonntag in die Kirche, so religiös sind sie. Das hat Amy Estelle am Telefon erklärt, als sie wegen des Buches anrief. Sie bat Estelle, ihr ein Buch zu empfehlen, in dem sie sich über das Pessachfest informieren könne. Estelle wusste nicht, was sie sagen sollte. Dass so etwas einmal passieren würde, hätte sie sich nicht träumen lassen. Wenn Amy nur nicht ausgerechnet Methodistin wäre. Sonst ist sie alles, was Estelle sich nur wünschen könnte, ein richtiger Schatz. Die Tulpen stehen in der großen bauchigen Kristallvase auf der Arbeitsplatte. Die Farben sind einmalig.

Als Ed sich auf den Weg zum Flughafen macht, ist alles fertig, bis auf den Salat. Während seiner Abwesenheit ziehen sie sich um.

»Hast du ein anständiges Hemd dabei, Ben?«, fragt Sarah ihren Sohn, der immer noch fernsieht. »Oder müssen wir so mit dir vorliebnehmen?«

»Ich bin nicht mehr zum Waschen gekommen«, sagt Ben.

»Aber Ben!« Estelle mustert sein rot-grün kariertes Holzfällershirt. Avi trägt ein adrettes, gestärktes Oxfordhemd.

»Vielleicht könnte er sich was von Großpapa borgen«, schlägt Miriam vor.

»Er hat breitere Schultern als ich«, sagt Sol. »Aber komm mal mit, Ben, wir wollen sehen, ob wir dich in irgendwas reinzwängen können.«

Sie erwarten Ed und Yehudit im Wohnzimmer, fast so förmlich, als gälte es, offizielle Gäste zu empfangen. Ben sitzt in seinem knappen, steifen Hemd stocksteif auf der Couch und guckt starr auf das sorgsam mit durchsichtiger Plastikfolie zugedeckte silberne Kaffeeservice. Er knackt mit den Fingerknöcheln und dreht den Hals hin und her, bis auch die Halswirbel knacken. Alle verlangen empört, er solle endlich damit aufhören. Dann rollt draußen endlich der Wagen in die Einfahrt.

»Du siehst ja hundeelend aus!«, ruft Sarah, kaum dass Yehudit hereinkommt.

Yehudit putzt sich die Nase und sieht sie aus fiebrigen, jetlaggetrübten Augen an. »Ja, ich glaube, ich hab 'ne Virusinfektion«, sagt sie.

»O mein Gott!«, ruft Estelle. »Sie muss sofort ins Bett. Aber das Feldbett im Wintergarten ist nicht sehr bequem.«

»Wie wär's vorher mit einem heißen Getränk?«, schlägt Sarah vor.

»Ich mache ihr ein Süppchen«, sagt Estelle.

»Aber ist die auch nur mit Gemüse?«, fragt Yehudit.

»Was sie braucht, sind Nasentropfen, was zum Abschwellen«, sagt Ed.

Sie packen Yehudit auf die Liege im Arbeitszimmer, decken sie mit einer schweren Wolldecke zu und flößen ihr eine heiße Schokolade ein.

»Das ist an Pessach aber nicht koscher«, sagt Miriam besorgt.

»Reg dich ab«, erwidert Ed. Und dann setzen sie sich an den Sedertisch.

Ed ist derjenige, der jedes Jahr die Sedertexte vorträgt. Sol und Estelle sind sehr angetan davon, wie er das macht, schon weil er so viel weiß. Eds Spezialgebiet ist der Nahe Osten, und daher zieht er Parallelen zwischen Pessach und der Gegenwart. Und er ist so wortgewandt. Sie sind sehr stolz auf ihren Schwiegersohn.

»Wir begehen heute das Fest der Befreiung«, sagt Ed, »ein Fest zur Erinnerung an unsere Erlösung aus der Knechtschaft.« Er hält ein Stück Mazze hoch und zitiert aus seiner revidierten Übersetzung der Haggada: »Dies ist das Brot, das unsere Väter und Mütter aßen, als sie Sklaven waren in Mizrajim.«« Und aus den Erläuterungen fügt er hinzu: »Wir benutzen das hebräische Mizrajim zur Bezeichnung Ägyptens im Altertum …'«

»Im Gegensatz zum modernen Mizrajim«, wirft Miriam trocken ein.

»Um es vom modernen Ägypten zu unterscheiden'«, liest Ed weiter. Dann legt er das Stück Mazze beiseite und beginnt zu extemporieren. »Wir essen diese Mazze, damit wir nie vergessen, was Gefangenschaft ist, und damit wir uns auch weiterhin hineinversetzen können in die notleidenden Völker überall auf der Welt, seien sie durch Bürgerkriege entzweit, obdachlos oder geplagt von Hunger, Armut oder Krankheit. Wir gedenken der Menschen, die um ihrer religiösen oder politischen Überzeugungen willen unterdrückt werden, insbesondere derer in unserem eigenen Land, die noch keine wahre

Freiheit errungen haben; derer, die aufgrund ihrer Rasse, ihres Geschlechts oder um ihrer sexuellen Neigungen willen diskriminiert werden. Neben den augenfälligen denken wir dabei auch an die verdeckten Formen der Unterdrückung – an die allmählich ans Licht kommenden Grauzonen: sexuelle Belästigung, Verbalinjurien ...« Während seiner Aufzählung fällt Eds Blick zufällig auf Miriam, die ihn so ostentativ ignoriert und sich in ihre orthodoxe Birnbaum-Haggada vertieft, dass er sich gekränkt fühlt. »Wenden wir uns zum Schluss dem Krisenherd im Nahen Osten zu«, sagt Ed. »Wir denken an das kriegsgeschüttelte Israel und beten um Kompromisslösungen. Wir gedenken der Palästinenser, die kein eigenes Land besitzen, und hoffen auf Mäßigung und neue, versöhnliche Perspektiven. Von unserm Sedertisch aus schauen wir zurück in die Vergangenheit und suchen in ihr Verständnis für die Gegenwart.«

»Wunderbar«, flüstert Estelle. Doch Ed blickt resigniert hinunter ans Tischende, wo die Kinder sitzen. Ben hat die Füße auf Yehudits leeren Stuhl gelegt, und Avi spielt mit Amys Haar. Miriam brütet noch immer über ihrer Haggada.

»Und nun ist es Zeit für die vier Fragen«, sagt er in scharfem Ton. Und setzt mit Rücksicht auf Amy hinzu: »Das jüngste Kind wird die vier Fragen vortragen.«

Sarah geht und sieht nach Yehudit. »Sie schläft. Avi wird für sie einspringen müssen.«

»Amy ist zwei Monate jünger als ich«, sagt Avi.

»Warum lesen wir den Text nicht gemeinsam?«, schlägt Estelle vor. »Wir sollten ihr das nicht allein zumuten.«

»Mir macht das nichts aus«, sagt Amy und liest:

»Warum unterscheidet sich diese Nacht von allen anderen Nächten? An gewöhnlichen Abenden essen wir gesäuertes Brot; warum essen wir an diesem Abend Mazze? An gewöhnlichen Abenden essen wir die verschiedensten Kräuter; warum an diesem Abend nur bittere? An gewöhnlichen Abenden tunken wir überhaupt nicht ein; warum dann an diesem Abend gleich zwei Mal? An gewöhnlichen Abenden essen wir entweder aufrecht sitzend oder bequem ausgestreckt; warum lagern wir uns an diesem Abend alle auf die Ruhekissen?«

»Und jetzt wiederholst du es auf Hebräisch«, sagt Ed, dem daran gelegen ist, dass Avi sich beteiligt. Außerdem spürt er, dass die Fragen auf Englisch befremdlich klingen. Wie ein anthropologischer Exkurs.

»Was bedeutet die Stelle mit dem zwei Mal Eintunken?«, fragt Amy, als Avi geendet hat.

»Das bezieht sich auf die Petersilie, die man ins Salzwasser taucht«, sagt Ben.

»Es muss nicht unbedingt Petersilie sein«, ergänzt Sarah. »Nur irgendein Grüngemüse.«

»So weit sind wir noch nicht«, sagt Ed. »Zuerst einmal beantworte ich jetzt die Fragen.« Und er zitiert: »Wir tun all dies zum Gedenken an unsere Gefangenschaft in Mizrajim. Denn wenn Gott uns nicht aus der Knechtschaft errettet hätte, dann wären wir und mit uns alle künftigen Generationen immer noch Sklaven. Wir essen Mazze, weil unsere Vorfahren keine Zeit hatten, das Brot gären zu lassen, als sie fortzogen aus Ä… Mizrajim. Wir essen bittere Kräuter zur Erinnerung an das bittere Los der Gefangenschaft. Wir tunken Grüngemüse in Salzwasser, um uns unserer Tränen zu erinnern, und wir

lagern uns entspannt um den Tisch, weil wir freie Männer und Frauen sind.‹ Okay.« Ed überschlägt ein paar
Seiten. »Das zweite Pessachthema behandelt die Über-
mittlung der Tradition an die Nachkommen. Und die
Haggada liefert uns dazu das Beispiel von vier verschiedenen Kindern – ein jedes mit seinen ganz besonderen
Problemen und Bedürfnissen – nebst Anleitungen dafür,
wie die Botschaft des Pessachfestes auf jedes dieser
Kinder abzustimmen ist. Wir lesen also von vier hypo-
thetischen Fällen, die traditionell vier Söhnen zugeschrieben werden: dem weisen, dem verstockten, dem einfältigen und dem, der nicht weiß, wie er fragen soll. In
heutiger Terminologie bezeichnen wir diese Kinder als
den aufgeschlossenen Typus, den desinteressierten, den
kontaktarmen und den angepassten. Und nun wollen wir
reihum lesen. Estelle, würdest du mit dem aufgeschlossenen Kind beginnen?«

»›Was sagt das aufgeschlossene Kind?‹«, liest Estelle
vor. »›Welches sind die Gebräuche des Pessachfestes, die
Gott uns auferlegt hat? Erklärt ihm oder ihr genau, um
welche Bräuche es sich handelt.‹«

»›Was sagt das desinteressierte Kind?‹«, fährt Sol fort.
»›Welchen Sinn haben die Bräuche des Pessachfestes für
euch? Wohlgemerkt, für euch und nicht für ihn oder sie
selbst. Das Kind nimmt sich aus der Gemeinschaft aus.
Antwortet ihm oder ihr: Das geschieht zum Gedenken
an das, was Gott für mich getan hat, als ich aus Mizrajim
entkam. Für *mich*, nicht für uns, denn dieses Kind hat nur
Augen für den persönlichen Vorteil.‹«

»›Was sagt das kontaktarme Kind?‹«, liest Sarah weiter.
»›Es fragt: Was soll das alles bedeuten?‹ Ihm oder ihr

antwortet schlicht: ›Wir waren Sklaven, und jetzt sind wir frei.‹«

»Doch was das angepasste Kind betrifft«, endet Ben, »so sind wir aufgerufen, den Dialog mit ihm zu eröffnen.«

»Und nun«, sagt Ed, »wollen wir eine Gedenkminute einlegen für ein fünftes Kind, das im Holocaust ums Leben kam.« Alle blicken still und mit gesenktem Kopf auf den Tisch nieder.

»Es fällt doch auf«, sagt Miriam, »dass beim Pessach so viele Quartette auftauchen. Vier Fragen, vier Söhne, vier Becher Wein …«

»Das ist wahrscheinlich bloß ein Zufall«, sagt Ben.

»Danke, das hilft mir wirklich enorm weiter«, gibt Miriam ironisch zurück. »So viel also zum Sederdialog.« Zornig funkelt sie ihren Bruder an. Hätte er sich nicht wenigstens rasieren können, bevor er zu Tisch kam? Sie schubst seine Füße vom Stuhl. »Würdest du dich gefälligst anständig hinsetzen?«, faucht sie ihn an.

»Jetzt nerv mich doch nicht so«, brummt Ben.

Ed fährt indessen zügig fort, die Haggada durchzuackern. »Die zehn Plagen, welche die Ägypter befielen: Blut, Frösche, Stechmücken, Ungeziefer, Pestilenz, schwarze Blattern, Hagel, Heuschrecken, Finsternis und Tod der Erstgeburt.« Er blickt von seinem Buch auf und sagt: »Wir gedenken der Leiden der Ägypter, die von diesen Katastrophen heimgesucht wurden. Wir sind dankbar für unsere Errettung, wollen darüber jedoch nicht vergessen, dass auch der Unterdrücker unterdrückt wurde.« Hier stockt er, verblüfft über die eigene Formulierung. Sie ist wirklich gut. »Wir dürfen nicht auf

Kosten anderer frohlocken, und wirklich frei fühlen können wir uns erst dann, wenn auch die anderen unterdrückten Völker der Erde ihre Freiheit errungen haben. Wir machen gemeinsame Sache mit allen Völkern und allen Minderheiten. Unser Kampf ist ihr Kampf, und ihr Kampf ist der unsere. Nun sprechen wir den Segen über Mazze und Wein. Und dann« – hier nickt er Estelle zu – »können wir mit der Mahlzeit beginnen.«

»Daddy«, sagt Miriam.

»Ja.«

»Das ist doch lächerlich. Dein Seder wird von Jahr zu Jahr kürzer.«

»Wir halten die Lesung genauso wie immer«, versichert Ed.

»Nein, das ist nicht wahr. Sie wird immer kürzer. Dabei war's von Anfang an schon gerafft! Die wichtigsten Stellen läßt du jedes Mal aus.«

»Miriam!« Sarah will ihre Tochter beschwichtigen.

»Warum müssen wir die ganze Zeit über Minderheiten reden?«, fragt sie. »Warum hast du's dauernd mit den bürgerlichen Rechten?«

»Weil es darum nun einmal geht beim Pessachfest«, belehrt Sol seine Enkelin.

»Oh, okay, geschenkt.«

»Zeit für den Gefilte Fisch«, verkündet Estelle. Amy springt auf und geht ihr zur Hand, und gemeinsam bringen sie die Salatplatten herein. Jeder bekommt ein Stück Fisch, angerichtet auf einem Salatbett, mit zwei Kirschtomaten und einem Klecks roter Meerrettichsoße.

Sarah steht auf und überlegt, ob sie Yehudit zum Essen wecken soll. Doch stattdessen setzt sie sich einen

Moment zu Miriam. »Ich finde«, flüstert sie, »du könntest dir etwas mehr Mühe geben ...«

»Womit?«, fragt Miriam.

»Du könntest etwas freundlicher sein! Du hast uns den ganzen Abend nur angeschnauzt. Noch dazu grundlos. Du hast kein Recht, in dem Ton mit Daddy zu reden.«

Miriam schaut in ihr Buch und fährt fort, still für sich den hebräischen Text zu lesen.

»Miriam?«

»Was ist? Ich lese bloß nach, was Daddy ausgelassen hat.«

»Hast du gehört, was ich sage? Du kränkst deinen Vater.«

»Da steht nicht ein Wort über Minderheiten drin«, sagt Miriam störrisch.

»Er bezieht sich ja auch auf den modernen Kontext ...«

Miriam blickt zu Sarah auf. »Und was ist mit dem ursprünglichen Kontext?«, fragt sie. »Als da wäre das jüdische Volk? Als da wäre Gott?«

Yehudit kommt, ihre Wolldecke hinter sich herschleifend, aus dem Arbeitszimmer. »Kann ich nur Salat haben, ohne alles?«, fragt sie mit matter Stimme.

»Dieser Fisch schmeckt ausgezeichnet«, sagt Sol.

»Ganz köstlich«, bestätigt Ed.

»Nachschub«, röhrt Ben mit vollem Mund.

»Ben! Du Vielfraß! Kannst du nicht manierlich essen?«, ermahnt Avi ihn.

»Das ist Manishevitz Gold Label«, sagt Estelle. »Yehudit, wo hast du dir das geholt? Ist es auch ganz sicher eine Virusinfektion? Warst du schon beim Arzt?«

»Nein, ich weiß nicht genau, was es ist«, sagt Yehudit.

»Angefangen hat es am Wochenende, als wir im jüdischen Gemeindezentrum für die Senioren gesungen haben.«

»Das war wirklich nett von euch«, sagt Estelle. »Ganz rührend. Und die alten Leute sind ja auch immer so dankbar.«

»Hm, wenn du das sagst. So ein alter Knacker hat mich gefragt: ›Könnt ihr *Oyfn Pripitchik*?‹, und ich sage: ›Ja, können wir‹, und er sagt: ›Dann bitte ich euch, seid so gut und singt nicht *Oyfn Pripitchik*. Dauernd kommen welche und singen uns dieses Lied vor, das schlägt einem aufs Gemüt.‹ Und dann, als wir schon gehen wollten, hat mich so eine alte Dame zu sich gewinkt und gesagt: ›Wie heißen Sie?‹ Ich hab ihr meinen Namen genannt, und darauf sagte sie: ›Sie sehen zwar aus wie ein Mauerblümchen, mein Kind, aber Sie sind sehr lieb.‹«

»Das ist ja furchtbar«, ruft Estelle. »Hat sie das wirklich gesagt?«

»Ehrenwort.«

»Aber es stimmt überhaupt nicht!«, sagt Estelle. »Du solltest mal hören, was die Leute hier über meine Enkelinnen sagen, wenn ich ihnen eure Fotos zeige. Warte nur, bis sie dich in natura sehen – als Brautjungfer bei der Trauung! Welche Farbe hast du für die Hochzeit ausgesucht?«, fragt sie Miriam.

»Was?« Verwirrt blickt Miriam von ihrer Haggada auf.

Ed sieht Miriam an. Er hat das Gefühl, dass sie ihm seinen ganzen Seder kaputt machen will. Was soll dieser Vorwurf, er würde die Zeremonie von Jahr zu Jahr verkürzen? Er macht es jedes Jahr gleich. Sie ist diejenige, die sich verändert hat, die immer kritischer wird. Wie kann sie sich anmaßen, sein Konzept zu kritisieren? Was

denkt sie sich dabei? Er kann sich noch an Seder erinnern, bei denen ihr schon vor dem Abendessen die
Augen zufielen. Er weiß noch, wie es war, als sie nicht
ohne Hilfe aufrecht sitzen konnte und als ihr Kopf in
seiner hohlen Hand Platz hatte.

»Ich finde, Pfirsich ist eine heikle Farbe«, sagt Estelle
gerade. »Schwer zu kriegen. Pink, weißt du, Pink ist viel
gängiger. Pink steht auch fast allen Mädchen. Pfirsich
kann längst nicht jede tragen. Bei der Hochzeit von eurer Mommy und eurem Daddy haben wir uns entsetzlich schwer getan mit der Farbe, weil die Synagoge braun
war. Ein scheußlicher rötlichbrauner Teppich lag im
Tempel, und auch der Gemeindesaal war in Braun gehalten, mit einer kastanienbraunen Velourstapete. Erinnerst
du dich, Schatz?«, fragt sie, und Sol nickt. »Jetzt ist sie
so rostfarben. Warum ausgerechnet Rost, weiß ich auch
nicht. Jedenfalls haben wir aber damals die Brautjung-
fern in Pink gehen lassen, weil das praktisch die einzige
Lösung war. Und auf den Bildern sieht's wunderschön
aus.«

»Ja, es war sehr fotogen«, bestätigt Sol.

»Ich muss dir mal die Bilder zeigen«, sagt Estelle zu
Miriam. »Die ganze Familie war dabei und lauter liebe,
liebe Freunde, die, so Gott will, auch an deiner Hochzeit
teilnehmen werden.«

»Nein, das glaube ich nicht«, erwidert Ed. »Wir haben
nur die engste Familie eingeladen. Es kommen bloß hundert Leute.«

Estelle lächelt. »Ich glaube nicht, dass du eine Hochzeit auf hundert Personen beschränken kannst.«

»Und warum nicht?«, fragt Ed.

Sarah räumt die Fischteller ab. Sie ist nervös. Sie kann es nicht leiden, wenn Ed ihren Eltern gegenüber diesen Ton anschlägt.

»Na ja, es geht nicht, ohne auf manche lieben Freunde zu verzichten«, sagt Estelle. »Und bei einer Hochzeit möchte man doch niemanden ausschließen …«

»Meiner Ansicht nach sind wir nicht verpflichtet, jeden, den wir kennen, zu Miriams Hochzeit einzuladen«, sagt Ed schroff. Sarah legt ihm die Hand auf die Schulter. »Ja, nicht mal all die Leute, die *du* kennst, müssen wir einladen.«

Estelle hebt die Brauen, und Sarah hofft im Stillen, dass ihre Mutter jetzt nicht ihre eigenmächtig zusammengestellte Gästeliste zückt. Die Liste mit den zweiundvierzig Namen, die Ed glücklicherweise noch nicht gesehen hat.

»Ich lade nicht alle ein, die ich kenne«, sagt Estelle.

»Großmama« – Miriam blickt auf –, »lädst du Leute zu meiner Hochzeit ein?«

»Natürlich nicht«, sagt Estelle. »Aber ich habe meinen Vettern und Cousinen davon erzählt und meinen besten Freunden auch. Manche waren schon auf der Hochzeit deiner Eltern, weißt du. Die Magids. Die Rothmans.«

»Jetzt mach aber mal halblang«, sagt Ed. »Wir werden doch nicht die Gästeliste unserer Hochzeit von vor dreißig Jahren wieder aufleben lassen. Ich denke, wir klären erst mal die Definitionsfrage und einigen uns darauf, was wir unter ›engster Familie‹ verstehen.«

»Ich definiere dir gern«, sagt Estelle, »was ich unter Familie verstehe. Das sind die Menschen, die uns schon gekannt haben, als wir noch über der Bäckerei wohnten.

Die waren nicht bloß bei eurer Hochzeit, sondern auch schon auf *unserer*, vor dem Krieg. Wir sind zusammen aufgewachsen. Sie sind auf unseren alten Filmen drauf, und wenn du sehen willst, wie sie vor fünfundvierzig – vor fünfzig! – Jahren ausgeschaut haben, dann kannst du ins Arbeitszimmer gehen und dir die Filme angucken, wir haben sie jetzt alle auf Video überspielt. Da wirst du unsere Freunde bei Sarahs erster Geburtstagsparty sehen. Wir wohnten alle nur ein paar Blocks auseinander; und als wir die Bäckerei aufgaben und nach Long Island zogen, da sind sie uns gefolgt. Mit Trudy Rothman telefoniere ich immer noch täglich. Wer hat schon solche Freunde? Früher sind wir bei ihnen aus und ein gegangen. Vor Jahren haben wir mal einen Tanzlehrer engagiert und gemeinsam in unserem Keller Tanzunterricht genommen. Foxtrott, Cha-Cha-Cha, Tango. Wir haben gemeinsam die Synagoge besucht. Und was haben wir für Feste gefeiert! Ich glaube, ihr Kinder versteht solche Bindungen nicht, weil ihr in alle Winde zerstreut lebt. Aber wir, wir sind gemeinsam aus Bensonhurst weg und haben uns gemeinsam auf Long Island angesiedelt. Seit Vierundfünfzig wohnen wir nun schon in diesem Haus. Wir haben miterlebt, wie es gebaut wurde, und ihre Häuser sind zur selben Zeit entstanden. Wir haben diesen Wandel miteinander durchgemacht, das plötzliche Erlebnis der Weite, auf einmal einen Garten zu haben, Bäume ringsum und Parks. Wir sind ständig in Kontakt. Im Winter treffen wir uns unten in Florida – wir gehen zu den Hochzeiten ihrer Enkel ...«

»Aber diese Hochzeit bezahle ich aus meiner Tasche«, sagt Ed.

Da verlässt Estelle den Tisch und zieht sich in die Küche zurück. Sarah funkelt Ed zornig an.

»Dad«, stöhnt Avi. »Jetzt siehst du, was du angerichtet hast.« Und Amy flüstert er zu: »Ich hab dich gewarnt: Meine Familie ist nicht ganz dicht.«

»Langsam hab ich wirklich Hunger«, sagt Ben. »Kriegen wir jetzt den Truthahn, Großmama? Außer einem Schokoriegel hab ich heute noch nichts gegessen, ehrlich.«

Schweigend kommt Estelle mit dem Truthahn aus der Küche. Schweigend stellt sie ihn vor Ed hin, damit er ihn tranchiert. Dann reicht sie die Platte herum. Die Unterhaltung kommt nur stockend in Gang. Estelle beteiligt sich an den Gesprächen der anderen, aber sie redet nicht mit Ed. Dem gönnt sie nicht einmal einen Blick.

Ed liegt auf dem Rücken in seinem Rollbett. Eine Stufe über ihm starrt Sarah an die Decke. Sobald einer von beiden sich bewegt, quietscht das Bett, quietscht lauter, als Ed es je gehört hat; als wollte die Federung einen nächtlichen Klagegesang anstimmen.

»Was der Punkt ist, willst du wissen?«, sagt Sarah. »Der Punkt ist, dass es weder die rechte Zeit noch der Ort dafür war, die Gästeliste durchzugehen.«

»Aber deine Mutter hat doch davon angefangen«, ruft Ed empört.

»Und du hast dann den Streit vom Zaun gebrochen.«

»Sarah, was hätte ich denn sagen sollen – danke, dass du dich so ungeniert über unsere ausdrücklichen Wünsche hinwegsetzt? Ja, du kannst all deine Bekannten zur Hochzeit deiner Enkelin einladen? Aber ich sage dir, so lasse ich mich nicht überfahren – genau das hat sie nämlich versucht, sie wollte diesen Seder dazu benutzen, ihren Willen durchzusetzen, damit sie einladen kann, wen und so viele sie will, ohne dass auch nur darüber diskutiert wird.«

»Die Diskussion muss uns ja nicht gerade den Feiertag verderben«, sagt Sarah.

»Wenn wir ihr das durchgehen lassen, dann schlägt sie vollends über die Stränge. Dann ist es nicht damit getan, dass sie uns ein paar Adressen gibt, sondern sie wird zwanzig, dreißig Leute einladen. Womöglich fünfzig.«

»Nein, das wird sie nicht tun.«

»Sie kennt Hunderte von Leuten. Wie viele waren auf unserer Hochzeit? Zweihundert? Dreihundert?«

»Ach, jetzt hör aber auf! Du weißt doch, dass wir die Einladungen alle selbst verschicken, von Washington aus.«

»Gottlob!«

»Dann sei auch nicht so stur«, sagt Sarah.

»Stur? Hast du stur gesagt?«

»Ja.«

»Also das ist unfair. Du willst doch diese Leute genauso wenig bei der Hochzeit dabeihaben wie ich …«

»Ed, so was kann man klären, auf taktvolle Art. Du hast absolut keine Vorstellung …«

»Ich bin taktvoll. Ich bin ein sehr taktvoller Mensch. Aber man darf mich nicht über Gebühr provozieren.«

»Das mit den Kosten für die Hochzeit hättest du wirklich nicht zu sagen brauchen.«

»Aber es ist doch wahr!«, schreit Ed, und sein Bett ächzt unter ihm, als habe es die ganze Last seines Unmuts zu tragen.

»Pst!«, zischt Sarah.

»Ich weiß nicht, was du von mir willst.«

»Ich möchte, dass du dich bei meiner Mutter entschuldigst, damit wenigstens die anderen noch etwas von diesem Wochenende haben«, sagt sie kurz angebunden.

»Ich werde mich nicht bei dieser Frau entschuldigen«, brummt Ed. Sarah antwortet nicht. »Was?«, fragt er in die Dunkelheit. Seine Stimme klingt ein bisschen schuldbewusst, aber auch gekränkt, Mitleid heischend. »Sarah?«

»Ich habe dir nichts mehr zu sagen.«

»Sarah, du musst zugeben, dass sie ganz und gar uneinsichtig ist.«

»Ach, hör endlich auf.«

»Ich werde vor niemandem zu Kreuze kriechen, der diese Hochzeit zu sabotieren versucht.«

Sarah antwortet nicht.

Am nächsten Morgen erwacht Ed mit einem stechenden Schmerz in der linken Schulter. Es ist neunzehn Minuten nach fünf, und alle anderen schlafen noch – alle außer Estelle. Er hört sie im Haus herumgehen und Dinge zurechtrücken: Lichtschalter an- und ausknipsen, Lampenschirme ausrichten, Sofakissen aufschütteln. Er liegt im Bett und weiß nicht, was schlimmer ist, seine Schulter oder diese enervierenden Geräusche, die ihn martern wie das penetrante Rascheln von Zellophanpapier. Als er sich endlich mühsam aus dem durchgelegenen Rollbett hochwindet, läuft er schnurstracks unter die Dusche und lässt sich das Wasser auf den Kopf prasseln. Er duscht viel länger als sonst. Wahrscheinlich braucht er das ganze warme Wasser auf. Er stellt sich vor, wie Estelle draußen auf und ab tigert und sich fragt, wie um alles in der Welt jemand eine geschlagene Stunde duschen kann – eine Stunde und fünfzehn Minuten, um genau zu sein. Sie sorgt sich um das vergeudete Wasser und ist frustriert, weil die Tür abgeschlossen ist und sie nicht hinein kann, um die Zahnbürsten gerade zu rücken. Bei der Vorstellung wird ihm warm, und seine Muskeln entspannen sich. Aber als er aus dem Bad kommt, ist die Wirkung nach ein paar Minuten verflogen.

Bis die Kinder aufstehen, hat der Himmel sich bezogen, und ein schwül-feuchter Frühlingstag steht ins Haus. Yehudit, die ihrer Erkältung mit starken Medikamenten zu Leibe gerückt ist, schläft entsprechend lange, Ben und Sol sehen im Arbeitszimmer fern, und Miriam schließt sich angewidert in ihrem Zimmer ein, weil Fernsehen den Feiertag entweiht. Avi und Amy machen einen Spaziergang. Gleich nach dem Mittagessen sind sie losgegangen und bleiben stundenlang weg. Wie kann man sich nur drei Stunden lang in West Hempstead herumtreiben? Ob sie an jedem Ententeich haltmachen? Durch jede Einkaufspassage bummeln? Es ist ein langer, unausgefüllter Tag, mit dem einzigen Lichtblick, dass Sarah ihm nicht mehr böse ist. Sie massiert ihm sogar die steife Schulter. »Diese Betten müssen endlich raus«, sagt sie. »Die sind schon dreißig Jahre alt.«

»Wahrscheinlich hätten wir es auf dem Fußboden bequemer«, meint Ed. Er beobachtet Estelle, die zwischen Küche und Esszimmer hin und her schießt und den Tisch fürs zweite Seder deckt. »Siehst du, sie spricht immer noch nicht mit mir.«

»Tja«, erwidert Sarah, »was hast du anderes erwartet?«

196

Aber sie sagt es mitfühlend. »Wir müssen deine Mutter anrufen«, erinnert sie ihn.

»Ja, das müssen wir wohl.« Ed stößt einen Seufzer aus. »Hol die Kinder und rede ihnen gut zu, damit sie sie ein bisschen aufheitern.«

»Hallo, Großmama«, sagt Ben, als sie ihn endlich ans Telefon gelotst haben. »Wie geht's? Ach ja? Hier ist es auch trüb. Nein, eigentlich nichts Besonderes, wir gammeln bloß so rum. Nein, Avi hat seine Freundin dabei und ist mit ihr spazieren. Amy, genau. Weiß ich nicht. Darfst du mich nicht fragen. Miriam ist auch hier, ja. Genau. Was? Weiß ich nich', sie zanken sich die ganze Zeit darum, wer zu Miriams Hochzeit kommen soll. Wer, Großmama E.? Ach, der geht's gut. Aber ich glaube, sie ist stocksauer auf Dad.«

Ed nimmt Ben den Hörer aus der Hand.

»Sie ist was?«, fragt Rose.

»Hallo, Ma?« Ed geht mit dem schnurlosen Telefon ins Schlafzimmer und setzt sich vor die Frisierkommode. Beim Sprechen kann er sich in dem dreiteiligen Spiegel aus drei verschiedenen Blickwinkeln betrachten, einer schlimmer als der andere. Er sieht seine hochgewölbte Stirn, über die nur noch ein paar schüttere Haarsträhnen fallen, seine müden, ein wenig blutunterlaufenen Augen, seine weiche, rosig-fleischige Ohrmuschel. Er sieht furchtbar aus.

»Ed«, sagt seine Mutter, »Sarah hat mir erzählt, dass du Estelles Familie von der Hochzeit ausschließen willst.«

»Familie? Was denn für eine Familie? Hier geht's lediglich um Estelles Freunde.«

»Und was ist mit Henny und Pauline? Soll ich die auch wieder ausladen?«

»Ma! Du hast deine Nachbarn eingeladen?«

»Natürlich! Zur Hochzeit meiner Enkelin? Selbstverständlich habe ich sie eingeladen.«

»Ma!«, schnauzt Ed sie an, »für mich sind die einzig gültigen Einladungen zu dieser Hochzeit die, die ich habe drucken lassen und die ich persönlich verschicke. Das ist Miriams Hochzeit. Es ist ihr Fest. Das geben wir weder für dich noch für Estelle. Es ist ausschließlich für die Kinder.«

»Du hast unrecht«, sagt Rose schlicht. Und diese drei Worte klingen Ed den ganzen Tag lang in den Ohren, obwohl er eigentlich das Gefühl hat, dass man *ihm* Unrecht tut. Schließlich ist es nicht so, dass seine oder Sarahs Mutter in irgendeiner Weise zu der Hochzeit beitragen würde. Sie stellen nur Forderungen. Ansonsten rühren sie keinen Finger.

Miriam sitzt in der Küche und streicht geschlagene Butter auf ein Stück Mazze. Ed setzt sich neben sie. »Wo ist Großmama?«, fragt er.

»Milch holen«, sagt Miriam, und dann bricht es aus ihr heraus: »Daddy, ich will nicht, dass all diese Leute zu meiner Hochzeit kommen.«

»Ich weiß, Spatz.« Es ist ein wunderschönes Gefühl, dass Miriam bei ihm Hilfe sucht und dass er sie trösten kann, als wäre sie nicht fast schon eine Frau Doktor mit strengen theologischen Prinzipien.

»Die meisten kenne ich ja nicht einmal«, sagt sie.

»Wir brauchen niemanden einzuladen, den du nicht dabei haben willst«, erwidert Ed mit Nachdruck.

»Aber ich möchte auch nicht, dass Großmama und ich bei meiner Hochzeit zerstritten sind.« Ihre Stimme zittert. »Ich weiß nicht, was ich tun soll.«

»Du brauchst gar nichts zu tun«, meint Ed. »Sei du nur ganz ruhig.«

»Ich denke, wir sollten ihre Freunde vielleicht doch einladen«, sagt Miriam leise.

»Holla!«

»Oder jedenfalls einige davon«, schränkt sie ein.

Jemand rüttelt an der Hintertür, und die beiden schrecken hoch. Es ist aber nur Sarah. »Ich geb dir einen guten Rat«, sagt sie. »Lad Mutters Freunde ein und die Bekannten von deiner Mutter auch, und damit basta. Die Zores können wir uns doch wirklich ersparen.«

»Nein«, sagt Ed.

»Ich glaube, sie hat recht«, meint Miriam.

Er schaut sie an. »Würdest du dich dann besser fühlen?« Sie nickt und lässt sich umarmen. »Wann komme ich schon noch dazu, meine Miriam in den Arm zu nehmen?«, sagt er zu Sarah.

»Ich weiß. Das ist Großmamas Wagen. Ich geh und sage ihr, dass sie die Magids einladen kann.«

»Aber du musst ihr klarmachen, dass …«, fängt Ed an.

Sarah fällt ihm ins Wort. »Ich werde den Teufel tun«, sagt sie.

Beim zweiten Seder überblickt Estelle von ihrem Posten zwischen Küche und Esszimmer wohlwollend die Tischrunde. Sol erzählt Hochzeitswitze, und Avi legt, mitgerissen von der guten Stimmung, den Arm um die methodistische Amy und sagt: »Mom und Dad, ich ver-

spreche euch, wenn ich heirate, dann brenne ich durch.«
Niemand lacht.

Als es Zeit wird, die vier Fragen zu stellen, übernimmt
Ed selbst die Lesung. »Warum unterscheidet sich diese
Nacht von allen gewöhnlichen Nächten? An anderen
Abenden essen wir gesäuertes Brot. Warum essen wir an
diesem Abend Mazze?‹ Ben, würdest du die Füße run-
ternehmen?« Als Ed die vier Fragen zitiert hat, resümiert
er abschließend: »Im Grunde hat also jede Generation
die Pflicht, ihren Nachkommen den Exodus zu erklären – ob es ihr nun gefällt oder nicht.«

Als er in dieser Nacht in dem ächzenden Rollbett liegt,
denkt Ed über die Frage nach, die Miriam am ersten
Seder gestellt hat. Warum ist an Pessach alles in Vierer-
gruppen eingeteilt? Vier Kinder. Vier Fragen. Vier Becher
Wein. Ed liegt mit geschlossenen Augen da und sieht die
Quartette durch die Luft schweben, sieht sie so, wie sie
in den naiven Illustrationen seiner Haggada von 1960
dargestellt sind. Vier goldene Becher und darauf in blau-
grünen Lettern die vier Fragen; vier Kindergesichter. Es
sind die Gesichter seiner eigenen Kinder, allerdings nicht
die von heute; Ed sieht sie so, wie sie vor neun oder zehn
Jahren ausgesehen haben. Und dann, just als er einschläft,
hat er eine Vision. Er sieht nicht die Kinder, sondern
Sarahs Eltern, die zusammen mit den Rothmans, den
Seligs, den Magids und all ihren Freunden – vielleicht
tausend an der Zahl – dicht gedrängt wie Marathonläu-
fer über die Verrazano-Brücke strömen. Sie tragen Koffer bei sich und Bügelbretter, Bridgetische, Tennisschlä-
ger und Liegestühle. Sie marschieren in dicht geschlosse-

nen Reihen und treiben ihre Pudel vor sich her. Es ist eine majestätische und zugleich beängstigende Prozession. Unter Estelles Füßen – unter den Füßen ihrer eintausend Freunde – erzittert die stählerne Brücke, und die langen Trossen geraten über dem Wasser in Schwingung. Obwohl er nur ein ferner Zuschauer ist, spürt Ed das Dröhnen, die stampfenden Schritte, die seinen ganzen Körper erschüttern wie ein gewaltiges Erdbeben. Er möchte fliehen, das Bild verdrängen, aber es lässt sich nicht auslöschen. Dröhnend und brausend tobt er unverkennbar fort: der Sturm der Geschichte.

Lizzie Doron

Ein Einziger ist unser Gott

Pessachzeit. Überall wurden die Vorhänge durch Teppiche ersetzt. An allen Wäscheleinen und über allen Zäunen des Viertels hingen Matratzen und Decken. Auf den Rasenflächen lagen Haushaltsgegenstände zur rituellen Reinigung. Der Duft der Orangenblüten mischte sich mit dem der Farbe von den Pinseln der Anstreicher, und die Luft im Viertel war erfüllt von dem Geruch nach Frühling, Waschseife, Spül- und Putzmitteln.

»So ist das, vor Pessach wird alles neu gemacht«, sagten jene, die ergeben die Last des Festes auf sich nahmen.

Andere beklagten sich über die Größe der Aufgabe: »Die Sklavenarbeit und die Plagen, das alles ist hier und heute.« Und jeder, als sei es eine Tradition, fragte seine Nachbarn: »Wo feiert ihr dieses Jahr den Seder?« Und alle kramten sofort irgendeinen Bruder oder irgendeine Schwester hervor, einen Onkel oder einen anderen Verwandten.

Wenn Helena gefragt wurde, ob auch sie irgendwo eingeladen sei, antwortete sie immer: »Den Seder mache ich hier und überall. Du kannst die Vorbereitungen mit eigenen Augen sehen.« Und der Frager verstand, dass Helena den Sederabend mit ihrer Familie feiern würde.

Der Sederabend. Helena richtete die Wohnung für das Ereignis her. Sie machte das Licht in den Zimmern aus, schloss die Fensterläden, machte das Treppenhauslicht über unserer Tür an und schloss uns ein; die Nachbarn sollten denken, wir seien schon weggegangen. Abends, wenn die Gäste der Nachbarn kamen, gingen dort überall die Lichter an, und in unser stockdunkles Zimmer brachen Lichtstrahlen aus den Zimmern der anderen. In Helenas Wohnung mischte sich ägyptische Finsternis mit dem geborgten Licht aus den Häusern der Nachbarn.

Sie hatte ihre klaren Regeln für das Essen. Sie füllte die Sederschüssel mit Mazzot, Eiern, Sellerie und allem, was die Haggada verlangt, aber wenn das Bitterkraut an der Reihe gewesen wäre, sagte sie: »Bitteres habe ich schon genug für sieben Generationen gegessen«, und jedes Jahr legte sie statt Bitterkraut ein Stück Kuchen in die Sederschüssel.

»Koscher für Pessach«, versicherte sie mir.

Damit alles seine gute Ordnung hätte, verkündete Helena im Voraus, dass wir nicht die Tür für den Propheten Elijahu öffnen würden.

»Wir wissen doch«, sagte sie zu mir und zu sich selbst, »dass er ohnehin nie kommt, und was den Afikoman betrifft, du bekommst doch sowieso ein Geschenk. Du musst nichts stehlen. Und selbst wenn du das wolltest, gäbe es niemanden, von dem du etwas stehlen könntest.« Jedes Jahr bekam ich ein Geschenk dafür, dass ich den Afikoman nicht heimlich wegnahm.

Dann kam die Haggada. Helena las die Haggada nach ihrer eigenen Fassung, und die war jedes Jahr ein bisschen anders. Teile verschwanden, andere wurden betont, wie es die Umstände und die Bedingungen verlangten.

»Was unterscheidet diese Nacht von allen anderen Nächten«, fragte sie sich und antwortete, »alles, alles unterscheidet sie.«

Ihre Stimme erhob sich: »Die Ägypter aber misshandelten uns, und sie bedrückten uns … und wir schrien … Aus der Drangsal rief ich zum Herrn.« Helena weinte, denn in ihrer Haggada, anders als damals, in Ägypten, hörte der Herr nicht, und sie schaffte es kaum, die Geschichte vom Auszug aus Ägypten zu erzählen.

»Es ist meine Pflicht, dir, Elisabeth, vom Auszug aus Ägypten zu erzählen, damit du dich an jedem Tag deines Lebens erinnerst, wie ich aus Ägypten ausgezogen bin.«

Dann erzählte sie mir, dass dort, in dem fremden Land, in einer großen Stadt, ein anderer Sederabend stattfand. Am Kopf des Tisches saß ein geachteter und kluger Mann, der aussah wie Moses und so weise war wie Maimonides, ein Mann, der die Thora studiert hatte und alle Geheimnisse der Haggada kannte, und er hatte eine wunderschöne Frau und sieben Kinder.

Alle Kinder waren wohlgelungen, mit hellen Augen und hellen Haaren, groß und schlank, sie sahen aus wie Gojim. Jeder Einzelne hätte Dichter werden können, Wissenschaftler, Forscher. »Jeder Einzelne hätte etwas Großes werden können, verstehst du?«, fragte sie in einem Ton, als wäre das eine der vier Fragen aus der Haggada.

Und dann, mit geschlossenen Augen, sah sie, wie ich erraten konnte, viele Bilder vor sich. »Da ist Pepa«, sagte sie, »Pepa, die Ärztin, und da ist Mendel, Mendel, der

Pilot; und hier ist Sarale, die so schön ist, und Frieda, die beste Lehrerin.« Plötzlich sah sie erschrocken aus, und obwohl ihre Augen noch geschlossen waren, sagte sie: »Ich kann sie nicht mehr sehen, ich erinnere mich schon nicht mehr! Warum sind sie nicht gewachsen? Warum sehen sie nach so vielen Jahren nicht anders aus?«

Als sie die Augen wieder aufmachte, erzählte sie weiter, wie weggeschwemmt von einem Strudel der Sehnsucht: »Der Vater, der so war wie Moses, so wie Maimonides, war ein besonderer Mann. Er machte nie einen Unterschied zwischen einem Tumben und einem Bösen, zwischen einem Einfältigen und einem Klugen, er liebte die Menschen mehr, als Gott es tat...« Und dann wiederholte und betonte sie: »... mehr, als Gott es tat, er liebte alle.«

Und für jeden von dort hatte Helena hier einen Stuhl hingestellt sowie Teller, Messer, Gabel, Serviette und ein Seelenlicht.

Sie entschuldigte sich: »Man sagt, es sei eine gute Tat, jedem Hungrigen eine Mahlzeit zu geben, vielleicht kommt ja jemand. Der Stuhl, der Teller, die Serviette... ich weiß, das ist nicht da wegen der Realität, nur wegen der Möglichkeit.« Sie seufzte und überließ sich dem Schmerz, in dem noch eine Öffnung für Hoffnung war. So ging es, bis in die Nacht hinein, »und du sollst deiner Tochter an diesem Tag erzählen«, an diesem Tag, zwischen Traum, Albtraum und Realität, zwischen den Schatten der Seelenlichter und den Lichtstrahlen aus den Häusern der Nachbarn. Und jedes Jahr, wenn sie an das bekannte Sederlied »Ein Einziger ist unser Gott« kam, seufzte sie und fragte immer wieder, wie ein Refrain: »Warum nicht zwei, warum nicht zwei?« Und dann erklärte sie, was ihre Frage bedeutete: »Denn der, den wir haben, hat sich geirrt, und es gab keinen andern, der den Fehler korrigierte.« Und voller Schmerz fügte sie hinzu: »Schade, schade, nur einer und nicht mehr.«

Dann machte sie das Licht an, und der Sederabend war zu Ende.

Am nächsten Tag erzählte sie allen, was für einen wunderbaren Sederabend sie gefeiert habe und wie interessant es gewesen sei, die ganze Familie zu treffen.

Jahre danach antwortete sie auf jede Einladung: »Danke, Elisabeth, ich würde gern kommen. Aber du weißt doch, dass ich schon eingeladen bin, ich habe Verpflichtungen und kann nicht.«

Weil ich es wusste, kam ich zu ihr.

Und wie immer brannte das Licht draußen, wie immer war es dunkel drinnen, und niemand öffnete die Tür.

Elisa Albert

Was ist in dieser Nacht so anders?

Nachdem sie ihrer Mutter halbherzig beim Putzen, Feudeln, Waschen und Staubwischen geholfen hatte – dem Brauch gemäß mit Feder und Kerze (aus dem Erdbeben-Notfallkoffer) –, ging Joanna zu ihren Eltern auf die Terrasse. Strahlend standen sie um einen Wischeimer herum.

»Jo-Jo«, sagte ihr Vater wie damals, als sie acht war. »Zeig uns, was du gefunden hast.«

Joanna hielt den Chametz hoch: ein gevierteltes Stück Weißbrot, das Ron »versteckt« hatte, damit sie es »fand« (je ein Viertel mitten auf dem Esstisch, auf der Mikrowelle, auf der Waschmaschine und neben der Küchenspüle). Er nickte beifällig und blätterte in der Haggada nach dem entsprechenden Segen, den er erst auf Hebräisch las, dann auf Englisch.

»Alles Gesäuerte, das sich in meinem Besitz befindet und von mir nicht gesehen oder entfernt wurde, möge vernachlässigt werden und besitzlos sein wie der Staub der Erde.« Diesem letzten Passus, dem »*Staub* der *Erde*«, verlieh Ron eine derart düstere, dramatische Note, dass es beinahe klang, als würde er jedem, den er ausfindig machte, das Blut aussaugen.

Das Brot lag aufgeweicht und verschmäht auf Joannas verschwitzter Handfläche. Auf der Innenseite ihres linken Unterarms standen in kursiver *Times New Roman* die beiden Wörter »warum« und »nicht«, dahinter ein über-großes Fragezeichen. Die Wörter hatten ihr mit dreiund-zwanzig etwas bedeutet, seitdem allerdings längst ihre Bedeutung verloren und keine andere Wahl, als immer wieder neue Bedeutungen anzunehmen, je älter Joanna wurde und je öfter sie sie sah. Ihre Mutter bemühte sich, nicht darauf zu starren. Für gewöhnlich trug Joanna im Beisein ihrer Eltern lange Ärmel, um ihnen diese Qual zu ersparen.

»Ein Orthodoxer in Pico-Robertson hat sich dabei letztes Jahr aus Versehen abgefackelt«, berichtete Joanna. Dann warf sie das Brot in den Eimer, und Marilyn entzündete ein Streichholz. Eine Weile sahen sie der Flamme bei ihrer Verwüstungsarbeit zu, dann wurden sie vom Gestank angebrannten Toastbrots ins Haus ge-trieben. Der Eimer blieb den ganzen Tag auf der Terrasse stehen, während die verkohlten Viertel auf dem Boden auseinanderfielen.

Da Joanna nun einmal zum Seder zu Hause war, fiel natürlich ihr die Aufgabe zu, den Tisch zu decken. War es nicht immer so, dass erwachsene Kinder, sobald sie nach Hause kamen, in ihre alte Familienrolle zurück-fielen? Und überhaupt: »nach Hause«! Immer noch und in alle Ewigkeit bezeichnete sie das Haus ihrer Eltern – das sie mit siebzehn entschlossen verlassen hatte – als Zuhause.

Früher hatte es für sie keine größere Freude gegeben, als sich wie eine Erwachsene dafür verantwortlich zu fühlen, den Tisch »hübsch herzurichten«, aber jetzt war sie einunddreißig, keine elf mehr. Und als sie das uralte kostbare Pessachgeschirr ihrer Großmutter Bess aus seinem muffigen Schaumstoffkarton holte, lächelte sie über die geschickte Manipulation ihrer Mutter damals: *Es ist deine Aufgabe, den Tisch hübsch herzurichten, Jo-Jo!* Früher hatte sie dieser Auftrag begeistert. Sie hatte um Abstand und Winkel der Weingläser von Teller und Messer gerungen und sich hintergangen gefühlt, wenn die Gäste sich schließlich zum Essen hinsetzten, ihr makelloses Arrangement durcheinanderbrachten und die Kristallgläser mit Lippenstift verschmierten.

Nach diversen Turbulenzen in ihren Zwanzigern (einigen besonders bösen Trennungen, einem Hauch Kreditschulden, dem unvermittelten Abbruch eines Kunststudiums und dem gnadenlos unwiederbringlichen Rausschmiss aus einer satten Anstellung als Grafikdesignerin – na schön, sie hatte es mit ihrem Chef getrieben) schien Joanna sich jetzt, wie man so sagt, einigermaßen auf der Reihe zu haben, und davon zeugte doch wohl ihre Fähigkeit, den Tisch hübsch herzurichten. Sie platzierte jeden Teller so, dass der Stängel der roten Mohnblume nach unten zeigte. Das, so hatte sie von Marilyn gelernt, war ein wichtiges Detail: die Schwerkraft in der Ästhetik feinen Porzellans. Heutzutage lag ihr die Präzision des Tischdeckens nicht mehr so am Herzen, aber sie würde das Mädchen von einst nicht verraten. Gleichmäßig ausgerichtetes Besteck war noch so ein Muss.

Als der Porzellankarton allerdings leer war und nur elf zarte Mohnblumen in ihrer marineblauen, mit Blattgold eingefassten breiten Umrandung auf dem Tisch erblühten, war Joanna schwer bekümmert. Der zwölfte Teller, das wusste sie genau, war bei einer wilden Party, die sie in der elften Klasse veranstaltet hatte, zu Bruch gegangen.

Josh Weinstein, ihre erste Liebe, hatte auf der Suche nach Knabberkram die Speisekammer durchforstet. Joanna war selig bekifft gewesen und selbstredend auch ziemlich hungrig, hatte also nur benebelt gekichert, als Josh stattdessen mit einem Pessachteller von Großmutter Bess auf die Terrasse kam und die Mohnblume wie ein französischer Schnöselkellner mit der Hand beschirmte. »Dis is särrr scheeen«, sagte er und schnitt ulkige Grimassen. (Sie waren die gesamte Highschool hindurch und noch auf dem College zusammen gewesen, aber zum Schluss hatte er sich wie das letzte Arschloch benommen – sie monatelang betrogen und nach dem zweiten Semester mit Genitalwarzen sitzen gelassen.)

Jay Taubman hatte ein paar Meter entfernt in die riesigen Pubertätsflossen geklatscht – »Alter! Her damit!« –, worauf Josh das blau geränderte Artefakt wie ein Frisbee hinüberwarf. Stundenlang, so schien es, segelte der Teller durch die Luft und schwirrte anmutig auf Jay zu.

»Halt«, hatte Joanna matt protestiert, »nicht.« Doch dann krachte es mit einer onomatopoetischen Lust, die in ihrem Ganja-überpuderten Magen widerhallte. Damals hatte sie trotz allem darüber gekichert. *Krawumm!* Hihi.

»Mom.« Sie kam in die Küche geschlurft. »Bess' Pessachservice hat nur elf Teller.«

»Und wo ist der zwölfte?« Marilyn steckte bis zu den Handgelenken in einer Schüssel mit Nüssen, Zimt und fein geschnittenen Äpfeln für Charosset. Sie hob eine Augenbraue.

Joanna blickte schulterzuckend zu Boden. »Keine Ahnung.« Normalerweise gingen sie an Pessach zu Tante Barbi und Onkel Larry.

»Dann nimm einfach einen aus einem anderen Service«, sagte Marilyn und knetete heftig weiter. »Mit den rosa Blüten. Wirklich, Joanna, Sachen gehen nun mal kaputt, davon geht die Welt nicht unter.«

»Wer sagt denn, dass er kaputt ist?« Joannas Stimme war gefährlich nah daran, ins Schrille umzuschlagen. Sie hatte erwartet, dass ihre Mutter sich mehr aufregen würde. Großmutter Bess war vor Joannas Geburt gestorben – hatte ihr erstes Enkelkind nicht kennengelernt –, und Joanna fand es entsetzlich, wenn Dinge zu Bruch gingen. Fand sogar, dass davon die Welt unterging. Marilyn knetete weiter. »Woher soll ich wissen, was mit dem Scheißteller passiert ist?« Marilyn schwieg. »Ach, zum Henker, schließlich wohne ich nicht hier. Herrgott.«

Joannas Reizbarkeit wurde noch erhöht durch den wunden, juckenden, ausgesprochen ungemütlichen Zustand ihrer Genitalien: ganz bestimmt Hefepilze, die sich am Vortag angekündigt hatten und inzwischen voll und fies erblüht waren. Es machte sie wahnsinnig, sie wollte mit einer Axt in ihre Scheide hacken, sie auseinanderreißen und die Juck-lass-nach-Euphorie genießen. Sie hatte Stress in der Hose, wie die Mädchen in ihrer College-WG zu sagen pflegten. Damals gab es ausgiebig Stress in der Hose: Blasenentzündungen, diverse Geschlechtskrankheiten, Pilze. »Verflucht sei die Pille«, hatte ihre Freundin Claire immer gestöhnt, während sie am Küchentisch naturbelassenen Preiselbeersaft in sich hineinschüttete. »Die sexuelle Befreiung fordert ihren Preis, meine Damen.«

»Das Service gehörte zu Großmutters Aussteuer, als sie deinen Opa Jack geheiratet hat«, schob Marilyn nach einer Weile hinterher, als handelte es sich um irgendeine lustige Anekdote. Opa Jack war selbstredend noch länger verblichen als seine holde Braut. Auf dem Stutzflügel im Wohnzimmer stand ganz vorne ein Foto der beiden, Finger verschränkt, die Sepiawangen wonnig aneinandergelegt, fertig herausgeputzt für die Flitterwochen. Das Bild war so beunruhigend wie ein geschundener, ausgemergelter katholischer Jesus am Kreuz: Die beiden waren für Joannas Sünden gestorben.

Marilyn hatte rasch ihr Rezept konsultiert, Muskatnuss vom Gewürzregal genommen und entschlossen zwei Prisen in die Schüssel gestreut. Am ganzen Pessach war Joanna Charosset mit Abstand am liebsten. Lieber noch als die einzelnen Dipschälchen mit Salzwasser, die die Tränen symbolisierten.

»Tut mir leid, Mom!«, sagte sie plötzlich und versuchte, in einer peripheren Umarmung ihr Gesicht an Marilyns Schulter zu bergen. »Es tut mir so leid!« Joanna meinte, der fehlende zwölfte Teller müsse die alte Wunde ihrer Mutter vertiefen, in ihrer Seele bohren und den ganzen Schmerz heraufpumpen, der mit dem Verlust einer Mutter – dem Schicksal einer Waise, um genau zu sein – einhergehen mochte. Sie konnte sich das gar nicht vorstellen: Gott tot. Marilyn gab ihr einen freundschaftlichen Schubs.

»Würdest du uns bitte diese Sentimentalitäten ersparen und den Tisch fertig decken? In einer halben Stunde kommen fünfzig Gäste, und Du.Bist.Mir.Keine. Hilfe.« Ein Schütteln der Hände über der Rührschüssel verlieh diesen letzten Wörtern besonderen Nachdruck, als wären die gewürzten Apfelstücke und Nüsse, die Marilyn an den Fingern klebten, ebenso egoistisch. Wenn Marilyn Gäste erwartete, neigte sie zu Übertreibung und (dürfen wir es wagen?) Hysterie. Den Renaissancemalern ist eine üppige Goldmine entgangen, als sie davon absahen, das Martyrium der gebeutelten Pessach-Seder-Gastgeberin darzustellen. Es kamen genau zwölf Leute: Tante Barbi und die Achse der Arschlöcher (Onkel Larry und die Cousins Kevin und Jason), der schlumpfige, noch immer alleinstehende Onkel Steve, Tante Jackie und ihr stiller, fettleibiger Freund Bob, ihre Cousine Stacey, die sich seit ungefähr sechs Jahren zur Kosmetikerin ausbilden ließ, Joanna, Marilyn und Ron. Und Harris. Joannas Freund seit nunmehr fast einem Jahr. Und Nichtjude. (»Ich mag nicht über das definiert werden, was ich nicht bin«, hatte er sich scherzhaft ereifert. »Ich bin außerdem ein Nichtzwerg, ein Nichthispano und eine Nichtfrau.« »Und eine Nichtnichte«, ergänzte Joanna, weil Harris wie sie einen schlichten Humor hatte. »Ha«, hatte er geantwortet. »Du hast ›Nichtnichte‹ gesagt.« Dann wechselten sie das Thema.)

Also nahm Joanna widerwillig einen Teller aus dem bizarren zweitrangigen Seder-Service – gelbe Keramik mit hübschen rosa Gänseblümchen. Er sah unanständig aus, eine Anmaßung inmitten all der festlichen, teuren roten Mohnblumen von Großmutter Bess. Wie eine Dirne beim Dinner. Joanna stellte ihn an ihren Platz, angewidert von der Geschmacklosigkeit, und erlaubte sich eine schnelle, hemmungslose Juckpause, Hand im Hosenbund, in der Ecke des Esszimmers, vorgebeugt wie eine Perverse, die in der Öffentlichkeit onaniert. Die Erleichterung war nahezu orgiastisch – Joanna sah Regenbogen, sie sah Sterne –, durchwirkt wie mit Blattgold von einem netten kleinen Schmerzfaden. Sie seufzte unwillkürlich auf und beschnupperte ihre Finger: weiß, pappig, alles in allem nicht allzu übel riechend.

Marilyn raste in der Küche umher wie Julia Child auf Crack.

»Alles klar«, sagte Joanna, »der Tisch ist gedeckt. Darf ich mich jetzt zurückziehen?« Sofort bereute sie den sarkastischen Ton. Marilyn spülte ostentativ ihre Hände und trocknete sie mit einem Geschirrtuch ab, das sie dann entschlossen zweimal faltete und neben die Spüle legte. Joanna lehnte mit verschränkten Armen an der Anrichte, ihrer Mutter genau im Weg. »Ich hoffe sehr, ihr erwartet nicht von mir, dass ich die ›Vier Fragen‹ stelle, ich bin ja schließlich einunddreißig, das könnt ihr euch gleich abschminken.«

»Ich weiß, wie alt du bist.« Das klang nach Resignation. Joanna meinte jede einzelne der vielen Enttäuschungen ihrer Mutter herauszuhören: einziges Kind, unverheiratet, mit einem Goj zusammen, in ihrem Metier sagenhaft erfolglos, weit entfernt wohnhaft, tätowiert und noch immer angewiesen auf den gelegentlichen Rettungsscheck von Daddy. Die Liste war unendlich. Tellerzerbrecherin, Meiderin generationenübergreifender kultureller Verantwortung, was noch?

»Dann ist ja gut«, antwortete Joanna wie eine Neunjährige. Sie hatte mehr Widerstand erwartet und wusste nun nicht, wohin mit ihrem Überschuss an Aufsässigkeit. Es brannte im Schritt.

»Vielleicht macht es ja dein Freund Harris«, sagte Marilyn. »Passt doch, findest du nicht?« Worauf es an der Tür klingelte.

»Elija!«, rief Ron aus der Stube, wo er gerade ungefähr zehnmal zu viel Seder-Vorbereitung traf: Ausschnitte aus acht verschiedenen Haggadot aufkleben, Tischkarten basteln (um deren Illustration er Joanna jeden Moment bitten würde, »weil du doch die begnadete Künstlerin bist, Jo-Jo!«), Rollen in dem Sketch zuteilen, in dem Moses den Pharao bittet, sein Volk doch bittebitte gehen zu lassen. Der gute Ron hatte einfach einen Heidenspaß daran, so zu tun, als wäre jeder, der an Pessach vor der Haustür stand, tatsächlich Elija. Das nutzte sich nicht ab. Bei jedem Klingeln horchte er auf, unbewegt, stutzig, dann voller Freude, bevor er den Witz erneut anbrachte.

»Ich erwarte, dass du bei Tisch lange Ärmel trägst, Joanna«, gab Marilyn ihr als Spitze mit auf den Weg. »Bring nicht alle in Verlegenheit.«

»Klar, was soll's.«

Joanna öffnete die Tür, und Harris – *ach, Harris!* – streckte ihr die dringend benötigte Schachtel Monistat 7 und einen schönen Strauß gelber Tulpen entgegen. »Halloo«, sagte er eine Spur zu aufgeräumt mit einer kleinen Verbeugung, als träfen sie sich zum ersten Mal. Hinter ihm ging der Nachmittag zu Ende, das Licht war warm und spektralfarben wie auf einer gelungenen Fotografie auf besonders geeignetem Film. Joanna spürte, wie ihr aus dem Bauch ein kleiner Freudenschluckauf hochblubberte. Ihr Bass und Schlagzeug spielender, hippiemäßiger College-Fußballmeister. Der sanfte Titan, wie ihre Freundinnen ihn nannten. Er hatte ihr fürs zweite

Date eine ausgeklügelte CD zusammengestellt voller versteckter, witziger Anspielungen auf Dinge, über die sie sich beim ersten Date unterhalten hatten; einiges hatte sie noch immer nicht entschlüsselt. Im Bett war er vollkommen: hungrig, durch nichts zu erschüttern, doch keine Spur pervers. Gab es solche Männer überhaupt?

»Ja, danke.« Mit damenhaftem Knicks nahm sie die Tulpen und das Monistat entgegen (das eine voraus-eilende Welle der Erleichterung in ihre unteren Regionen sandte).

Er fuhr sich durchs Haar (flachsblond, strubblig, schön) und trat über die Schwelle. »Sehe ich anständig aus?« Braune Hush Puppies, Khakihose, darüber ein lavendelblaues Hemd, unter dem ein weißes T-Shirt hervorlugte. Joanna reichte ihm mit ihren eins achtundsiebzig gerade mal bis zur Brust, was eine groß gewachsene Frau über die Maßen erregt. Er hätte italienische Slipper und Leggins tragen können, es spielte keine Rolle, sie hätte sich nicht stärker zu ihm hingezogen fühlen können. Es war wie eine Krankheit.

»Bestens«, sagte sie. »Wunderschön. Kein Grund, nervös zu sein.«

»Wer ist denn hier nervös?« Er zuckte die Schultern, linste spielerisch nach hinten und nahm sie dann in die Arme. Als er sie küsste, spürte sie es – das, was sie als Liebe hätte deuten können, als Glück, hätte sie mit dem einen oder dem anderen Erfahrungen, an denen sie das Gefühl hätte festmachen können.

Auf Josh »das Warzenschwein« Weinstein waren eine ganze Reihe von Schmocks gefolgt, nette jüdische Narzissten allesamt. Sie waren alle gleich gewesen: gnadenlos verhätschelt von einfältigen, ergebenen Müttern, letztlich nur an einfältigen, ergebenen Freundinnen/ Gattinnen interessiert. All diese Jungs hatten ihr (die weder einfältig noch besonders ergeben war) irgendwann heftig gegrollt, und im Gegenzug hatte sie eine brodelnde, pulsierende, ganz und gar unüberschaubare Verachtung für diese ganze Ferienlagerbumsbande entwickelt. Mit achtundzwanzig hatte Joanna nach einer weiteren gescheiterten homoethnischen Verbindung in einer Therapeutenpraxis echte Tränen vergossen. »Ich bin Antisemitin«, schluchzte sie auf die Standardfrage »Weshalb sind Sie hier?« – »Ich hasse Juden.« Die Therapeutin empfahl ihr sowohl ›Wenn Frauen zu sehr lieben‹ als auch ›Portnoys Beschwerden‹ und schickte sie von dannen.

Harris war Stammgast im ›Near Miss‹, Joannas Coffeeshop in Berkeley. Ihre Schicht ging von Nachmittag bis Feierabend. Er hatte, wie sie später herausfand, in der Nähe ein Aufnahmestudio, schaute gewöhnlich gegen Mittag herein, las Zeitung und ging um zwei oder drei zur Arbeit.

»Ist er Jude?« Selbstverständlich Marilyns erste Frage.

»Ja, von einem der verlorenen Stämme, glaube ich, so was wie ein Jude für Jesus ohne den jüdischen Teil.«

»Ach, Joanna.« Marilyn legte maßlosen Wert auf jüdische Freunde (sowie Ehemänner und Enkelchen, versteht sich); Joanna legte Wert auf heiles Erbgeschirr. Zwei Seiten einer Medaille, das entging Joanna nicht, trotzdem fixierten sie einander in gegenseitigem mutwilligen Unverständnis. »Bess wird sich im Grabe umdrehen.« Großmutter des zerschlagenen Porzellans: jüdische Schutzheilige der Schuld und Scham.

»Wie kann sie mich ablehnen, wenn sie mich nicht mal kennt?«, fragte Harris des Öfteren aufrichtig verletzt und verwirrt.

»Keiner lehnt dich ab«, erklärte Joanna, »Juden sind bloß ein bisschen empfindlich, was Blutverdünnung angeht. War ein bisschen heikel die letzten paar tausend Jahre.« Seine Familie begegnete Joanna mit einer gesunden Mischung aus Skepsis (aus der dunklen Ahnung geboren, dass Harris für Joannas Familie irgendwie nicht gut genug sei) und warmherziger Offenheit, die sich in ihrem Eifer ausdrückte, eine rot eingeschlagene Schachtel mit ihrem Namen unter den riesigen Weihnachtsbaum zu legen und ein gerahmtes Foto von ihr und Harris auf den bereits überfüllten Kaminsims zu stellen.

»Dein erster Seder«, bemerkte Joanna oben in ihrem Kinderzimmer, während sie eine Reihe von Hosen anprobierte, die ihren Schritt nicht noch weiter reizten. Das Monistat wirkte nicht ganz so schnell – es würde mindestens einen Tag dauern, bis es Erleichterung gab. Sie musste den Schlüpfer weglassen, keine Frage. Lass Luft ran. Das hatte Marilyn immer gesagt, eine Mahnung, im Bett nie Unterwäsche zu tragen. *Deine Scheide muss atmen*, hatte Joanna, Bettdecke bis zum Kinn hochgezogen, anstelle einer Gutenachtgeschichte zu hören bekommen. Zweifellos ein ziemlich beunruhigendes Bild für ein kleines Mädchen – jahrelang hatte sie gefürchtet, tagsüber unter all der Kleidung ihre Scheide zu ersticken, und sich vorgestellt, dass das Biest (samt Zähnen und allem) in ihrer Jeans nach Luft schnappte. In der Highschool hatte sie sich bewusst einen köstlich verlotterten, farbbekleksten, im Schritt geräumigen Overall zugelegt, den sie heute noch trug. »Geräumig im Schritt« zeichnete Joannas Kleiderstil sogar ganz wesentlich aus.

»Ich war schon mal bei einem Seder«, tat Harris entrüstet, obwohl das natürlich nicht stimmte. Er hatte in ihrem Buchladen alle Wegweiser durchs Judentum von Harold Kushner aufgekauft, trennte neuerdings Fleisch von Milchprodukten, würzte sein Vokabular mit jiddischen Ausdrücken und dankte im Nachhinein der Gepflogenheit der frühen Siebzigerjahre, männliche Neugeborene in großstädtischen Krankenhäusern einer Routinebeschneidung zu unterziehen. »Die Nacherzählung unserer Befreiung aus der Sklaverei macht mich jedes Mal ganz farklempt.« Er wischte sich eine imaginäre Träne aus dem Gesicht. Hier einen Philosemiten sitzen zu haben, bei sich! Wie abwegig! Sie hatte vorgeschlagen, Pessach einfach sausen zu lassen, in Berkeley zu bleiben und indisch essen zu gehen, ihr sollte es recht sein. Aber neeeiiin, Harris wollte die authentische »Erfahrung«.

»Das sind die längsten, langweiligsten Feiertage überhaupt«, hatte sie ihn gewarnt. »Die schlimmsten. Man kriegt Verstopfung, außerdem einen Kater vom schlechten Wein und palavert biblische Mythologie, bis alle vornüber in ihren knochentrockenen Mazzekuchen kippen. Ätzend, glaub mir!«

Das interessierte ihn gar nicht. »Ich will dir beweisen, dass ich dem Judentum gegenüber aufgeschlossen bin«, hatte er gesagt.

»Das ist, glaube ich, das offizielle Motto Nachkriegseuropas, Schatzilein«, hatte sie erwidert. Und nun waren sie hier.

»Ich fühle mich nicht so besonders«, sagte sie und verwarf die Hosen. Sie schlüpfte in einen roten Seidenrock und wieder heraus, als ihr einfiel, dass sie ja keine Unterwäsche tragen würde. Dann wieder hinein, als ihr klar wurde: scheiß drauf. Eine leichte Brise kühlte die Flamme ihrer Weiblichkeit. Die Luft war köstlich.

Harris holte eine Flasche Cola aus seiner Kuriertasche. »Du siehst umwerfend aus.« Er nahm einen Schluck. »Niete«, seufzte er mit Blick auf die Innenseite des Deckels.

»Verdammt, Harris, ich glaube nicht, dass Cola an Pessach koscher ist.« Das war sie allerdings im Moment auch nicht, da sich die Hefe in ihrem Schritt rasant vermehrte und inzwischen für ein, zwei verbotene Laibe Brot reichen würde. Allerdings hatte sie gewisse Bedenken, diesen speziellen Aspekt ihres Leidens zu erläutern, da sie nicht wusste, ob sie nicht vom übereifrigen Harris verraten und daraufhin von Marilyn mit Kerze und Feder gejagt und schließlich hochkant aus dem Haus geworfen würde: enttarnt als sehr, sehr unkoscher an Pessach.

Er erstarrte beim Schlucken. »Ähem. Und jetzt?« Er sah nach links und rechts.

»Gib einfach her. Hier.« Sie schraubte den Deckel wieder zu und stellte die Flasche in den Badezimmerschrank zu verkrustetem Glättungsshampoo und zwölf Jahre alter Sonnencreme.

»Das tut mir so leid! Soll ich jetzt irgendwie duschen oder so?« Er schien sich wirklich darauf einlassen zu wollen, auf dieses willkürliche Regelwerk, das so gar nichts mit ihm zu tun hatte.

»Ich glaube, das ist schon okay so.«

»Oder Zähne putzen?«

»Harris. Das braucht keiner zu wissen. Schon gut. Wir behalten das einfach für uns.«

»Aber ich weiß es.«

Sie hielt ihm die Hand vors Gesicht und wedelte ein paar Mal hin und her. »So, jetzt habe ich dir die Absolution erteilt. So funktioniert das. Du bist sauber.« Sie bekreuzigte sich, vollführte eine Zeichensprache, an die sie sich aus der Zeit, als die taube Lady mit der Dauerwelle als Gastdarstellerin in der ›Sesamstraße‹ auftrat, halbwegs erinnerte, und zeigte ihm den Stinkefinger.

»Ich liebe dich«, sagte er. Sie kippten auf ihr altes Ausziehbett mit dem weißen Aluminiumschnörkelrahmen. Harris war groß, ein Bär. Er umfing sie vollständig, verströmte Wärme wie trockengeschleuderte Kleider.

»Nicht«, sagte sie, als er ihr die Hand unter den Rock schieben wollte. »Stress in der Hose.«

»Ach ja«, sagte er, »hatte ich schon vergessen. Tut mir leid. Bei mir auch.« Sachte führte er ihre Hand an seine Erektion.

So lagen sie beieinander, atmeten langsam, hörten die Türglocke, Rons »Elija« und Marilyns »Hal-*lo*! Herein!«. Nach einer Weile löste sich Joanna so weit, dass sie einen Filzstift nehmen und Rons Tischkarten illustrieren konnte. Zufrieden mit ihrer Veranschaulichung von Blut (Tante Barbi), Fröschen (Stacey), Ungeziefer (Kevin), wilden Tieren (Onkel Larry), Pest (Jason), Aussatz (Tante Jackie), Hagel (Bob), Heuschrecken (Onkel Steve), Finsternis (Ron) und Tod der Erstgeborenen (Marilyn), legte sie sich wieder in Harris' Arme und knabberte an seinem Handballen. Es gab nicht genügend Plagen, und da

Harris ein Frischling war und sie selbst aktuell von einer Plage heimgesucht, die selbst den blöden Ägyptern erspart geblieben war, hatte Joanna auf Harris' Tischkarte bloß fette kleine Ballonherzen gemalt und auf ihre eine kleine Grinsesonne.

»Bereit für den Feind?«

Er zog eine Grimasse. »Meine Vorfahren hätten deine auf Nimmerwiedersehen pogromieren können.«

»Gehen wir.« Sie öffnete die Tür. »Wir werden uns an Manischewitz besaufen, das ist sozusagen Pflicht.«

Harris folgte ihr die Treppe hinunter ins Wohnzimmer.

»Hier ist sie …« Ron intonierte die Auftaktmelodie zu ›Miss America‹.

Und da waren *sie*, auf dem beigen Ecksofa sitzend oder lehnend: die Summe aller verwandtschaftlichen Bande, die Joanna aufzubieten hatte. Marilyn war Einzelkind, also endete diese Linie mit Joanna. Rons drei Geschwister Barbi, Steve und Jackie waren, der Reihenfolge nach: eine hektische Hexe auf Rädern, ein soziopathischer Eremit und eine chronisch kranke Co-Abhängige. Und die nächste Generation? Kevin und Jason, MIT-Absolventen, die Joannas Gabe als »Kunsthandwerk« bezeichneten und immer so taten, als hätten sie den Namen der staatlichen Uni vergessen, an der sie studiert hatte, des Weiteren Stacey, ein entwicklungsgestörtes Töchterchen, das zu Hause wohnte und sich mit ihren 35 Jahren nicht einkriegen konnte vor Aufregung über die Aussicht, eine Lizenz zum Nägelpolieren zu erwerben. Zehn Augenpaare waren auf Harris gerichtet.

»Hi«, sagte er wie ein Champion, mit einem melancholischen Winken, das man einfach entzückend finden musste – fand Joanna.

»Das ist Harris«, sagte sie. Höflich nickend wurde Notiz genommen von Harris, dem Goj. Schande aber auch. Und Joanna das einzige Kind. Und Marilyn das einzige Kind. Das jüdische Volk würde aussterben, und wer war schuld? Sie reichte Ron die Tischkarten (»Pestkarten«, wie er sie nannte).

Harris hatte nicht ganz begriffen, dass Joannas Familie in ihm tatsächlich nur das sehen würde, was er nicht war. Außerdem hatte er nicht begriffen, was Joanna an diesen Zusammenkünften, dieser speziellen Ansammlung von Menschen so deprimierte. »Als wenn diese mickrige Anzahl nicht traurig genug wäre …«, hatte sie erklärt. »Es ist schrecklich. Das sind alles solche Verlierer, und dann noch so wenige davon.«

»Das ist Joannas Freund Harris«, sagte Marilyn überflüssigerweise, und endlich füllte sich der Raum mit großem *Hallo, wie schön, Sie endlich, herzlich willkommen, hallo*. Kevin und Jason feixten Joanna über den Raum hinweg an, schüttelten bedächtig den Kopf und schnalzten mit der Zunge.

Joanna musste die letzten Reserven gesellschaftlicher Scheu und Haltung aufbieten, um nicht in ihren Rock zu langen und zu kratzen, kratzen, kratzen. Sie ließ sich laut und ungraziös aufs Sofa plumpsen in der Hoffnung, durch den Aufprall die Qual ein wenig zu mindern.

Ihr Kinderarzt Dr. Brooks hatte einmal während einer Kontrolluntersuchung, als sie, wer weiß, vielleicht neun war, seinen Finger ganz weit in sie hineingesteckt. »Lass niemals zu, dass irgendjemand das mit dir macht«, hatte er nach einem Moment gesagt und sie genötigt, ihm in die Augen zu sehen. »Wenn irgendjemand versucht, das mit dir zu machen, dann lässt du das nicht zu, dann sagst du es einem Erwachsenen, hast du gehört?« Er starrte sie an, bis sie nickte, langsam und tief beschämt. Aber, dachte sie später im Auto neben Marilyn, verwirrt und noch immer – immer noch! – zutiefst beschämt, seine Worte in den Ohren und der große kalte Finger im Körper, er hatte es doch mit ihr gemacht. Zählte das jetzt oder nicht?

Sie war damals neben ihrer Mutter in den Beifahrersitz gesunken, brennend vor Scham und überzeugt, dass ihr etwas anhaftete, das anders war, etwas Sichtbares, das nach Züchtigung und Exil verlangte. Sie war schockiert (und merkwürdig einsam, ein neues Gefühl, das ein Netz über sie warf und sie von dem Mädchen, für das sie sich gehalten hatte, wegschleppte), dass Marilyn nichts zu merken schien und nur munter vorschlug, Eis essen zu gehen.

Tante Jackie kam zu Joanna und gab ihr einen lauten Schmatzer auf die Wange.

»Hallo, Tante Jackie.«

»Er wirkt nett.«

»Er ist nett.«

Ein altes Bild von Joanna hing über ihnen, ein Chagall-Abklatsch aus Unizeiten.

»Malst du noch, Schatzelchen?«

»Eigentlich nicht. Manchmal.«

»Zu schade. Du warst so talentiert.«

»Bin ich immer noch«, erwiderte Joanna. »Nur nicht aktiv.«

»Kerzen!«, rief Marilyn. »Die Damen.« Joanna und Jackie gesellten sich zu Barbi und Stacey ans Büfett, und sie entzündeten die Kerzen. Jackie sang den Segen mit einem hohen Vibrato, trug die Umschrift, die Marilyn ihr gegeben hatte, in bester Joni-Mitchell-Manier vor.

Auf der Tafel hatten alle ihre Namenskarten gefunden, standen nun hinter ihren Stühlen und warteten auf weitere Anweisungen. Joannas deplatzierter Teller (so gelb, so überwältigt von Gänseblümchen in einem Rosa, das man zuletzt im Zeitalter des Punk erblickt hatte, so laut und unziemlich) schmachtete zwischen den stattlichen Tellern von Großmutter Bess dahin und trennte sie unbestreitbar von den anderen. Die Farce des zerbrochenen Tellers und das dahinterliegende Drama entweihter Ganzheit im zwölfteiligen Service ihrer verstorbenen Großmutter setzten sich im wunden und überaus ungemütlichen Zustand ihrer Genitalien fort. Die mütterliche Linie, der ganze Fruchtbarkeitszauber, die Art, wie all die Mohnblumen, sobald Joanna im verzweifelten Wunsch nach Reibung ihre Oberschenkel zusammenkniff, wie gesunde Georgia-O'Keeffe-Miniaturmösen ineinander verschwammen.

»Ach, ist das süß.« Tante Barbi hielt blinzelnd ihre Pestkarte hoch. »Joanna, das ist doch bestimmt dein Werk.« Joanna hatte für das Blut eine kleine Lady Macbeth gemalt, die wild ihre Hand attackiert und in einer Sprechblase sagt: »Fort, verdammter Fleck.«

Harris saß Joanna gegenüber, und er lächelte sie jetzt über den makellos gedeckten Tisch hinweg an, nur sie beide, fern und getrennt von dieser Familie. Sie würden ihre eigene gründen. »So talentiert«, sagten seine Lippen.

»Also«, sagte Marilyn. »Willkommen bei unserem Seder. Wir freuen uns so, euch dieses Jahr alle hierzuhaben.« Barbi zügelte ein böses, dünnlippiges Lächeln.

»Wir freuen uns so, hier zu sein, Tante Marilyn.« Stacey trug ein Kleid, vor dem Joannas Teller im Blumendelirium in Deckung gehen musste, dazu passenden Nagellack.

»Setzt euch, ihr Lieben, setzt euch.« Man setzte sich. »Einige von uns waren noch nie bei einem Seder«, fuhr Marilyn fort und nickte ausdrücklich in Harris' Richtung. »Darum hoffen wir, Sie fühlen sich wohl und nehmen so viel oder so wenig teil, wie Sie mögen.« Harris, rosa angelaufen wie gesunde Schamlippen, blickte auf seine Mohnblume hinunter, den dicken marineblauen Rand, das gleichmäßig platzierte Besteck. Er trug seine neue Kippa mit einer hebräischen Umschrift seines wahnwitzig unhebräischen Namens. *Ha-rieß.*

»Dies ist das Brot der Armut«, sagte Kevin, brach eine Ecke der Mazze ab und wedelte damit in Harris' Richtung. »Mehr brauchst du nicht zu wissen, Bruder. Wenn du zu viel davon isst, hast du tagelang Verstopfung.« Jason und Larry glucksten, und Harris nickte ernst. In Joannas Kopf der musikalische Refrain: *Eines von diesen Dingen passt nicht zu den anderen …*

»Gut zu wissen, gut zu wissen.«

Ron reichte die zusammengebastelten Haggadot herum, aus denen unzählige bunte Haftnotizen und Merkschnipsel staken. »Harris, würden Sie uns die Ehre erweisen, den Ablauf des Seder auf Seite vier vorzulesen?« In seinem Eifer bekam Harris, zur Rechten des Hausherrn sitzend, die Aura eines Zauberlehrlings. Er nickte und räusperte sich.

»Erstens: Kaddisch sagen …«

Tante Barbi kicherte. »Kaddisch ist für die Toten. Kaddisch wollen wir nicht so bald sagen.«

»Kiddusch, Verzeihung. Zweitens: Hände waschen. Drittens: das Gemüse essen. Viertens: die mittlere Mazze teilen und die Hälfte davon als Afikoman verstecken. Fünftens: die Pessach-Erzählung vortragen. Sechstens: Hände waschen vor der Mahlzeit. Siebtens: Hamotzi sagen und den speziellen Segen für die Mazze. Achtens: das Bitterkraut essen. Neuntens: das Bitterkraut zusammen mit der Mazze essen. Zehntens: das Festmahl reichen. Elftens: das Afikoman essen. Zwölftens: nach der Mahlzeit das Tischgebet sprechen. Dreizehntens: Hallel sagen. Vierzehntens: den Seder beschließen.«

Joanna betrachtete ihn, während er las. Aus Harris' Mund klang der Seder selbst für sie vollkommen fremd, wie ein mit anthropologischer Terminologie beschriebenes kulturelles Phänomen. Eine Krawatte war nichts weiter als *ein langer dünner Streifen Stoff, den ein Mann am Hals zu einem speziellen Knoten binden muss, wenn er in der Geschäftswelt ernst genommen werden will; tut er dies nicht, wird er in eine niedrigere gesellschaftliche und ökonomische Sphäre verwiesen.* Wen kratzte das noch bei der Beschreibung? Wer konnte bei der Beschreibung noch ernsthaft und selbstgewichtig einen Knoten binden? Grundgütiger, wozu? So reduzierte sich auch ein Magister schlicht zum *ritualisierten Studium eines bestimmten Wissensgebiets, an dessen Ende die Verleihung höherer intellektueller Weihen durch jene steht, die dieses ritualisierte Studium bereits durchlaufen haben;* von außen betrachtet wurde alles sinnlos und nutzlos, wurde alles Vertraute und Selbstverständliche ausgelöscht. So war es. Ein Seder war: *Kiddusch sagen, Hände waschen, das Gemüse essen, mittlere Mazze teilen, die Erzählung vortragen, Hände waschen, Segen sprechen, Bitterkraut essen, Bitterkraut mit Mazze essen, Festmahl reichen, Afikoman essen, Tischgebet sprechen, Hallel sagen.* Fertig. Ließ man sich allerdings zu sehr auf diese Denkart ein, trug man plötzlich drei Tage am Stück denselben Schlüpfer, schmiss das Magisterstudium und entwertete den halbherzig geliebten Familien-Seder durch die eigene unverzeihliche versteckte Unkoscherheit. Joanna rutschte von der einen auf die andere Pobacke, um die juckende Stelle zu entlasten, während ihr hässlicher Teller ihr Beleidigungen entgegenschleuderte. *Fotze*, zischte er, *blöde Möse.*

Als Harris fertig war, sah er sie an. Er tat das für sie. So sehr liebte er sie. Was machte man mit einer solchen Liebe? Einer Liebe ohne zerbrochene Erbstücke, leere Versprechungen oder Geschlechtskrankheiten? Eins von diesen Dingen passte ganz gewiss nicht zu den anderen. »Wir haben das Haus heute nach Chametz durchsucht«, tönte Ron und zwinkerte Joanna zu. »Stimmt's, mein Spatz?«

»Ja«, fügte Marilyn hinzu, »also können wir jetzt alle ganz beruhigt sein. Das Haus ist sauber!« Die Minderwertigkeitskomplexe, die Barbi in ihr auslöste, kannten keine Grenzen. Schon seit Urzeiten konnten sich die beiden nicht ausstehen.

»Auf Seite eins«, fuhr Ron fort, »wiederholen wir den Segen, den wir schon einmal gesprochen haben, als wir das letzte Brot verbrannten. Dieses zweite Mal, das entlastet uns ein bisschen, falls wir bei unserer Suche etwas übersehen haben sollten. Schließlich ist keiner unfehlbar, nicht wahr?« Wieder zwinkerte er Joanna zu. Er schien ihr umso öfter zuzuzwinkern, je bewusster er wahrnahm, wie viel älter sie geworden war.

Er wiederholte den Segen für alles Chametz, das sie möglicherweise nicht gefunden hatten, einen Segen für den blinden Fleck, für alles Übersehene. Onkel Steve, pflichtschuldig und ganz und gar ohne gesellschaftlichen Schliff, las mit. »Alles Gesäuerte, das sich in meinem Besitz befindet und von mir nicht gesehen oder entfernt wurde, möge vernachlässigt werden und besitzlos sein wie der Staub der Erde.« Joanna hörte es heute zum zweiten Mal, und zum zweiten Mal fragte sie sich, ob sie nicht rosa, neongelb und ultraviolett strahlte, ob es nicht völlig offensichtlich war für alle, die Augen im Kopf hatten, die wirklich hinsahen, dass dies sie hundertfach betraf.

Wo war der Segen für Unerträgliches Scheidenjucken? Ungeduldig blätterte sie in ihrer Haggada, wand sich auf ihrem Stuhl und unterdrückte den unwiderstehlichen Drang, sich die Faust in den Schoß zu rammen, in die tausend roten Ameisen, die sich in ihrem Schritt versammelt hatten.

Sie sagten Kiddusch und tranken das erste von viel zu vielen Gläsern eklig süßen Weins, reichten eine große Schüssel und einen Krug herum und wuschen sich feierlich die Hände. Sie tunkten Petersilie in Salzwasser und mampften wie Pferde. Ron teilte die mittlere Mazze, wickelte mit großem Getue und breitem Grinsen für die »Kinder« – Joanna, Stacey, Jason und Kevin – die eine Hälfte als Afikoman in seine Serviette.

Früher war dies das Beste an Pessach gewesen. Ein jüdisches Äquivalent zum Ostereiersuchen. »Nach der Mahlzeit«, hieß es in der alten Haggada, »suchen die Kinder die halbe versteckte Mazze. Wer sie findet, bekommt eine Belohnung. Ist sie gefunden, werden die beiden Hälften wieder zusammengefügt. Dies zum Zeichen, dass, was abgebrochen ist, unserem Volk nicht wirklich verloren gegangen ist, solange unsere Kinder sich erinnern und suchen.« Und auf eingeklebtem grell orange-rotem Papier Rons feministische, postmoderne, politisch relevante Ergänzung: ein Midrasch über Seelenverwandte, über zwei Hälften eines Ganzen, die zusammengefügt werden, damit die Ordnung des Lebens hergestellt ist.

Der so sorgfältig gedeckte Esstisch geriet allmählich in Bewegung, Teller wurden einen Zentimeter hierhin und dorthin verschoben, um Onkel Larrys Ellbogen oder Tante Jackies Inhalator zu weichen. Bei diesem Seder gab es keine Kinder – kein Geschrei, kein Gekichere und Rumgerenne auf der Suche nach dem Afikoman. Joanna würde mit Stacey, Kevin und Jason auf die »Suche« nach dem Ding (das Ron bestimmt für alle sichtbar unter dem Klavier »versteckt« hatte) geschickt und dann mit irgendetwas Dämlichem wie zehn Cent belohnt werden.

Und natürlich würde sie die verdammten ›Vier Fragen‹ stellen. Sie war ein Esel, wenn sie gemeint hatte, sich davor drücken zu können, jetzt oder jemals. Sie war Einzelkind, sie war die jüngste Cousine. Es war ihre Aufgabe, seit sie lesen konnte, seit man ihr anvertraut hatte, den Tisch hübsch herzurichten. Was ist in dieser Nacht so anders als in anderen Nächten? Gar nichts, du Arsch.

Als sie jedoch umblätterten und Joanna sich gerade darauf einstellte, mit ihren einunddreißig Jahren in Anwesenheit ihres Freundes mit dem traditionell aufgesetzten Staunen im Singsang die peinliche Frage zu stellen, *worum es eigentlich geht*, entdeckte sie, dass Ron die traditionellen Fragen durch neue ersetzt hatte, fotokopiert auf Neonlila: *Was in dieser Nacht so anders ist!* Es war eine Aussage mit seiner ganzen Wucht und Ehrfurcht. Was in dieser Nacht so anders ist! Beinahe hätte sie laut aufgelacht, denn das konnte sie singen, das hatte mit ihr zu tun! Ein Ausrufezeichen! Diese Nacht war verdammt anders, und zwar in mehr als einer Hinsicht! Fragezeichen? Pah!

Von ihrer ganz speziellen Warte auf der Landkarte des Lebens würde Joanna ihnen was erzählen. Keine Fragen mehr, sie war jetzt eine Frau. Kein liebenswürdiges, großäugiges, endlos fragendes Staunen! Herhören, ihr Pappnasen!

»Joanna, mein Herz«, sagte Ron, »würdest du uns die Ehre erweisen, uns zu erzählen, was in dieser Nacht so anders ist?« Harris' Miene verriet übertriebenes Interesse, die erhobenen Augenbrauen erinnerten Joanna an die Ermahnungen früher auf dem Spielplatz, man solle bloß aufpassen, dass das Gesicht nicht so stehen blieb. Einen ruhigen Moment lang betrachtete sie ihren Vater, dann lächelte sie.

»Gern.«

Lena Mannheimer

Haggada

Es ist schon wieder April und damit schon wieder Pessach – es geht los mit dem Sederabend. Dieses Jahr unterscheidet er sich von allen anderen Sederabenden: Der neue Freund meiner Schwester ist dabei. Die Einladung war nicht ihre Idee. Lea hat mit jüdischen Festen eh nichts am Hut. Vor allen anderen Dingen ist sie Vegetarierin (kein Fleisch zu essen ist ihr Religion genug): Im Sederabend sieht sie weniger die Befreiung der Juden als das Opfer des Lammes. Es sei ein »Familienfest«, sagte Mama und lud Christian selber ein.

Wie bei jeder Feier nutzt meine Mutter die Gelegenheit, die Religionskenntnisse ihrer Töchter zu prüfen. Und weil sie bei jeder Feier, von Rosch HaSchana bis Weihnachten, das gleiche Quiz veranstaltet, und weil sie weiß, dass wir das hassen, nimmt sie diesmal Leas Freund als Vorwand.

»Erklär Christian, warum wir Seder feiern.«

»Hab' schon«, sagt Lea.

Meine Mutter sieht Christian an: »Stimmt das?«

Christian macht eine vage Handbewegung.

»Und was hast du ihm erklärt?«

»Na alles.«

»Und was genau?«

»Wie es halt beim Seder zugeht.«

Lea weiß alles über artgerechte Tierhaltung und die Gefühle von Katzen, Lämmern und Eichhörnchen, aber den Unterschied zwischen Jom Kippur und Chanukka kann sie sich kaum merken – ein Manko, das sich wiederum meine Mutter nicht merken kann. Um den Tisch wird es plötzlich ganz still, und alle starren Lea an. Ich möchte nicht an ihrer Stelle sein.

»Es geht damit los, dass man durchs Knallen von Schubladen und Schranktüren geweckt wird. Das Haus wird von oben bis unten nach einer Tischdecke durchsucht, die groß genug für zwei Tische ist, ohne Flecken, ohne Brandlöcher und ohne hässliche Muster. Den ganzen Tag wird gewühlt, geputzt, gescheuert, geschwitzt, gekocht und geschrien. Wenn es dann an der Tür klingelt, bricht Panik aus: Alles rennt nach oben, um sich anzuziehen, und Papa muss die Gäste allein unterhalten. Mich schickt man immer als Erste nach unten, damit ich mit den Kindern spiele, bevor sie etwas anstellen. Während sich Mama schminkt, schreit sie durchs ganze Haus: den Ofen anmachen, den Herd ausmachen, dies aufsetzen, jenes abgießen. Dann rennt sie halb angezogen selber in die Küche, weil es verbrannt riecht, und regt sich darüber auf, dass Papa noch im T-Shirt und der Wein noch im Keller ist. Dann geht es zu Tisch, aber zu essen gibt es noch lange nichts. Wenn sich alle endlich gesetzt haben, stehen die Männer wieder auf, um Kippas zu holen. Die Hälfte hat sie vergessen. Papa sucht da, wo sie sein sollten, aber nicht sind. Schließlich läuft Awi Goldfeld nach Hause, um welche zu holen. Irgendwann sitzt man wieder, gegessen wird noch immer nicht. Awi kommt mit einem Stapel Kippas zurück, die er auf

Hochzeiten gesammelt hat. Die Kippas werden aufgesetzt, wieder abgenommen und umgedreht. ›Minka und Jossi Finkel – längst geschieden.‹ Man inspiziert die Inschriften und teilt die Paare in zwei Kategorien ein: wer ist schon geschieden, wer wird es bald sein? Es wird geredet, gelesen und geklärt, was gelesen und was nicht gelesen werden soll, dazwischen kriegt man ein Blättchen Petersilie, ein Radieschen oder ein paar Mazzebrösel und stirbt vor Hunger. Wieder vergeht eine Ewigkeit, bis ein Ei geteilt wird, und man redet noch immer. Auch übers Essen. Und darüber, was man lesen, vor allem aber, was man überspringen soll. Mama sitzt am Tisch und redet mit, obwohl sie in der Küche genug zu klären hätte.«

»Und das ist also deine Haggada?«, sagte Mama, stand auf und ging in die Küche, um endlich den ersten Gang zu holen: ein gekochtes Tier. Die anderen sagen: Hühnersuppe.

Schabbat

Pearl Abraham

Wenn man allein wohnt, braucht man kein Nachthemd

Am Donnerstagabend fehlt nur noch der rote Deckel des Gobelinofens, und ich bleibe lange auf und sticke das Bild fertig. Es ist das erste Mal, dass ich eine Stickerei zu Ende bringe. Ich spanne das Musselinquadrat über mein Knie. Ist das nun eine echte Probe? Soll ich bleiben oder gehen? Ich weiß nicht, wohin. Ich schlafe auf dem Sofa im Wohnzimmer ein, ohne zu einem Schluss gekommen zu sein.

Am Montag gehen Israel und ich früh aus dem Haus, damit die Zeit reicht, ein Radio zu kaufen.

Bei der Bushaltestelle sagt er: »Ich habe es mir überlegt. Ich finde, wenn wir ein Radio kaufen, sollten wir etwas zum Ausgleich tun. Ich sähe es sehr gerne, wenn du Strümpfe mit Nähten tragen würdest, so wie meine Mutter. Wir können in der Stadt mehrere Paare kaufen.«

Mein Gesicht läuft rot an. Ich könnte ihn umbringen. Ich könnte ihn am Hals packen und würgen. »Und du hast die Adresse des Geschäfts schon in der Tasche, stimmt's? Mein Vater hat sie dir auf einen Zettel geschrieben.«

Er nickt, und ich stehe da und sehe ihn an. Er ist ein vollkommener Idiot. Er ist der größte Trottel, der mir je begegnet ist. Er erzählt mir alles. Er erzählt Vater alles. Ich steige die Stufen hinauf in den Bus, er kommt hinterher, und drinnen sind wir dann durch den Vorhang zwischen Männern und Frauen getrennt. Diesmal bin ich froh um den Vorhang, danke ich Gott für diesen Vorhang. Ich will keine Männer sehen. Ich möchte in einer Welt ohne Männer leben: ohne Väter, ohne Ehemänner; in einer männerfreien Welt.

Ich sitze am Fenster, betrachte die Bäume an der Maple Street und dann den Verkehr auf der Route 59. Wahrscheinlich schläft er wieder, denke ich. Er gehört zu den Menschen, die ihr Leben verschlafen. Ich knie mich auf die Lehne meines Sitzes und schaue über den Vorhang. Er hat die Augen geschlossen. Wie kann er nur zu dieser Zeit schlafen? Ich könnte hinübergreifen und ihn erdrosseln. Wenn er doch nur plötzlich sterben würde. Dann wäre ich frei, eine Witwe. Es ist fast niemand im Bus, und ich habe den ganzen Sitz für mich. Ich muss mit niemandem sprechen. Ich schaue zum Fenster hinaus. Ich wähle mir Leute in Autos aus und versuche, mir ihr Leben vorzustellen. Ich erfinde ihr Leben. Für Nichtjuden denke ich mir glückliche Leben aus. In einem Auto hat ein Mann den Arm um eine Frau gelegt. Sie sitzt nahe bei ihm, den Kopf an seiner Schulter. Ich kann mir zwar Israels schweren Kopf an meiner Schulter vorstellen, aber nie meinen an seiner. Es ist, als wäre ich die Ältere, als wäre er das Kind. Aber er erwartet, dass ich auf ihn höre, dass ich ihm gehorche, weil ich eine Frau bin. Alle erwarten von mir, dass ich meinem Mann gehorche. Vater scheint zu glauben, Israel könne bei mir vielleicht mehr erreichen als er in all den Jahren.

An unserer Haltestelle, bei der Achtzehnten Avenue, bin ich die Erste, die aussteigt. Andere Leute kommen nach, doch kein Israel. Er ist so ein *schleper*, immer der Letzte. Die Tür schließt sich, und er ist nicht ausgestiegen. Ich will den Arm heben, um den Fahrer anzuhalten, aber ich tue es nicht, und der Bus fährt weiter, nimmt Israel mit, und ich denke, Gott ist auf meiner Seite. Mein Bauch macht Sprünge. Ich bin glücklich, dankbar. Beinahe hätte ich gewinkt. Ich will Israel hier in der Stadt nicht dabeihaben. Ich will ihn überhaupt nicht bei mir haben. Ich biege von der Achtzehnten Avenue in die Neunundvierzigste Straße ein und gehe schnell bis zur Siebzehnten Avenue. Ich will nicht, dass man mich findet. Ich bin frei. Ich nehme mein seidenes Kopftuch ab und stecke es in die Tasche. Wenn ich Haare auf dem Kopf hätte, würde ich auch die Perücke abnehmen und sie fortwerfen.

Ich weiß nicht, wo ich hingehe; ich laufe nur rasch weiter, an der Sechzehnten und Fünfzehnten Avenue vorbei. Nummerierte Straßen geben Fremden ein Gefühl der Sicherheit. Ich weiß, wo ich bin. Ich bin auf der Neunundvierzigsten Straße. Ein Block weiter ist die Vierzehnte Avenue. Ich gehe bis dahin und biege in sie ein. An der Vierzehnten Avenue sind alle eleganten Geschäfte. Ma und ich waren einmal hier, doch diesmal bleibe ich nicht stehen, um mir die Schaufenster anzusehen. Ich habe für das ganze Leben genug vom Einkaufen. Früher hat es mir Spaß gemacht. Ich war überzeugt, ich könnte an jedem einzelnen Tag der Woche einkaufen gehen. Jetzt habe ich keine Lust, ein Geschäft zu betreten. Ich gehe über die Kreuzung Fünfundfünfzigste Straße und Vierzehnte Avenue, vorbei am Hotel Parker, bleibe dann stehen, mache kehrt und gehe zurück. Für heute Nacht, für Schabbat, brauche ich eine Unterkunft. Ich habe mein Scheckheft bei mir und Geld auf dem Konto, die Geschenke zu meiner Hochzeit. Ich schaue die Vierzehnte Avenue hinauf und hinunter, will sicher sein, dass niemand mich kennt, niemand mich sieht, und dann öffne ich die Tür. Ich zittere, habe Angst. Ich bin in der Stadt, vollkommen auf mich allein gestellt. Ich gehe zur Rezeption und frage nach einem Zimmer.

»Einzel oder Doppel?«, fragt der Mann und sieht mich an.

»Ein Doppelzimmer. Mein Mann kommt später.« Ich möchte, dass er denkt, ich sei mit jemandem, nicht allein, nicht eine Frau, die allein ist. Es ist wie in einem Roman. Ich, die Heldin, gehe zur Rezeption und verlange ein Zimmer. Ein Doppelzimmer.

»Für wie lange?«, fragt der Mann.

»Zwei oder drei Nächte. Es hängt von ein paar Dingen ab. Müssen Sie es genau wissen?«

Er schüttelt den Kopf und lächelt. »Ich buche Sie mal für drei Nächte, dann vergeben wir das Zimmer nicht. Wie bezahlen Sie?«

Ich öffne meine Tasche und nehme mein Scheckheft heraus. Ich wusste nicht, dass man im Voraus bezahlen muss. »Mit Scheck. Wollen Sie ihn gleich?«

»Macht fünfundvierzig pro Nacht. Bezahlen Sie doch für zwei Nächte. Wenn Sie eine dritte bleiben, können Sie die später bezahlen.«

Ich stelle den Scheck aus, und er kommt hinter dem Empfangstisch hervor, den Schlüssel in der Hand. Er geht voraus, ich folge ihm mit meiner kleinen Tasche. Diese Woche habe ich leichtes Gepäck, statt meines

Koffers eine Vinylreisetasche. Israel hat seine Kleidertasche bei sich.

In der Hotelhalle sind vor allem alte Leute. Sie sitzen in Tweedsesseln, mit denen ich an einem so heißen Tag nicht in Berührung kommen möchte. Doch es ist kühl hier drin, klimatisiert, eine andere Welt mit anderem Wetter. Ich spüre die Blicke auf meinem Rücken, als ich dem Mann zum Aufzug folge. Er drückt den Knopf und dreht sich lächelnd zu mir: »Sie fallen richtig auf hier. Wir haben selten eine so hübsche junge Frau bei uns.«

Ich lächle, die Tür des Aufzugs öffnet sich, und ich brauche nichts zu sagen. Er hält mir die Tür auf und dann die Tür zu meinem Zimmer, Nummer 33. Ich bleibe in der Mitte stehen, weiß nicht, wie ich mich in seiner Anwesenheit verhalten soll. Er hält *mir* die Tür auf, lächelt *mich* an, macht *mir* Komplimente. Ich glaube zu träumen. Er geht geschäftig im Zimmer umher, zieht die Vorhänge auf, stellt den Thermostat ein. Er wartet und lächelt und geht dann zur Tür.

»Sie werden sich hier bestimmt wohlfühlen«, sagt er.

»Danke schön«, sage ich, und er zieht die Tür hinter sich zu.

Ich stehe da, in der Mitte des Zimmers, und warte und horche. Die Böden sind mit dicken Teppichen belegt, dass man weder seine Schritte noch sonst etwas hört, nur das Summen der Klimaanlage. Es ist hier alles so geschützt, dass ich mich sicher fühle. Ich bin jetzt mindestens zwei Tage da. Ich kann für immer hierbleiben, und niemand weiß es. Es gibt einen Farbfernseher im Zimmer, ich schalte ihn ein. Ich setze mich aufs Bett, es federt so stark, dass ich auf und ab wippe. Ich greife nach der Fernbedienung, steige ganz aufs Bett und lehne mich gegen das gepolsterte Kopfbrett. Ich zappe durch die Kanäle, so wie ich Mrs Glickman zappen gesehen habe, von Kanal zu Kanal, ohne mich bei einem lange aufzuhalten. Ich könnte hierbleiben, bis mir das Geld ausgeht. Ich kann über Schabbat bis nächste Woche bleiben. Ich könnte ausgehen und zurückkommen, vielleicht erst wenn es dunkel ist, damit mich niemand erkennt. Ich möchte nicht gesehen oder gefunden werden. In zwei Tagen werden alle davon gehört haben. Von der Frau, die zweieinhalb Wochen nach der Hochzeit verschwand. Wenn ein Mann verschwindet, bleibt seine Frau allein, eine Aguna, die hofft, wartet. Sie darf sich nicht wieder verheiraten. Doch der Mann, dessen Frau verschwindet, kann es irgendwie richten.

Ich wüsste gern, was Israel jetzt gerade tut.

Wahrscheinlich ruft er Vater an. Ich lache. Vater kann ja auch nichts machen, außer die Polizei anrufen. Aber er wird eher abwarten, als einen Skandal zu riskieren. Er wird warten, bis Schabbat vorbei ist. Ich sitze da und sehe fern, ohne hinzuhören, lasse nur Bilder an mir vorüberziehen, denke nach. Und nun? Was passiert als Nächstes in diesem Roman, meinem Leben?

Es ist zu still, wenn man bedenkt, was ich getan habe. Ich erwarte, dass man an die Tür poltert. Ich erwarte Vaters und Mas Stimmen vor der Tür: »Was ist mit dir? Bist du verrückt geworden?« Ich erwarte Leahs Drängen, ich solle doch bitte aufmachen, zurückkommen, Sarahs verängstigtes Weinen, die Stimme Davids, der sagt, sie hat nicht gelernt, einen Mann, ihren Ehemann, zu achten. Ma, die Vater Blicke zuwirft, ihm mit den Augen zu verstehen gibt, dass ich in eine Irrenanstalt gehöre.

Ich sehe mir eine Folge von *General Hospital* an und weiß nicht, wer was ist, aber es interessiert mich, wie dieser Mann und die Frau sich küssen, wie sie aneinanderkleben, wenn sie sich küssen. Ich sehe eine Zeit lang zu, dann lese ich in meinem Buch, den Fernseher immer noch eingeschaltet, und als ich wieder aufblicke, ist es draußen dunkel. Es gibt für mich keine Lichter anzuzünden, und ohne Lichter ist es nicht Schabbat. Ich lasse Wasser in die glänzend weiße Badewanne einlaufen und nehme bei offener Tür ein heißes Bad. Es ist niemand da, vor dem ich die Tür schließen müsste. So ist es, wenn man allein wohnt. Du liegst in der Badewanne, bis du rot wie eine Tomate bist und das Buch vom Dampf und der Seife quillt. Dann steigst du hinaus und trocknest dich mit einem großen weißen Badetuch ab. Es ist nicht einmal nötig, sich anzuziehen. Ich behalte das Badetuch um.

Plötzlich bin ich hungrig, und die zwei Plunder in meiner Tasche fallen mir ein. Sie werden einer nach dem anderen hinuntergeschlungen, nicht in kleinen Bissen zwischen Schlückchen von Kaffee, wie Plunder gegessen werden sollten. Ich bin immer noch hungrig, getraue mich aber nicht, heute Nacht noch etwas von draußen zu holen. Nachts war ich noch nie allein in der Stadt. Ich muss diesen Ort bei Tageslicht kennenlernen. Ich stehe am Fenster und betrachte die Lichter und die Autos. Ich schaue über die Straße, in die Wohnungen gegenüber, und sehe darin Leute umhergehen. Plötzlich habe ich Angst, es könnte mich jemand sehen und erkennen, und ich ziehe die Vorhänge zu.

Ich schlafe gut. Am Morgen liege ich mitten im großen,

breiten Bett, und ich strecke mich, spüre meine Haut auf den frischen weißen Baumwolltüchern, meinen nackten Körper unter der Decke. Wenn man allein wohnt, braucht man kein Nachthemd. Das Telefon steht auf dem Nachttisch, und ich drehe mich um und überlege, wen ich anrufen könnte. Ich brenne darauf, mit jemandem zu sprechen, aber es ist Schabbat, und niemand, den ich kenne, würde vor Sonnenuntergang ans Telefon gehen.

Unten mache ich mir Sorgen, dass der Mann an der Rezeption mich sieht und merkt, dass es gar keinen Ehemann gibt. Ich gehe durch die Hotelhalle zur Tür, schaue stur geradeaus, spüre im Rücken seine Augen auf mir. Doch als ich an der Tür den Kopf drehe, ist niemand an der Rezeption, und jetzt bin ich enttäuscht, dass er nicht da ist.

An der Sonne bin ich wieder glücklich, froh darüber, draußen zu sein, richtige Luft zu atmen. Ich beschließe, den gestrigen Spaziergang fortzusetzen, gehe die Vierzehnte Avenue hinauf zur Sechsundfünfzigsten Straße, dann zur Siebenundfünfzigsten, Achtundfünfzigsten. Endlich habe ich ein Ziel.

Ich muss ein Lokal finden, wo ich frühstücken kann. Die koscheren Restaurants sind geschlossen. Um so besser, denke ich. So esse ich da, wo man mich nicht kennt. Ich gehe ein paar Blocks weiter, und bald sind weniger Juden zu sehen. Ich habe das jüdische Viertel verlassen. An einem Kaffeehaus hängt ein Schild: »Frühstück $ 1.99«, und ich gehe zum Eingang. Ein starker Geruch von Kaffee und Spiegeleiern schlägt mir entgegen. Ich setze mich an einen Tisch im Hintergrund und bestelle Rührei und Kaffee.

»Mit Würstchen oder mit Schinken?«, fragt der Kellner.

Ich schaue ihn an. Ich darf kein Fleisch zusammen mit in Butter gebratenen Eiern essen. Doch auf der Bratplatte hinter der Theke brutzeln die Eier und das Fleisch nebeneinander, und der Koch benutzt für beides den gleichen Spatel. Also werde ich mit den Eiern ohnehin das Fett vom Fleisch essen. Ich habe bereits am Schabbat den Fernseher ein- und ausgeschaltet und den Aufzug in die Halle hinunter genommen. Auch trage ich Geld bei mir.

»Würstchen. Und Brot, getoastetes Roggenbrot.«

Ich kriege einen Teller mit zwei dicken Würstchen, dicker und kürzer als Hotdogs, und ich betrachte sie, weiß nicht, ob ich sie überhaupt essen will. Sie riechen so stark. Ich schiebe sie an den Tellerrand, sodass sie die Eier nicht berühren. Ich beginne langsam zu essen, bin dann aber schnell fertig. Ich habe so einen Hunger, dass ich noch mal eine ganze Portion Eier essen könnte. Ich versuche ein Würstchen, und der erste Bissen bleibt mir im Hals stecken. Ich spucke ihn in die Serviette und nehme rasch einen Schluck Kaffee, um den Geschmack loszuwerden. Jetzt, wo ich das Würstchen probiert habe, merke ich, dass das ganze Lokal davon stinkt. Ich esse die Toastscheibe auf und bestelle beim Kellner mehr Brot. Ich kann mich ja mit Brot vollstopfen.

Nach dem Frühstück spaziere ich durchs Viertel. Die Schilder sind spanisch beschriftet. Niemand kennt mich; unter diesen Leuten bin ich in Sicherheit. Es ist ein warmer, sonniger Tag, und auf den Treppen sitzen Frauen, plaudern und sehen ihren Kindern beim Spielen zu. Ich würde mich gerne zu ihnen auf die Treppe in die Sonne setzen. Aber ich spreche nicht Spanisch, bin keine Mutter, und ich wohne nicht hier. Ich muss zurück in mein Zimmer und mir überlegen, was ich tun, wen ich anrufen soll. Mas Cousine Frieda wohnte früher hier in Brooklyn. Ich habe sie einmal in einem schwarzen Samtkleid gesehen, das bis zum Boden reichte. Ich war zehn, und wir waren auf einer Hochzeit, und mit ihrem langen, losen roten Haar war sie wie ein Gemälde.

Vater nahm Anstoß an ihr. Er sagte, ihr Kleid sei zu lang, zu auffällig. Und warum sie ihr Haar nicht im alten Stil flechte und zu einem Knoten aufstecke wie unsere Ahnfrauen.

Frieda lachte, kicherte mit hoher Stimme. »Es ist Mode so«, sagte sie und breitete den Rock ihres Kleides aus. »Es gibt mini, midi, maxi. Das Kleid hier ist maxi.«

Ich sagte, ich würde mini tragen, und Frieda musste wieder lachen.

Wenn ich sie ausfindig machen könnte, würde sie mir vielleicht zeigen, wie man so wie sie lebt, allein.

Ich sehe im Telefonbuch nach. Es gibt viele Brauns, aber keine Frieda Braun. Vielleicht ist sie nach Israel zurückgekehrt. Vielleicht hat Ma recht, und Frieda war gar nicht so glücklich allein; eine alte Jungfer mit grauem Haar, nannte Ma sie.

Ich überlege mir, ob ich Mrs Glickman anrufen soll, weil sie geschieden war und weil sie die einzige Geschiedene ist, die ich kenne. Aber ich bin mir bei ihr nicht ganz sicher, ich weiß nicht einmal, ob ich sie eigentlich mag.

Ich blättere die weißen Seiten durch. Auf einer Karte von Brooklyn finde ich Sea Gate. Ich könnte morgen hinfahren. Ich könnte einen Zug ans Meer nehmen. Ich könnte dort wohnen. Aber zuerst muss ich zu Hause anrufen. Ich muss Ma mitteilen, dass ich am Leben bin.

Ich schalte den Fernseher wieder ein.

Nach einer Weile habe ich es satt hinzusehen, und ich lese. Aber ich muss wieder hinaus; es langweilt mich, so lange in diesem Zimmer zu bleiben. Ich brauche Bewegung. Ich gehe in die Halle hinunter, und alle sitzen stumm vor dem Fernseher. Ich frage mich, warum sie überhaupt aus ihren Zimmern kommen, warum sie nicht einfach allein in ihren Zimmern fernsehen.

Jetzt ist eine Frau an der Rezeption; der Mann ist immer noch nicht da.

Ich nehme den Aufzug zurück zu meinem Zimmer, wo er vielleicht wartet, im Stuhl neben dem Bett, die Beine übereinandergeschlagen. Wie bringen es Männer fertig, mit übereinandergeschlagenen Beinen dazusitzen? Vater habe ich nie so dasitzen sehen. Chassidische Männer stellen beide Füße fest auf den Boden, mit ungefähr zwei Schuhbreit Abstand dazwischen. Und da die Schöße ihrer langen Röcke ihre runden Hüften und Oberschenkel bedecken, gibt es nichts zu sehen.

Ich drehe den Schlüssel im Schloss, öffne die Tür und laufe durchs Zimmer direkt in seine Arme. Er löst die Beine voneinander und umschlingt mich fest. Ich sitze da und spüre ihn, spüre ihn nahe bei mir, fast in mir, zwischen uns nur seine dunkle wollene Hose und der dünne Stoff meines Rocks, und unter ihnen Nylon und Baumwolle.

Wie geht so was, ohne einzuhalten und alles auszuziehen?

Es wird gehen, und dann wird er in mir sein, ein Mann tief in mir, weit in mir, sich reckend, strebend, sich in mich ergießend.

Ich bin zu Hause und doch nicht zu Hause. Ich sehe Leah, Sarah, Aaron und Esther an, David und Levi sind in der Jeschiwa. Ich kann nie mehr eines der Kinder sein. Ich bin eine Fremde in diesem Haus. Esther läuft mir nach mit ihren großen, braunen Augen, ihrem fragenden Blick. Ich helfe ihr, wofür sie keine Hilfe braucht: mit den Hausaufgaben. Ich gehöre nicht hierher.

Jetzt, wo Israel weg ist, sagt Ma, er sei ein ziemlicher *tembel* gewesen, man hätte ihm alles sagen müssen, er hätte nicht das kleinste bisschen gesunden Menschenverstand gehabt.

Wenn ich bei ihm geblieben wäre, hätten sie sich damit abgefunden. Aber Ma hätte bei Tisch bemerkt: »Rachel ist leider mit einem *tembele kischke* verheiratet, ein ganz netter Junge, aber ein bisschen schwer von Begriff.«

Vater hätte gelächelt. »Ein *tembel* ist gar nicht so schlimm. Wer sagt denn, es sei gut, wenn einer zu gescheit ist? Die Gescheiten sind weniger glücklich. Lieber ein *tembel* als ein Junge mit offenen Augen.«

Das hätten sie zu Leah und den anderen gesagt, lächelnd und achselzuckend: Wir konnten es ja nicht wissen. Man hätte mich bemitleidet, ein bedauernswertes Opfer.

Das Gebäude nebenan ist beinahe fertig, und Ma spricht bereits vom Einziehen.

Als ich sie frage, warum es ihr nun plötzlich nichts mehr ausmache, wie eine Rebezen über einer Synagoge zu wohnen, meint sie: »Es ist nun mal so. Die Wohnung ist schöner und größer als dieser alte Bungalow. Soll ich denn etwa weiter in der Bruchbude wohnen und das andere vermieten?«

Mit den neu zugezogenen Familien ist die Synagoge nützlich geworden. Die Leute kommen, wenn sie spät dran sind oder wenn es regnet; vormittags bezahlen sie für das Benutzen der Mikwe. Jedermann schätzt es, eine Synagoge in bequemer Nähe zu haben. Sogar Viznitzer Chassidim kommen, und es geht das Gerücht um, dass sie Vater das Ganze abkaufen wollen, dass sie bereit wären, für beide Grundstücke zusammen eine Viertelmillion zu bezahlen.

»Das ist mehr, als es wert ist«, sagt Vater. »Ich könnte hier alles verkaufen und anderswo ein Grundstück erstehen. Ich könnte an einem günstigeren Ort eine Synagoge bauen, weg von Viznitz, an einem Ort mit mehr Land, mit genug Platz, um für jedes meiner Kinder ein Haus zu bauen.«

»Du bist wohl nicht ganz bei Trost«, sagt Ma. »Deine Kinder wollen nicht so nah bei dir leben. David wird in der Nähe seines Rebbe und Schwiegervaters wohnen, Leah in Brooklyn, und ich ziehe nicht um. Jetzt, wo ich Nachbarn habe, willst du mich wieder fortschleppen. Sag den Viznitzern, dass ich nicht einmal für eine ganze Million verkaufe. Ich habe bei dieser Liegenschaft auch ein Wort mitzureden, sie gehört genauso gut mir wie dir. Du wolltest ein Buch schreiben; du hast es geschrieben. Du wolltest eine Synagoge; du hast sie gebaut. Genug ist genug. Jetzt tust du einmal ein bisschen, was ich will.«

»Sei nicht so dumm. Die sind ganz versessen darauf«, sagt Vater. »Wir können eine halbe Million verlangen.

249

Das ist kein Pappenstiel. Wir besitzen Land im Wert von einer halben Million.«

»Du bist dumm«, sagt Ma. »Merkst du denn nicht, dass sie glauben, du willst es verkaufen, weil du Probleme hast. Sie sitzen da, die Hände auf ihren dicken Bäuchen gefaltet, und lachen sich ins Fäustchen. Eine geschiedene Tochter am Hals. Einen Berg Schulden.«

Lange werden sie mich nicht am Hals haben.

Ich sehe zu, wie Ma die Lichter anzündet, und glühender Schmerz breitet sich in meiner Brust aus. Vaters Kiddusch tut weh. Ich liebe sie alle und doch auch wieder nicht. Ich weiß, das werde ich vermissen, wenn ich gehe: die Kinder am Tisch, Ma, die die Lichter anzündet, Vaters Kiddusch. Aaron sitzt mir gegenüber, auf der Jungenseite. Ich betrachte sein Gesicht, seine blasse Haut, seine grünen Augen, er lächelt, ich lächle zurück, und er senkt den Blick auf seinen Teller. Er beginnt zu kichern, seine Schultern beben, und ich glaube, er lacht, weil ich immer noch die Gleiche bin. Ich bin immer noch seine ältere Schwester, jetzt wieder zu Hause, so wie er es gewohnt ist.

Wir stehen auf für den Kiddusch, zur Schöpfungsgeschichte.

Als Gott die Sonne und den Mond erschaffen hatte, waren sie gleich. Der Mond sagte: »Einer von uns sollte größer sein.« Gott stimmte ihm zu und ließ den Mond schrumpfen, bis er nicht einmal mehr so groß wie ein Achtel der Sonne war. Der Mond versteckte sich den ganzen Tag und zeigte sich nur nachts. Zum Ausgleich gab Gott ihm die Sterne.

»Aber der Mond schämt sich noch heute«, sagt Vater. »Er liebt es nicht, wenn man ihn betrachtet, und wer ihn zu lange anstarrt, klettert nachts die Mauern hoch.«

Ich betrachte den Mond, der über meinem Schlafzimmerfenster hängt, und hoffe, Mauern hochzuklettern. Draußen herrscht blaue Dunkelheit, und der Mond hat eine Nase und Augen. Ich flüstere ihm etwas zu. Ich wüsste gern, wie weit hinauf ich komme, bevor ich falle.

Lea Fleischmann

Die Königin Schabbat

Was ich bin, wollt ihr wissen? Nun, wie soll ich meinen Beruf am besten bezeichnen? Ich bin ein Schreiber, aber kein gewöhnlicher Schreiber. Ich formuliere Scheidungsgesuche auf dem Rabbinat. Jahraus, jahrein. Wie viele Geschichten von zerrissenen Ehen, zerstörten Seelen, von unglücklichen Verhältnissen habe ich gehört, und jedes Jahr werden es mehr. Es kommt mir vor, als könnten die Menschen nicht mehr zusammenbleiben, es lässt sich keine Einheit mehr herstellen, jeder versucht sein eigenes, einzelnes Leben zu leben. Gestern saß hier eine junge Frau, etwa fünfunddreißig Jahre alt.

»Warum wollen Sie sich scheiden lassen?«, fragte ich sie.

»Weil mich mein Mann in meiner Freiheit behindert.«

»In welcher Freiheit?«

»Er hindert mich in meiner Persönlichkeitsentfaltung.«

Wer soll das verstehen, was meint sie?

»Haben Sie Kinder?«, fragte ich sie.

»Ja, eine Tochter.«

»Und trotzdem wollen Sie sich scheiden lassen?«

»Sie verstehen mich nicht«, antwortete sie mir, »ich bin unglücklich. Die Jahre gehen vorbei, und nichts geschieht. Es kommt mir vor, als ob das Leben an mir vorüberzieht, ohne dass ich daran teilhabe.«

»Aber was wird es Ihnen helfen, wenn Sie geschieden sein werden?«

»Dann werde ich ungestört träumen können.«

»Das ist doch kein Grund zur Scheidung. Schlägt Sie Ihr Mann?«

»Nein.«

»Versorgt er Sie nicht, fehlt es Ihnen an etwas?«

»Er versorgt mich, und es fehlt mir nicht an Geld. Aber das ist nicht genug. Ich liebe ihn nicht, und in meinem Herzen verspüre ich ein Loch, eine Leere, die nicht ausgefüllt ist und an der ich zugrunde gehe. Morgens stehe ich mit diesem öden Gefühl auf, und abends gehe ich damit schlafen. Jeden Tag das Gleiche. Ich schaue in den Spiegel und sehe mein unzufriedenes Gesicht, ich ziehe mich an und frage mich, für wen? Ich schminke mich und denke, kein Mensch interessiert sich für dich. Wenn ich mit meinem Mann im Bett liege, so lässt er mich kalt. Seine Berührungen erwärmen mich nicht, seine Bewegungen erhitzen mir nicht das Blut, und dann schließe ich die Augen und stelle mir vor, ein anderer käme und nähme mich mit fort. Ich schwebe in himmlischen Sphären, und ein bunter Reigen von Menschen dreht sich um mich und bewundert mich, und inmitten meiner Träume höre ich das Schnarchen meines Mannes. In der Frühe stehe ich auf und bereite ihm das Frühstück, am Abend wärme ich ihm das Essen auf, und es kommt mir vor, als könnte ich diesen Teufelskreis nicht durchbrechen.«

Träume, was für Träume, ich weiß schon, was der Scheidungsgrund ist.

»Haben Sie einen Liebhaber?«, fragte ich sie direkt.

»Sie sind der Erste, zu dem ich davon spreche. Aber weil mir das Herz voll ist, geht der Mund über. Ich habe ihn in einem Café getroffen.«

253

»Wen?«

»Den anderen. Er hat mir gut gefallen. Ein gebildeter Mensch mit feinen Manieren, nicht so grob wie mein Mann. Bevor ich mich verabschiedete, gab er mir seine Telefonnummer. Glauben Sie mir, ich habe es mir tausend Mal überlegt, ob ich anrufen soll. Nachts wälzte ich mich unruhig im Bett herum, und bei Tag bin ich wie benebelt. Seit Jahren war es das erste Mal, dass ich etwas gefühlt habe. Das Herz ist mir fast zersprungen, wenn ich den Telefonhörer aufgehoben habe, und jedes Mal habe ich ihn wieder hingelegt. Aufgehoben, hingelegt, aufgehoben, hingelegt. Seine Nummer kannte ich auswendig, und wie eine Zauberformel habe ich sie den ganzen Tag vor mir her gemurmelt, bis ich sie einmal gewählt habe.«

»Und?«

»Was und? Er hat mich eingeladen, ihn zu besuchen.«

»Sie sind hingegangen.«

»Ja, es war ein stürmischer Abend. Mein Mantel hat einen weiten Schalkragen, darin habe ich mein Gesicht verborgen, denn ich meinte, jeder würde mir ansehen, wohin ich gehe. An jeder Ecke befürchtete ich, Bekannte zu treffen, überall sah ich Menschen auf mich lauern. Als ich an seiner Tür klingelte, wollte ich wieder umkehren, aber da öffnete er bereits. Ich trat ein, und wir saßen in seinem Arbeitszimmer. Er bot mir Kaffee an. Es war so heimelig in dem Zimmer. Die Wände waren mit Büchern vollgestellt, ein paar Zeitungen lagen in einer Ecke herum, und ich saß in einem breiten Ohrensessel und er mir gegenüber auf einer zweisitzigen Couch. Draußen regnete es, und ich sah die grauen Tropfen gegen die

Scheibe klatschen, aber genau wie die Kälte und Nässe nicht in das Zimmer eindringen konnten, blieb meine Angst draußen. Ich zitterte, aber es war ein wohliges Zittern, eine lebendige Bewegung in meinem Herzen. Er stand auf und setzte sich auf die Lehne des Sessels und umarmte mich. Bitte nicht, wehrte ich ihn ab, aber es war kein Widerstand in mir. Im Gegenteil, es war, als würden sich durch die Berührung alle meine Poren öffnen und ein Feuer, das brennt, aber nicht verbrennt, sich meiner bemächtigen. Und als ich von ihm ging, war der Himmel blau, und in mir sang und jubelte es. Und deswegen kann ich nicht bei meinem Mann bleiben.«

»Sie haben die Ehe gebrochen«, warf ich ihr vor.

»Ich weiß, und doch kann ich nicht anders.«

»Sie wollen es nicht anders.«

»Sie können mich nicht verstehen«, hielt sie mir vor, »Sie sind ein alter Mann, Sie haben Ihre Religion, Ihre Gesetze. Sie sind schon jenseits aller Bedürfnisse. Aber ich will leben, verstehen Sie, ich will fühlen, ich will merken, dass ich noch nicht gestorben bin.«

»Wer garantiert Ihnen, dass Ihr Liebhaber mit Ihnen zusammensein will?«

»Niemand garantiert es mir. Er fühlt nicht das Gleiche wie ich, er hat noch andere Frauen, er ist wie ein Wolf, der frei in der Landschaft herumstreicht.«

»Dann werden Sie nach Ihrer Scheidung alleine sein.«

»Ja, aber die Träume werden mir erhalten bleiben, keiner wird meine Träume stören.«

»Und Ihre Tochter?«

»Sie wird erwachsen werden und ihr eigenes Leben leben.«

Ja, das ist die Welt, die ich jeden Tag zu sehen bekomme. Die junge Frau weiß nicht, dass sie am Rande der Hölle steht. Nicht, weil Gott sie strafen wird, sie straft sich selbst. Jetzt glaubt sie, dass ihr die Träume genügen werden, aber später wird sie danach trachten, die Träume zu verwirklichen. Sie wird ihren Liebhaber festhalten wollen, und wenn sie das nicht kann, dann wird sie in eine tiefe Dunkelheit stürzen. Solange sie nicht frei ist, kann sie es ertragen, dass er wie ein Wolf von einer zur anderen streicht. Aber sobald sie alleine sein wird, die langen Wochenenden anfangen werden, das sehnsüchtige Warten auf einen Telefonanruf, die Unruhe, bevor er kommt und wenn er geht, seine Unentschlossenheit werden sie melancholisch und depressiv machen. Männer und Frauen, anstatt dass sie zusammenwachsen, brechen auseinander. Sie werden sich nicht ähnlicher im Laufe der Jahre, sondern fremder. Nach zehn, zwanzig Ehejahren entdecken sie ihre Persönlichkeit. Was für eine Persönlichkeit?, frage ich mich. Allen, die hierher kommen, fehlt etwas, und glaubt mir, es fehlt ihnen der Schabbat. Wenn ich es ihnen sage, sehen sie mich entgeistert an: »Was für Schabbat?«, wundern sie sich, »was haben wir fortschrittlichen Menschen mit dem Schabbat zu tun?« Sie machen sich über mich lustig, und doch wäre der Schabbat die einzige Rettung für ihre zerstörten Beziehungen. Und ich will euch erklären, warum.

Schon am Freitagmorgen beginnt die Vorbereitung für den Schabbat. Am Vormittag steht die Frau in der Küche und knetet den Teig für die weißen Hefezöpfe, die Challes. »Was für Teig, was für Challes«, meutern sie sofort, »wieso soll die Frau Challes backen, wo man sie doch in jedem Bäckerladen kaufen kann.« Natürlich kann man Hefezöpfe im Bäckerladen kaufen, alles kann man kaufen, aber am Freitag muss die Frau sie selber backen. Und warum gerade die Frau? Weil es schon immer so war. Die Mütter, die Großmütter, die Urahnen konnten Challes backen, warum sollen die modernen Frauen keine Challes backen können. Eine selbst gebackene Challe ist neben einer gekauften wie ein Modellkleid neben billiger Konfektionsware. Wenn die Challe im Ofen steht, verbreitet sie ihr Aroma und hüllt den ganzen Freitag damit ein. Die Kinder kommen aus der Schule und riechen schon den kommenden Schabbat, der Mann kommt heim, und der warme Duft wechselt seine Seele aus. Mag die äußere Welt sich verändert haben, die innere ist gleich geblieben. Die Seelen der heutigen Menschen sind nicht anders als die Seelen der früheren Generationen. Wir werden geboren, wir sterben, und dazwischen sind wir Gäste auf Gottes Erde. Nun klingt mir schon das Gezeter meiner Klienten in den Ohren: »Was für ein Gott, wir glauben an nichts.« Na und, für den Schabbat spielt es keine Rolle. Man kann Challes backen, auch wenn man nicht glaubt. Der Geruch ist der gleiche, und im Laufe der Jahre gewöhnt man sich an den Freitagsduft. Und dann bereitet die Frau das Essen für den Abend vor, und der Mann kauft den Wein. Immer die gleiche Sorte. Warum? Weil man sich an den Geschmack gewöhnt. Mann und Frau gewöhnen sich an den gleichen Geruch und den gleichen Geschmack. Am Freitagabend, sobald die Dunkelheit hereinbricht, setzen sie sich an den gedeckten Tisch. Die Kerzen stehen in den Leuchtern, das schönste Geschirr ist aufgelegt, die Frau zündet die

Kerzen an und spricht den Segen. Nun höre ich sie schon wieder protestieren. Meinetwegen soll sie keinen Segen sprechen, wenn sie an nichts glaubt, aber die Kerzen muss sie anzünden. Sie geben dem Tisch die festliche Beleuchtung. Und dann spricht der Mann den Segen über den Wein und die selbst gebackenen Challes. Und wenn er sich lächerlich dabei vorkommt, dann soll er halt ein Schabbatlied singen, gemeinsam mit seiner Frau. Von Anfang ihrer Ehe an sollen sie gemeinsam singen. Die ganze Woche kann man reden, schimpfen, schreien, am Freitagabend muss man singen. Und dann bricht er die Challe, streut etwas Salz darüber, nimmt sich ein Stück und gibt seiner Frau etwas von dem gebrochenen Brot. Und das Geheimnis der Ehe liegt eben in dieser Challe. Jede Frau bäckt sie anders. Mögen sie alle die gleichen Zutaten verwenden, mögen sie alle den gleichen Ofen benutzen, die Challe wird bei jeder anders herauskommen. Mann und Frau gewöhnen sich an den Geschmack der Challe, an die gemeinsamen Lieder, an diese kleinen Bräuche. Und dann werden die Kinder geboren, und auch sie wollen nur diese eine Challe essen und nur die bekannten Lieder singen, und jeden Freitag warten sie schon sehnsüchtig auf den Abend. Und nun werde ich euch sagen, warum der Schabbat die Ehe rettet. Nehmen wir unsere unzufriedene Frau mit ihrem Märchenprinzen, mit ihrer Langeweile, mit ihrem tristen Dasein. Mag sie die ganze Woche neben ihrem Mann herleben, am Freitagabend lebt sie mit ihm. Sie backt für ihn die Challe und singt mit ihm und ihrem Töchterchen die Lieder. Nach den vielen Ehejahren wird ihr der Schabbat zur eigenen Natur. Er führt sozusagen ein Eigenleben. Glaubt mir, Bräuche sind stärker als Menschen, an Bräuchen hängt man mehr als an Dingen. Mit ihrem Liebhaber wird sie ihre Schabbatlieder nicht singen können, denn die Lieder gehören nur ihr, ihrem Kind und ihrem Mann. Und ein Mann, wenn er eine andere Frau haben will, wird es sich tausend Mal überlegen, denn die Challe einer anderen Frau hat einen anderen Geschmack. Er ist aber an den Geschmack seiner Frau gewöhnt. Glaubt mir, ich bin ein alter Mann, aber ich weiß, was ich sage. In dieser Welt des Elends, die ich jeden Tag sehe, wäre der Schabbat ein Ruhepol zwischen Mann und Frau. Aber die zu mir kommen, um die Scheidungsurkunden aufzusetzen, haben keinen Schabbat, keinen Gott, keine Bräuche und streiten sich um das Geld. Ich würde ihnen Kidduschbecher und Kerzenleuchter schenken, geht hin, würde ich sagen, feiert ein Jahr lang den Schabbat, und dann werdet ihr euch vielleicht nicht scheiden lassen wollen, aber sie würden mich auslachen und sich über mich lustig machen. Alle wollen frei sein, um sich neu zu binden, denn wirklich alleine will keiner sein. Und sie schmeißen alles hin und zerbrechen ihre Seelen und sind ohnmächtig in ihrer Wut auf das Leben. Was sucht ihr Dummköpfe, möchte ich ihnen zurufen, was wollt ihr denn? Nehmt den Schabbat mit in eure Häuser, er steht und wartet auf euch. Er wird eure Seelen erwärmen mit seinem warmen Kerzenschein, er wird eure Sinne benebeln mit seinem süßen Wein, er wird euch sättigen mit der weißen Challe. Aber sie hören mich nicht und verstopfen ihre Ohren, ihre Träume sind stärker, und sie setzen ihren kranken Willen durch.

Schabbat Schalom möchte ich sie lehren. Schalom ist Frieden und Schalom ist Vollkommenheit, und so, wie die Woche ohne den Schabbat unvollkommen ist, ist der Mensch alleine unvollkommen. Einer ist Gott, Mann und Frau sind zwei, sie ergänzen einander und verbinden sich zu einer göttlichen Einheit. Aber wehe, wenn die Schlange zwischen sie kriecht, das dritte Wesen, das Unheil bringt, aus dem Paradies werden sie fortgejagt, aus dem Paradies der Einheit. Und dann bersten ihre Seelen, und sie werden Suchende und Irrende, und solch verwirrte Seelen suchen mich jeden Tag auf. Jeder hat eine andere Geschichte, und doch ist jede Geschichte gleich. Mann und Frau, die nicht miteinander leben können. Die einen, weil sie zu viel Geld, die anderen, weil sie zu wenig haben, die einen verfallen einer Leidenschaft und die anderen einer Ideologie. Schreiben Sie, drängen sie mich, schreiben Sie das Scheidungsgesuch, schuld ist immer der andere. Meine Hand, die jeden Tag Scheidebriefe aufsetzt, will mir nicht gehorchen. Junge Paare mit kleinen Kindern und alte Paare mit grauen Haaren kommen hierher, mit verbiesterten Gesichtern und verhärteten Herzen sitzen sie hier und zerbrechen, was sie in mühevoller Arbeit aufgebaut haben. Und warum? Weil sie den Glauben verloren haben, weil ihnen alles Vereinende abhanden gekommen ist. Geblieben ist nur noch die Wut, die sie verbrennt und verzehrt. Aber wer der Königin Schabbat dient, dem gibt sie von ihrem Licht und von ihrer Vollkommenheit etwas in die Seele.

Ich erinnere mich an ein Märchen, das mir der Großvater erzählt hat. An einem Freitagmittag gingen zwei Kinder auf den Markt. Sie wollten Nüsse und Mandeln kaufen. Der Markt war weitläufig und bunt, Stand neben Stand, Bude neben Bude, und die Kinder konnten sich an den vielen Waren nicht sattsehen. Unvermittelt brach die Dunkelheit herein, und alle Buden wurden geschlossen. Und als die Kinder sich umsahen, merkten sie, dass sie sich verlaufen hatten. Nun irrten sie durch die leeren, gespenstischen Gässchen, und in ihrer Verzweiflung begannen sie sich zu streiten. Das eine Kind wollte links, das andere rechts abbiegen, und weil sie sich nicht einigen konnten, trennten sich ihre Wege. Nun irrte ein jedes allein durch die finsteren, menschenleeren Gassen. In ihrer Not begannen sie zu weinen und wussten nicht mehr weiter. Plötzlich erblickten sie durch die tränenverhangenen Augen zwei kleine Lichter. Sie liefen auf die Lichtlein zu, das eine Kind von rechts, das andere von links, und sahen eine wunderschöne Frau in einem langen, weißen Kleid, wie eine Braut gekleidet. In jeder Hand trug sie eine brennende Kerze. Als die Kinder sich wiedertrafen, waren sie glücklich, denn in der Einsamkeit des dunklen Marktes war ihre Angst ins Unermessliche gewachsen. Die edle Frau schwebte vor ihnen her und zeigte ihnen den Weg nach Hause. Bis ins Zimmer gelangte sie, dort stellte sie die Kerzen in die Leuchter und verschwand. Und die Kinder setzten sich an den Tisch und begannen zu singen: »Komm, mein Freund, der Braut entgegen, Königin Schabbat wollen wir empfangen.« Als Kind habe ich die Geschichte nicht verstanden. Damals dachte ich, es sei ein Märchen für Kinder, aber jetzt sehe ich, dass es ein Gleichnis für Erwachsene ist. Aber wer will schon meine Geschichten hören? Diejenigen, die herkommen, wollen neue Realitäten schaffen.

Was für neue Realitäten?, frage ich euch. Jeder nimmt doch seine Schwächen mit. Der Eifersüchtige bleibt eifersüchtig, der Unzufriedene bleibt unzufrieden, nicht das Äußere muss man ändern, sondern das Innere. Aber wehe, wenn ich etwas sage, dann lachen sie mich aus. Wo ich denn Psychologie studiert hätte, was weiß ich weltfremder Mensch schon. Dabei sitze ich täglich in der Schule des Lebens, und jeden Tag kommen sie und erzählen mir ihre zerrissenen Geschichten.

Am Schabbatausgang, wenn drei Sterne am Himmel erscheinen, wird die Hawdalakerze angezündet, eine geflochtene Kerze mit drei Dochten. Wie ein Zopf sieht sie aus. Und die Dochte vereinigen sich zu einem Licht, dem letzten Funken von Schabbat. Zwischen Heiligem und Profanem trennt die Kerze, zwischen Schabbat und der restlichen Woche. Dieses Licht soll die Herzen in der kommenden Woche mit ein wenig Heiligkeit erwärmen. Und wenn die Hawdalakerze gelöscht wird, tritt ein Schmerz in das Herz ein, ein Engel ist von uns gegangen, die leuchtende Schönheit ist verflogen. Und es beginnt die neue Woche, mit ihren Sorgen und Nöten. Hört, ihr jungen Paare, würde ich sagen, steht beieinander, wenn ihr Hawdala macht, gemeinsam spürt ihr das Verscheiden vom Schabbat, gemeinsam fühlt ihr die Vergänglichkeit des Lebens. Behaltet euch diesen Augenblick für immer. Aber was soll ich viel reden? Am besten, ich schweige, denn meine Worte sind lautlos, und niemand hört sie, keiner versteht oder interessiert sich für sie. Und mit einem bitteren Herzen schreibe ich wieder Scheidungsgesuche, helfe zu trennen, was einst eins gewesen ist. Ich tue Falsches, ich weiß es, aber ich kann mir nicht helfen. Ich habe keinen anderen Beruf. Und ich bin ein Sünder, weil ich das tue, was ich nicht tun will. Aber zum Predigen fehlt mir die Kraft und zum Reden die Zunge. So kann ich nur schreiben, und was ich schreibe, findet vor meinen Augen keinen Gefallen. Aber ich bin ein alter Mann, ich habe keine Kraft mehr, Neues zu lernen, ich habe keine Energie umzusatteln. Meine Augen werden schwächer, vielleicht werde ich bald aufhören. Sünder sind wir alle. Finster ist mir die Seele, denn mit jedem Scheidungsgesuch leide ich mit, bei jeder Trennung ist mir, als trenne ich einen Teil von mir ab. Ich kann nicht abstumpfen, im Gegenteil, im Laufe der Jahre werde ich empfindlicher.

Alles ist eitel, alles ist ein Haschen nach dem Wind, sagte König Salomon. Nur wenn ihr Gott in euer Herz hineinlasst, bringt er ein wenig Ruhe in euer rastloses Leben. Aber diejenigen, die hierherkommen, haben ihn aus ihren Seelen verbannt. Sie fühlen sich selbst wie Götter, die ihr Leben meistern können, sie glauben zu wissen, was für sie gut ist, und doch sind sie mit Blindheit geschlagen. Wie klug sie daherreden und wie hohl ihre Worte sind. Das Leben läuft ihnen weg, sagen sie, allen läuft das Leben weg. Sie leben in unsichtbaren Mauern, nichts kommt an sie heran. Und dann trifft sie die Leidenschaft mit ihrem tödlichen Strahl und bohrt ein Loch in diese Wand, und ihre Seelen entfliehen ins Nirgendwohin. Aber hätten sie den Schabbat, nur ein Zipfelchen von ihm, dann würde er sich um ihre Seelen legen, er würde sie und ihre Familien einhüllen und zudecken, er ist wie ein warmer Mantel, der vor der Kälte des Lebens schützt. Überlegt es euch, ihr jungen und alten Paare, die ihr auf dem Weg zu mir seid, meidet mich, wie man einen Aussätzigen meidet, bleibt zusammen und trennt nicht, was das Schicksal zusammengefügt hat. Dient dem Schabbat und begrüßt ihn mit den Worten: »Friede sei mit dir, du Engel des Friedens, der du vom König der Könige kommst, von Gott, gesegnet sei Er.«

Michelle Herman

Allein ist allein

»Myrale, sag bitte, welchen Tag haben wir heute?«

»Heute ist Freitag, Mama.«

»Freitag.« Das war eine Überraschung. »Und wie ist schon wieder Freitag?«

»*Wie* Freitag ist, Mama? Wie immer.«

»Aber so schnell«, sagte Rivke. »Ich weiß nicht, wo die Woche bleibt. Die Tage verrinnen nur so.«

»Die Zeit verfliegt«, stimmte Myra ihr zu.

»Aber wenn schon Freitag ist« – Rivke sprach in erster Linie mit sich selbst, murmelnd – »dann muss ich den Schabbes vorbereiten. Kaum zu glauben, dass ich das vergessen habe.«

»Oh, Ma«, sagte Myra, »warum sparst du dir das nicht mal?«

»Ich soll mir den Schabbes sparen?«, kicherte Rivke. »Ich glaube nicht, dass das geht. Einmal in der Woche ist Schabbes. Da hat man keine Wahl.«

»Was ich meine« – Myras Ungeduld war deutlich zu spüren – »ist, spar dir die Vorbereitungen. Es ist zu viel für dich, es ermüdet dich.«

»Ach«, sagte Rivke. »Zu viel ist das nicht für mich.« Was nicht stimmte. Eine Zeit lang hatte sie das Gefühl gehabt, dass es wirklich zu viel für sie war. Sie kochte nur noch für Schabbes; den Rest der Woche aß sie Müsli, Obst, Hüttenkäse, Cracker. Abends kochte sie sich vielleicht mal ein Ei oder machte Dosensuppe heiß; mittags knabberte sie an Salatblättern oder salzte und aß eine gute Tomate, falls sie eine hatte – das war genug für sie. Aber freitags musste sie all ihre Kraft zusammennehmen, um ein Hühnchen zu bereiten, einen Topf Reis zu kochen, einen Tsimes zu machen, wenn unter der Woche jemand daran gedacht hatte, ihr süße Kartoffeln und Karotten zu bringen – eine Kiste Pflaumen hatte sie immer da – und für die Suppe Gemüse zu schälen und zu hacken. »Schabbes ist Schabbes«, sagte sie zu Myra. »Ich habe keine andere Wahl, als ihn vorzubereiten.«

»Aber wenn du nur einmal nicht den Schabbes vorbereiten würdest, wäre das das Ende der Welt?«

»Das Ende der Welt nicht. Aber wenn jemand kommt, muss es etwas zu essen geben.«

»Wenn jemand *kommt*«, sagte Myra – oh, sie war gereizt, das merkte Rivke daran, wie sie »kommt« betonte, als würde sie singen: *ko-hommt* –, »dann kann dieser Jemand runtergehen« – *run-ter*, noch mehr Gesang – »und sich auf der Brighton Beach Avenue bei Fechters ein Hühnchen zum Mitnehmen holen.«

»Myra«, sagte Rivke, »bitte. Was soll ich denn mit einem Hühnchen zum Mitnehmen? Ich kann genauso gut mein eigenes Hühnchen aus dem Gefrierschrank nehmen und es garen, und du weißt selbst, dass das besser schmeckt als eins von Fechters.«

Sie erwartete »Du hast recht, Mama« zu hören, aber Myra sagte: »*Erstens* taut ein Hühnchen nicht rechtzeitig genug auf, um es noch zu Schabbes zuzubereiten – du hättest es gestern Abend rausnehmen sollen. Und zweitens, wen erwartest du denn überhaupt? Letzte Woche hast du dich geärgert, du hast gesagt, ein ganzes Hühnchen und ein Topf Kohlsuppe wären verdorben, weil niemand gekommen ist. ›Ich kann nicht so viel essen‹, hast du zu mir gesagt. ›Wie soll ich denn so viel essen?‹ Wenn du nicht so viel kochst, verdirbt auch nicht so viel.«

»Aber morgen könnte ja jemand kommen.«

»*Wer?*«

»Wer? Ich weiß nicht, wer. Ich habe fünf Kinder.«

»Ich *weiß*, Ma, aber …« Doch sie unterbrach sich, und nach einer Pause, die so lange dauerte, dass Rivke sich fragte, was sie eigentlich hatte sagen wollen, war alles, was kam: »Ich sehe einfach nicht gerne, wie das Kochen dich ermüdet.«

»Oh, müde, schmüde«, sagte Rivke und hoffte, Myra würde darüber lachen.

Stattdessen seufzte sie. »Weißt du was, Ma, warum machst du nicht einfach, was du willst?«

»Ah, was ich will! *Das* wäre schön, wenn ich machen könnte, was ich will. Dann würde ich tanzen gehen, irgendwohin reisen.«

Myra lachte immer noch nicht. »Das war ein Witz, *Mamale*«, sagte sie sanft. »Das war ein Witz, verstehst du? Wo sollte ich denn hinreisen?« Myra blieb still. Rivke seufzte und sagte: »*Majn Tochter?* Verrätst du mir etwas? Wenn heute Freitag ist, der wievielte ist dann heute – welches Datum?«

»Der fünfzehnte«, sagte Myra und fügte nach einer Sekunde hinzu, »März.«

»März, das weiß ich«, sagte Rivke. »Glaubst du, ich weiß nicht, welchen Monat wir haben?« Sie erschrak selbst, wie ärgerlich sie klang.

»Na ja, tut mir leid, Mama, aber –«

»Wenn der Tag kommt, an dem ich dir nicht mehr sagen kann, welchen Monat wir haben, weißt du, dass es mit mir zu Ende geht. In Ordnung?«

»In Ordnung, Mama«, sagte Myra.

Rivke sammelte sich einen Moment lang – es gefiel ihr nicht, dass so ein Gefühl sie so schnell überkam –, und erst als sie wieder in der Lage war, liebenswürdig zu sprechen, sagte sie, was sie sagen wollte. »Wenn also schon der fünfzehnte März ist, dann ist wohl auch bald *Pejssach*, ja?«

»Ja, das stimmt – in drei Wochen –, gut, dass du mich daran erinnerst, ich wollte sowieso mit dir darüber sprechen. Gestern Abend hat Rachel angerufen, um mich zu fragen, was wir dieses Jahr an den Feiertagen machen.«

»Ja? Und was hast du gesagt?«

»Darüber wollte ich mit dir reden. Sie hat gefragt, ob ich den Sederabend ausrichte – na ja, nicht wirklich den Seder, aber ein großes Abendessen, vielleicht mit einem Truthahn, weißt du, wie du es früher gemacht hast, als sie und Mark noch zu klein waren, um den ganzen Sederabend lang still zu sitzen? Aber ich weiß nicht, es scheint so viel Arbeit zu sein für uns vier – denn es wären nur du und ich und Harry und Rachel; Mark plant wohl, den ersten Sederabend bei seinen Schwiegereltern zu verbringen. Deshalb bin ich etwas unsicher. Was meinst du?«

»Papas Geburtstag ist an *Pejssach*.«

»Das *weiß* ich, Ma. Rachel weiß es auch, deshalb beschäftigt es sie ja. Wir wollen natürlich nicht, dass du da allein bist. Deshalb frage ich dich, was du möchtest. Wir machen was, so viel verspreche ich dir. Ich weiß nur noch nicht genau, was. Aber mach dir bitte keine Sorgen darum.«

»Ich mache mir keine Sorgen«, sagte Rivke. »Es wird, wie es wird. Um ehrlich zu sein, ich erinnere mich gar nicht mehr, wo ich letztes *Pejssach* war.«

»Letztes Jahr warst du bei Amos und Frances. Weißt du das nicht mehr? Du warst die ganze Woche über bei ihnen.«

»Oh, doch, jetzt erinnere ich mich.« Das stimmte nicht – sie hatte rein gar keine Erinnerung daran –, aber sie erkannte, dass heute kein guter Tag war, um Myra so etwas zu sagen; sie würde es sofort als weiteres Zeichen ihrer Schwäche verbuchen. Außerdem, sagte Rivke sich, war es wahrscheinlich, dass sie sich später, wenn sie sich konzentrieren konnte, doch noch erinnern würde. Inzwischen, ehe Myra ihr irgendwelche Fragen stellen konnte, sagte sie: »Weißt du, Myrale, für einen Seder habe ich nicht mehr genug Kraft –«

»Oh, Ma«, unterbrach Myra sie, »niemand erwartet von dir, dass du den Seder ausrichtest, um Gottes willen. Du hast keinen Seder mehr ausgerichtet seit … seit ich weiß nicht wie lange.«

»Ich dachte nicht, dass ich den Seder ausrichte«, sagte Rivke milde. »Ich bin zwar alt, aber nicht verrückt. Ich wollte nur sagen, ein Seder ist eine Sache, Papas Geburtstag ist eine andere.«

»Ma – ich hab dir doch gesagt, du wirst nicht allein sein.«

»Oh, allein.« Sie sprach das Wort widerwillig aus. »Ich bin immer allein.«

»Du bist nicht immer allein.«

»Besuche sind Besuche«, sagte Rivke, »und allein ist allein. Ich fühle mich allein.«

Dazu schien Myra nichts zu sagen zu haben, und Rivke fuhr nach einem Moment fort: »Weißt du, was ich manchmal glaube? Ich glaube manchmal, wenn Papa gewusst hätte, was mir bevorsteht, hätte er mich nicht verlassen.«

»Oh, Ma. Solche Gedanken –«

»Hör zu, Myrale, ich sag dir was. Papa muss gedacht haben: Sie wird zurechtkommen; ich kann gehen. Er hat mich so schnell verlassen, ich hatte nicht mal Zeit, ihm zu sagen, dass er sich täuscht. Wenn Zeit zum Reden gewesen wäre, hätte ich gesagt: ›Sol, du machst einen Fehler.‹ Aber er hätte – selbst wissen müssen, dass es ein Fehler war.«

»Mama«, sagte Myra, »sei vernünftig.«

»Vernünftig.« Rivke dachte darüber nach. »Was heißt vernünftig? Findest du es vernünftig, dass wir jetzt darüber reden, wie wir Papas Geburtstag ohne Papa feiern?«

»Oh, nein, Ma, das hängt von dir ab. Wenn du Papas Geburtstag lieber *nicht* feiern möchtest, musst du es mir nur sagen.«

»Das ist nicht der Punkt«, sagte Rivke.

»Dann sag mir doch, was der Punkt ist, Mama.«

Rivke schwieg nachdenklich. Wie kam es, fragte sie sich, dass die Dinge, die für sie offensichtlich waren, für ihre Kinder nie offensichtlich waren? Es gab ein paar Dinge, die man nicht *sagen* konnte: Dinge, für die Worte nicht ausreichten – *nie* ausreichen würden, egal, wie viele Worte man aneinanderreihte.

Man musste es *wissen*.

Sie schwieg noch eine Weile und hörte Myras Schweigen zu – ein schweres, schnellatmiges Schweigen – am andern Ende der Leitung. Schließlich sagte sie: »Erinnerst du dich an das Lied, Myra, dieses jiddsche Lied, *Vos gevejn is gevejn un nischto?*«

»Ich glaub, das kenne ich gar nicht.«

»*Vos gevejn is gevejn un nischto*«, sang Rivke – nicht gut; sie hatte Schwierigkeiten, sich an die Melodie zu erinnern. »Was war, das war und ist nicht mehr«, übersetzte sie. »Das sagt das Lied.«

»Ein trauriges Lied«, sagte Myra. Aber Rivke schien es, als sagte sie es widerstrebend.

»Das stimmt, es ist ein trauriges Lied. *Vos gevejn is gevejn*: alles, das mal war, ist jetzt nicht mehr.«

»Ma – nicht alles ist nicht mehr.«

»Ah, das stimmt«, sagte Rivke. »Es stimmt: Ich bin noch hier. Alt, aber hier. Stimmt's?« Sie stieß hustend ein kurzes Lachen aus und wartete nicht auf eine Antwort. »Aber ich sag dir was, Myrale. Ich bin hier, und gleichzeitig bin ich nicht hier. Das meiste von mir ist schon weg, das meiste von dem, was ich war. So läuft es. Du wirst es selbst erleben. Die Jahre vergehen; die Zeit nimmt sich das Ihre. Sie nimmt, und was gibt sie zurück?« Rivke machte eine Pause; sie lachte – aber als sie lachte, dämmerte ihr plötzlich, dass sie erschöpft war; sie war so zutiefst müde, dass sie nicht sicher war, ob sie das Gespräch auch nur eine Minute länger fortführen könnte. »Sie gibt nichts zurück«, sagte sie. Und dann:

»Myrale, ich glaube, ich muss mich jetzt hinlegen. Wir sprechen uns morgen früh.«

»Alles in Ordnung, Mama?«

»Ja, keine Angst. Ich bin nur plötzlich müde. Ich mach jetzt ein Nickerchen, glaube ich. Oder vielleicht nehme ich ein Bad.«

»Ein Bad ist eine gute Idee, Ma, ein Bad ist sehr erholsam. Aber versprich mir, wenn du ein Bad nimmst, dass du vorsichtig bist beim Hinein- und Heraussteigen.«

»Ich bin immer vorsichtig.«

Ja, ein Bad *war* eine gute Idee, dachte sie, als sie auflegte.

Es war genau das, was sie brauchte; denn sie war nicht nur müde, sie hatte auch ein schlechtes Gefühl, das sie nicht erklären konnte und loswerden wollte, und ein Nickerchen bot da keine Garantie – ein Nickerchen hätte das Gefühl sogar noch verstärken können –, während ein schönes heißes Bad es vielleicht einfach wegspülen würde.

Sie hatte schon immer gern gebadet. Sie würde jeden Tag ein Bad nehmen – zweimal sogar –, wenn es nur nicht so schwierig für sie wäre, aus der Wanne zu kommen, sobald sie fertig war. Aber sie schaffte es drei, manchmal vier Mal pro Woche. Sie hatte mit den Jahren eine Methode entwickelt, wie sie aus dem Bad kam, die – obwohl sie ewig dauerte – sicher war und sie noch nie im Stich gelassen hatte. Zuerst hielt sie sich mit der linken Hand an der Seifenablage fest, die an der Wand über der Wanne befestigt war, und gleichzeitig drückte sie sich mit der rechten Hand vom Wannenrand ab. Dann gelangte sie mit langsamen Bewegungen und vielen Ruhepausen in die Hocke (dafür war viel Geduld erforderlich, denn manchmal dauerte der ganze Ablauf zwanzig

Minuten oder länger: sie erreichte die notwendige Position, aber ihre Knöchel zitterten so, dass sie sich nach vorn in die Wanne auf die Knie fallen lassen musste, einen Moment so verweilte, um Kraft zu sammeln, es dann noch mal versuchte, sich abdrückte, bis sie wieder auf die Füße kam – und dann gaben ihre Knöchel wieder nach, und sie fand sich noch mal auf den Knien wieder, musste wieder eine Pause machen, zurück auf die Füße schaukeln und so weiter – immer und immer wieder). Wenn sie schließlich sicher auf den Fußballen stand, war der nächste Schritt, sich umzudrehen (während sie das tat, hatte sie die Vorstellung, dass sie aussah wie ein großer pinkfarbener Frosch), um sich, kauernd, dem hinteren Ende der Wanne zuzuwenden. Dann kam der schwerste Part. Sie musste sich erst mit der linken Hand und dann mit der rechten nach dem Handtuch über der Toilette strecken, die sich genau neben der Wanne befand. Damit das erfolgreich verlief, musste sie es mindestens ein Dutzend Mal versuchen. Aber wenn sie es einmal zu fassen bekommen hatte, konnte sie die Handtuchstange dazu benutzen, sich hochzuziehen, bis sie halb stand; und ab da war es nicht mehr so schwierig – eine Hand zog an der Handtuchstange, die andere drückte sich von der Toilette ab –, gänzlich aufzustehen. Jetzt musste sie nur noch weiterhin die Handtuchstange fest umklammern und sich darauf konzentrieren, auf einem Bein zu balancieren, während sie das andere über den Wannenrand hob – dann war sie fertig.

Es war ein Jammer, dachte sie, dass niemals jemand sehen würde, wie gut sie diesen Trick in ihrem Alter beherrschte.

Der einzige Mensch, der jemals gesehen hatte, wie sie das machte, war, natürlich, Sol. Er hatte ihr lange Zeit über geholfen, hoch und aus der Wanne zu kommen, wenn sie mit Baden fertig war, aber als er selbst zu schwach und wacklig geworden war, hatte sie ihre eigene Methode entwickeln müssen. Er war immer gekommen, um aufzupassen – er kam angelaufen, wenn er hörte, wie das Wasser gurgelnd aus der Wanne ablief –, und obwohl sie sich nicht von ihm helfen lassen wollte (sie dachte, wenn er hinfiele, während er an ihr zog, wäre es mit ihnen beiden vorbei), hatte sie nichts dagegen, wenn er von der Tür aus aufpasste. Er blieb still, sah mit verschränkten Armen und ernstem Gesichtsausdruck zu – er war klug genug, um sie nicht durch Sprechen abzulenken, ehe sie aus der Wanne und in Sicherheit war – und wenn sie draußen war und tropfend in der Mitte des Badezimmers stand, versuchte, zu Atem zu kommen, und wartete, dass ihr Herz wieder langsamer schlug, schüttelte er den Kopf und murmelte: »Akrobatin.«

Sie war schon im Badezimmer und ließ sich ihr Bad ein, als sie sich wieder an das Hühnchen erinnerte, das sie hatte auftauen wollen. Als sie zurück in die Küche ging, sagte sie sich – und wiederholte es mehrere Male laut –, dass sie das laufende Wasser nicht vergessen durfte. Vor Kurzem hatte sie sich eines Nachmittags ein Bad eingelassen und es vergessen, als das Telefon klingelte; die russische Dame von unten war hochgekommen und hatte in ihrer Kosakensprache herumgeschrien – Rivke hatte wirklich Angst vor ihr gehabt –, und erst als die Frau immer noch schimpfend an ihr vorbeigerauscht und ins Badezimmer gelaufen war, um das Wasser selbst abzustellen, hatte Rivke verstanden, dass sie das Badezimmer unter ihrem eigenen unter Wasser gesetzt hatte.

In der Küche steckte sie ihren Kopf in den Gefrierschrank und begutachtete, was darin war: Zwei Hühnchen waren noch übrig von den vieren, die Myra mitgebracht hatte, als sie das letzte Mal für sie eingekauft hatte. Sie sah vom einen zum anderen und nahm schließlich das kleinere aus dem Gefrierschrank und legte es zum Auftauen auf die Arbeitsplatte. Vielleicht würde es auftauen, dachte sie, vielleicht auch nicht. Wenn nicht, konnte sie es immer noch unter heißes Wasser halten. Sie überschlug, wie lange es dauern würde, es in Stücke zu schneiden und zu kochen; dann öffnete sie die Besenkammer und sah auf den Kalender, den sie innen an die Tür geklebt hatte – sie musste lange gucken, ehe sie die kleine Schrift lesen konnte, um zu sehen, um wie viel Uhr sie heute Abend die Kerzen segnen sollte. Noch einmal schnell überschlagen, und sie beschloss, dass sie dem Hühnchen mit ein bisschen heißem Wasser nachhelfen würde, wenn es um vier Uhr noch gefroren war.

Oh, aber was für ein Unterschied im Vergleich zu früher, wenn sie den Schabbes vorbereitete. Sie hatte von sechs Uhr morgens an gekocht – nicht nur ein Hühnchen und Suppe mit Karotten, Zwiebeln und Sellerie, schlichter Reis, der einfachste Tsimes; sondern gebratenes Hühnchen und Suppe mit Kneidelach, ein aufwendiger Tsimes, den niemand anders so konnte, Kischke und Kohlrouladen, gehackte Leber, Nudel-Kugl, Gefilte Fisch mit dem warmen selbst gemachten Senf, den Sol dazu mochte, dazu Meerrettich, in den für die Kinder rote Rüben gemischt wurden … und dann noch Biskuitkuchen, Pfund-kuchen oder Honigkuchen und die kleinen Schokoladen-kekse, die Myra so liebte, die sie, Myra, selbst erfunden hatte und Rivke jede Woche half zu machen: Kekse aus einem einfachen gezuckerten Teig, der mit *U-Bet*-Sirup vermischt wurde. Und zwischen dem Kochen wurde ge-putzt, damit für Schabbes alles schön war. Wenn die Sonne dann unterging, war sie kurz vor dem Zusammen-bruch – den ganzen Tag lang hatte sie ohne Pause gearbei-tet. So war es früher gewesen, Schabbes vorzubereiten.

Früher, früher, äffte sie sich selbst nach und sah, dass sich in den Nähten des Zellophanpapiers, in dem das gefrorene Hühnchen eingepackt war, schon rosafarbenes Wasser sammelte. Immer dasselbe. Früher! Wie viele Jahre waren seit diesem »Früher« vergangen? Viele Jahre – es war ein Wunder, dass sie sich so gut erinnern konnte, wie es gewesen war, wo sie sich noch nicht mal darauf ver-lassen konnte, sich daran zu erinnern, dass sie vor einer halben Stunde angefangen hatte, das Badewasser ein-laufen zu lassen. Schabbes war, sogar bevor sie Sol ver-loren hatte, schon seit einigen Jahren nicht mehr Schab-bes gewesen, es war nicht mehr, was es gewesen war, als sie die Kinder noch gehabt hatte. Wann hatte sie zuletzt einen ganzen Tag lang den Schabbes vorbereitet? Es war mindestens fünfundzwanzig Jahre her – als Rachel klein war und diejenige, die ihr bei den Schokoladenkeksen half, und Mark noch ein Baby gewesen ist: als Myra und ihre Familie noch in Brighton lebten, nur zwei Blocks entfernt, in einem Haus, das aufs Meer hinaus ging, ehe sie eine größere Wohnung in der Homecrest Avenue ge-funden hatten, in der sie dann – wie lange? – vier Jahre?

fünf Jahre? – gelebt hatten, bevor sie ganz aus Brooklyn wegzogen. Als sie in die neue Wohnung zogen, die weiter weg lag, verstand Rivke das. Sie wusste, dass es für sie notwendig war umzuziehen – es war zu beengt in den drei Zimmern, die sie hier hatten; sie lebten so, wie Rivke und Sol gelebt hatten: Myra und ihr Mann schliefen im Wohnzimmer auf einem Castro-Bettsofa, die zwei Kinder zusammen im Schlafzimmer. In der neuen Wohnung würden die Kinder ihr eigenes Zimmer haben und Myra und Harry auch. So sollte es sein, und Rivke sagte ihrer Tochter, dass sie sich von Herzen freute, weil sie haben würde, was Rivke nicht gehabt hatte – ein Zimmer, das sie mit ihrem Mann für sich hatte, Privatsphäre, eine Tür, die man schließen konnte, um einen Moment Ruhe zu haben. Dennoch, sobald der Umzug vollzogen war, litt Rivke. In ihrer Wohnung war es zu ruhig, wenn Myra nicht den ganzen Tag ein und aus ging, die Kinder für eine Stunde oder den Nachmittag vorbeibrachte; und sie wusste nicht, was sie mit den Tagen anfangen sollte, die sie mit den Kindern in Myras Wohnung verbracht hatte, jetzt, da Harry nicht mehr anrief, um zu sagen: »Ma, kannst du heute Morgen vorbeikommen?« – oder heute Abend oder heute Nachmittag – oder um sie zu fragen, ob sie Rachel von der Schule abholen oder ihr Mittagessen machen könnte. Nachdem sie in die Homecrest Avenue gezogen waren, sagte sie ihm wieder und wieder, dass sie den Bus zu ihrer neuen Wohnung nehmen könne, es mache ihr nichts aus; sie würde immer noch jederzeit kommen und bei den Kindern bleiben.

Aber ihr Schwiegersohn sagte: »Das wissen wir zu schätzen, Ma, das ist gut zu wissen, aber es ist nicht nötig.«

Wie konnte es nicht nötig sein? War es so beschwerlich, mit dem Bus zu fahren? Was machte das schon! Sie sagte Harry: »Es macht mir keine Umstände, mit dem Bus zu euch zu kommen.« Aber nein, er sagte, es sei nicht »nötig«. Und ehe sie umgezogen waren, hatte Rivke ganze Tage in ihrer Wohnung verbracht und nach den Kindern gesehen; und die Kinder waren ganze Tage lang bei *ihr* gewesen – oft waren sie über Nacht geblieben. Sie hatte sich an die Kinder gewöhnt, vor allem hatte sie sich an Rachel gewöhnt; vom ersten Tag an, an dem Myra sie aus dem Krankenhaus mit nach Hause gebracht hatte, hatte Rivke Stunden mit dem Kind verbracht – es war möglich, dass sie in diesen Jahren vor dem Umzug mehr Zeit mit ihr verbracht hatte als Myra! Sie war so daran gewöhnt, dass Rachel hinter ihr her lief, an ihrem Nachthemd hing, ihrem Hauskleid, ihrer Schürze, Fragen stellte, ihr, ohne einmal Luft zu holen, lange Geschichten erzählte, ihr Rätselaufgaben stellte, dass Rivke, nachdem das Kind mit seinen Eltern und ihrem Bruder in die neue Wohnung gezogen war, das Gefühl hatte, es sei ihr ein Stück von ihr selbst entrissen worden. Es war schrecklich, von dem Kind getrennt zu sein – es war schlimmer, als sie gedacht hatte. Sie vermisste sie manchmal so schrecklich, dass sie deshalb weinte – so, dass Sol es nicht merkte, denn er fand es nicht gut, dass sie den Umzug beklagte. Sie verbrachte ganze Tage damit, sich an Dinge zu erinnern, die Rachel gesagt oder getan hatte; sie saß stundenlang träumend da und dachte an die Zeit, als Rachel noch ein Baby und sie manchmal von morgens bis abends mit ihr allein gewesen war: Rivke sah sich, wie sie damals war, wie sie am Herd stand und Suppe umrührte, die kleine Rachel schlafend über die Schulter gelegt.

Selbst wenn Myra und die Kinder mit dem Bus zu Besuch kamen, war es nicht dasselbe. Und obwohl sie lange Zeit über fast jeden Freitagabend zum Essen kam, waren diese Schabbes-Mahlzeiten nicht, was sie gewesen waren. Dies waren Besuche, das war etwas anderes als früher. Selbst die Kinder wussten, dass sich etwas geändert hatte, und benahmen sich anders; sie waren höflich, sie saßen im Schneidersitz auf der Couch statt herumzulaufen. Oh, nach und nach änderte sich alles. Die Jahre vergingen – und dann vergingen noch mehr Jahre – und plötzlich waren sie und Sol meistens allein, an Schabbes und sonst auch.

So ist das Leben, sagte sich Rivke an den Freitagabenden, an denen sie und Sol sich hinsetzten, um allein ihr Schabbes-Dinner zu essen. *Di Tsajt ken alts ibermachn* – alles verändert sich mit der Zeit. Kinder halten einen nicht für immer beschäftigt. Und jetzt – ist sie ja so beschäftigt: muss laufen, um sich in die Badewanne zu legen. Das war ihre Vorbereitung für Schabbes. Nichts zu tun, als in der Wanne zu sitzen – und die einzige Nahrung, die in Sicht ist, ein gelber Stein von einem Hühnchen, der Pfützen auf der Arbeitsplatte hinterlässt. Sie starrte ihn missmutig an. Ein hässliches Ding. Sehnsüchtig erinnerte sie sich an die Hühnchen von früher: Früher war es so, dass sie um die Ecke ein frisch getötetes Hühnchen kaufen und es nach Hause bringen konnte, wo sie es selbst rupfte – und während es im Ofen war, kochte sie die Füße, für Myra, die sie liebte, und den Pupik für Reuben, den Hals für Amos; die Leber würde sie für Lazar ein paar Minuten unter den Bratrost legen; und der kleine Packen Dotter, aus dem noch keine Eier geworden waren, den sie aus dem Inneren der Henne geholt hatte, ehe sie sie in den Ofen geschoben hatte, der war für Sammy. So war jeder glücklich. Und das Hühnchen selbst war, wenn es aus dem Ofen kam, köstlich. Aber diese Hühnchen – die Hühnchen von heute, die Myra für sie bei einem der wenigen koscheren Schlachter kaufte, die es im Viertel noch gab (machten sich die Russen etwas aus koscherem Essen? – ha), und zu ihr nach Hause brachte, in Plastik wickelte und in den Gefrierschrank legte – diese Hühnchen hatten keinen Geschmack. Ganz zu schweigen von Füßen oder versteckten Eiersäckchen (Myra hatte es als Kind »Babyeier« genannt). Diese Hühnchen hatten etwas Mitleiderregendes, sahen aus, als wären sie schon lange tot, und fühlten sich auch so an, ihr wurde ganz übel davon. Dieses Hühnchen auf der Arbeitsplatte sah noch nicht mal aus wie etwas zu essen. Es war ein Stein, kein Hühnchen. Und – das wurde ihr plötzlich klar, als sie dort stand und es ansah – dieser Stein würde niemals rechtzeitig auftauen, um zu Schabbes zubereitet zu werden. Ob heißes Wasser oder nicht, es würde nicht rechtzeitig fertig sein. Das konnte es gar nicht. Sie war erstaunt, dass sie das nicht vorher begriffen hatte. Wo hatte sie ihren Kopf, fragte sie sich. Dann bemerkte sie noch etwas, das sie sogar noch mehr überraschte. Es war ihr vollkommen egal, wenn es *nicht* rechtzeitig auftaute, so oder so. Was, wenn sie das Hühnchen heute nicht machte? Wenn jemand kam, Kind oder Enkelkind, heute Abend oder morgen, könnte es runter zu Fechters gehen und sich ein schon fertiges Hühnchen kaufen.

»Ist das nun so ein Problem?«, sagte sie, direkt das gefrorene Hühnchen ansprechend. Sie zuckte mit den Schultern. »Kein so großes Problem, nein.« Und eine Minute später fügte sie flüsternd, fast brummend, hinzu: »Also – dann … zur Hölle damit.«

Das war die größte Überraschung, zu hören, was aus ihrem Mund gekommen war. Sie stand, blinzelnd, in der Küche, vollkommen erstaunt über sich selbst.

Anhang

Nachbemerkung

Die Idee zu diesem Buch hat mich jahrelang begleitet.
Es gibt einige Festtagsanthologien, eindringliche Erzählungen aus dem Fundus meist traditioneller jüdischer Geschichten, Kompendien, in denen die Aura
der verschwundenen ostjüdischen Welt leuchtet. Es
sind sorgsam zusammengestellte Lesebücher, in denen
auch Ursprung, Formen und Bedeutung der jüdischen
Feiertage erläutert werden, Bücher, in denen ich wieder und wieder lese, ein unerschöpflicher Schatz, der
wehmütig macht und manchmal auch heiter. Warum
also noch eine weitere Sammlung mit Geschichten zu
den Feiertagen?

Aus der Erfahrung von Verfolgung, Shoah und Exil
haben sich in der zunehmend säkularen Gegenwart
Lebensformen entwickelt, die davon zeugen, dass jüdisches Leben – auch jenseits von Tradition und Orthodoxie – blüht. Was mich interessierte, waren die Brüche.
Der Bruch mit Traditionen, mit Erwartungen, mit Regeln.
Und das, was dann bleibt oder neu entsteht.

Jahrzehntelang haben wir die Debatte um jüdische Identität geführt, in Deutschland anders als in Israel oder den
USA oder anderen Ländern Europas – Positionen gab es
dabei mehr als Diskutierende. Über die dahinter stehende

Frage, wer eigentlich Jude sei, wird bis heute leidenschaftlich gestritten.

Feiertage sind in unseren Kulturen, ob jüdisch oder nicht, jene Tage des Jahres, die unseren Alltag rhythmisieren, in denen sich Zugehörigkeiten zeigen und festigen. Selbst aus der Kirche Ausgetretene gehen in die Christmette und jüdische Agnostiker in die Synagoge, und wer weder da noch dort hin geht, der versammelt sich mit Gleichgesinnten beim Weihnachtsessen oder am Sedertisch. Ob wir wollen oder nicht, auf irgendeine Weise verhalten wir uns zu den Feiertagen, spätestens, wenn Kinder im Haus sind.

Die hier versammelten Erzählungen drehen sich vor allem um die zentralen Feiertage (natürlich auch eine strittige Definition) und sie zeugen alle in der einen oder anderen Weise von Brüchen. Weniger Traditionstreue oder halachische Eindeutigkeit schlagen in diesen Geschichten den Funken des Lebens, sondern der Zweifel, der Widerspruch, die Unentschiedenheit. Das Nebeneinander dessen, was scheinbar unvereinbar ist.

Warum konnte das Judentum nicht nur als Religion, sondern auch als multiethnische Kultur- und Schicksalsgemeinschaft, jahrtausendelang überleben? Schon vor der Vertreibung, vor der Zerstörung des Tempels, wurde heftig darum gerechtet, was das wahre Judentum sei. Eine für alle gültige Entscheidung gibt es bis heute nicht. Es könnte sein, dass gerade diese Flexibilität eine wenn auch prekäre Stabilität ermöglicht. Das in der Schwebe Sein als Überlebensprinzip.

Auf zwei Hochzeiten tanzen kann man nicht, heißt es. Manche haben jedoch gelernt, zwischen zwei Stühlen zu sitzen.

Nicht unbequem?

Doch, das schon. Aber wer sagt, dass das Leben bequem sein soll.

Patricia Reimann,
im Mai 2011

Glossar

Afikoman — Bezeichnung eines Teils der mittleren Mazze, die am Anfang des Seders in zwei Teile gebrochen wird; der Afrikoman wird versteckt (ein Vergnügen für die Kinder), um am Ende des Seder-Mahls wiedergefunden und dann als Letztes gegessen zu werden. Der Begriff geht wahrscheinlich auf das griechische Epikomion zurück und bedeutet soviel wie Dessert

Aguna — hebr.: die Gebundene, die Gefesselte; ein Rechtsbegriff, der den Zustand einer verheirateten Frau beschreibt, der aus unterschiedlichen Gründen eine gewünschte Scheidung verwehrt bleibt

Alenu — hebr.: es ist an uns [zu preisen ...] Einleitung des Schlussteils jedes Gottesdienstes

Amida — auch: Schmone esre; das »Achtzehn-Gebet«; das wichtigste Gebet im jüdischen Gottesdienst

Bar-Mizwa — hebr., wörtl.: Sohn der Pflicht, Zeremonie, mit der ein Dreizehnjähriger als vollwertiges Mitglied in die jüdische Gemeinschaft aufgenommen wird. Für Mädchen: Bat-Mizwa

Bima — erhöhtes Podium in der Synagoge, dort wird aus der Thora gelesen

Bracha	hebr.: Segen, (Plural Brachot)
Borchu et Adonoi hamvorach	hebr.: gelobt sei der Herr, dem Ehre gebührt
Challah	hebr.: Hefezopf, über den beim Schabbat-Mahl der Segen gesprochen wird, (Plural Challot oder Challes)
Chametz	hebr.: Sauerteig; Begriff für alles Gesäuerte, das an Pessach den Vorschriften gemäß verboten ist
Chanukka	achttägiges Lichterfest im Winter (beginnend mit dem 25. Kislev) zur Feier des Sieges der Makkabäer im Jahr 3597 (164 v. u. Z.) über die hellenistischen Herrscher und der Wiedereinweihung des Zweiten Jüdischen Tempels. Der Ausdruck »das Wunder von Chanukka« bezieht sich auf die kleine Menge Öl, die, obwohl sie nur für einen Tag reichte, acht Tage brannte, so lange, wie man brauchte, um neues geweihtes Öl herzustellen
Charosset	eine Paste aus geriebenen Äpfeln, Honig, Ingwer, Nüssen, Zimt etc.; Teil des Sedertellers; erinnert u. a. an den Lehm der Ziegel, die die Juden in Ägypten fertigten
Chassidim	hebr.: »die Frommen«, ultraorthodoxe Richtung des Judentums, die es bereits zur Zeit des Zweiten Tempels gab. Bis heute bedeutsam ist der osteuropäische Chassidismus mit seinen mystischen Elementen, der um das 17./18. Jahrhundert entstand (als Antwort auf Pogrome) und noch heute weltweit Anhänger hat

Chutzpah	hebr.: Frechheit, auch chutzpe
Dreidl	jidd.: trendl, kleiner Kreisel, meist aus Holz, mit vier Seiten, auf denen die hebräischen Buchstaben nun, ghimel, he, schin (oder pe) stehen. (Für: nes gadol haja scham/po – ein großes Wunder ist dort/hier (Israel) geschehen. Mit dem Dreidl spielt man an Chanukka
Gefilte Fisch	traditionelles jüdisches Gericht, bei dem meist ein Karpfen mit Farce gefüllt wird; häufig wird bereits allein die Füllung als Gefilte Fisch bezeichnet
Goj	hebr.: Volk; im Gegensatz zu: am – das jüdische Volk. Gemeint sind alle Völker, die nicht jüdisch sind; ein Goj ist also ein Nichtjude
Haggada	das meist reich bebilderte Buch mit der Sederordnung und der Geschichte des Auszugs aus Ägypten, das an Pessach gemeinsam am Sedertisch gelesen wird
Hallel	jüdisches Gebet der Lobpreisung (Psalm 113–118), das besonders an Feiertagen gesprochen wird
Hamotzi	Segen über die Challot (Schabbatbrote) am Schabbat
Hawdala	hebr.: Unterscheidung; das Ritual, mit dem zwischen Festtagen und gewöhnlichen Tagen getrennt wird
Hineni	hebr.: hier bin ich. Als Gott einst Abraham und Moses anrief, antworteten beide: hineni

Hora	israelischer Volkstanz
Jarmulke	jidd. für Kippa (Plural Kippot), die übliche kleine runde Kopfbedeckung frommer jüdischer Männer, beim Beten obligatorisch
Jeschiwa	Talmud- und Thoraschule
Jiskor	hebr.: Er (Gott) gedenke; Gebet an Jom Kippur für das Seelenheil der Verstorbenen
Jom Kippur	hebr.: Tag der Versöhnung, am 10. Tischri; der höchste jüdische Feiertag. Zehn Tage nach Rosch haSchana wird der Tag der Versöhnung begangen, er steht am Ende einer 40-tägigen Zeit der Reue und der Buße, nachdem das Goldene Kalb am Fuß des Berges Sinai geschaffen und angebetet worden war – eine der schwersten Verfehlungen Israels in seiner Beziehung zu Gott. Gott hatte dem Volk nach dieser Zeit der Umkehr verziehen und seinen Bund mit Israel erneuert und diesen Tag für alle Zeiten zum Tag der Versöhnung bestimmt
Kaddisch	ein jüdisches Lob-Gebet; allgemein bekannt als das jüdische Totengebet
Kiddusch	der Segen über den Wein
Kischke	jidd.: Darm; man hat ihn, man kann ihn aber auch füllen, eine vielfältige Spezialität jüdischer Küche
Keduscha	hebr.: Heiligung, wichtiger Bestandteil des Achtzehngebets (Amida)

Kneidelach	jidd.: Knödel
Kohen	Angehörige des Stammes der Leviten bilden die Kohanim (Plural; auch Cohanim), eine Untergruppe, der im Altertum der Tempeldienst oblag
Kol Nidre	hebr., wörtl.: alle Gelübde; das Gebet, das vor dem Abendgebet den Ausgang von Jom Kippur einleitet. Die Melodie von Kol Nidre ist eines der berühmtesten Beispiele für jüdische Musik und fand durch Max Bruch (Komposition für Cello und Orchester), in die Kunstmusik Eingang
koscher	»rein«, der Kaschruth (jüdische Speisegesetze) entsprechend. Es gibt zwar eigentlich nur koscher oder nicht koscher (treife), dennoch unterscheidet man zwischen koscher, glatt-koscher, koscher-le-Pessach
Kugl	jidd.: Auflauf, süß oder herzhaft
Manischewitz	Firma, die koschere Produkte herstellt, mit Sitz in den USA. Besonders bekannt für Mazze und Pessach-Wein
Mazze	hebr.: Matza (Plural Mazzot); das ungesäuerte Brot, das während des Pessachfestes gegessen wird; alles Gesäuerte ist während dieser acht Tage verboten
Menora	hebr.: Leuchter; der siebenarmige Leuchter, eines der wichtigsten Symbole des Judentums
Mesusa	hebr.: Türpfosten (Plural mesusot). Bezeich-

nung für eine kleine Kapsel aus Metall oder Holz, in der sich Auszüge aus dem Sch'ma Jisrael befinden. Die Kapsel wird in jüdischen Häusern zur Segnung derselben auf Augenhöhe am rechten Türpfosten angebracht

Midrasch   hebr.: Auslegung der religiösen Texte im rabbinischen Judentum (Plural Midraschim)

Misnagim   man gliedert: Chassidim – Misnagim – Maskilim, die Frommen, die weniger Frommen und die Reformierten

Mi schebeirach   hebr.: er, der gesegnet hat; Anfang eines Gebetes, das am Schabbat in der Synagoge gesprochen wird

Pessach   auch: Pejssach; achttägiges Fest im Frühling (18.–22. Nisan) zur Erinnerung an den Auszug der Juden aus Ägypten, die Verschonung der Erstgeborenen und die Errettung aus der Sklaverei

Porusch   Asket

Pupik   jidd.: Hühnerbauch

Purim   hebr.: Los. Purim ist ein freudiger, biblisch nicht vorgeschriebener Gedenktag, der am 14. Adar (im Februar/März) zur Erinnerung an die Errettung der Juden Persiens im Jahr 3405 (356 v. u. Z.) gefeiert wird, die im Buch Esther beschrieben ist. Ein Minister des Perserkönigs Ahasveros, Haman, hatte ein Los gezogen, um den Vernichtungstag der Juden zu bestimmen. Esther, der jüdischen Ehefrau des Königs, gelang es jedoch, den mächtigen Minister zu Fall zu bringen und zu erreichen, dass die Juden die Erlaubnis erhielten, sich zu wehren. Traditionell verkleidet man sich zu Purim

Raw/Reb	Abkürzung für Rabbi/Rebbe. Die Rebezen ist die Frau des Rabbis
Rosch HaSchana	hebr., wörtl.: Kopf des Jahres, das jüdische Neujahrsfest im Herbst, beginnend mit dem 1. Tischri
Schabbat Schalom	feierliche Formel, mit der man sich zu Beginn des Schabbat (Freitagabend) und am Schabbat begrüßt
Schabbes	jidd. für Schabbat, den jüdischen Ruhetag
Schammes	Synagogendiener
Sch'ma	auch Sch'ma Jisrael; das Höre-Israel-Gebet, das wichtigste jüdische Gebet, in dem das Bekenntnis zur Einzigkeit Gottes beschworen wird
Schofar	das Widderhorn, das am Ausgang von Rosch HaSchana geblasen wird
Scholem alejchem	hebr./jidd.: Friede sei mit Euch
Schtibl	jidd.: Zimmer
Schul	jidd. für Synagoge

Tallit	Gebetsmantel/Gebetsschal, der von Männern, in liberalen Gemeinden mitunter auch von Frauen, während des Gebets getragen wird. Entscheidender Bestandteil des Tallit sind die Schaufäden (hebr.: zizit, Plural ziziot), die an die Gebote erinnern sollen
Tashlich	hebr. [du sollst] werfen; (auch: Taschlich). Das Ritual, mit dem man sich an Rosch HaSchana seiner Sünden entledigt. Symbolisch werden Brotstückchen (oder auch kleine Steine) in fließendes Gewässer geworfen
Thora	hebr.: Lehre, Unterweisung; die hebräische Bibel. Im christlichen Kontext wird von den »Fünf Bücher Mose« (pentateuch) gesprochen
Tsimes	Festtagsgericht; eigentlich: großer Aufwand; kann aus allem Möglichen bestehen
Viddui	im Viddui bekennt sich der Betende dazu, gesündigt zu haben. Es gibt verschienene Versionen: das tägliche Viddui, das Viddui am Versöhnungstag, das Viddui auf dem Sterbebett
Zores	jidd.: Sorgen

Autoren und Quellen

PEARL ABRAHAM, geboren 1960 in Jerusalem als Tochter einer jüdisch-orthodoxen Familie. Seit ihrem fünften Lebensjahr lebt sie in New York. 1995 debütierte sie sehr erfolgreich mit ihrem Roman ›Die Romanleserin‹. Außerdem ist auf Deutsch von ihr erschienen: ›Abschied von Amerika‹ (2000).
›Wenn man allein wohnt, braucht man kein Nachthemd‹, Auszug aus: ›Die Romanleserin‹. Roman. München 1996. © 1995 by Pearl Abraham. Aus dem Amerikanischen von Rosemarie Bosshard. Die Rechte an der Nutzung dieser Übersetzung liegen beim C. Bertelsmann Verlag, München, in der Verlagsgruppe Random House GmbH.

ELISA ALBERT, geboren 1978 in Los Angeles, hat an der Brandeis University, Massachusetts, und an der Columbia University in New York Literatur studiert. Sie ist als Herausgeberin und Journalistin tätig und unterrichtet seit einigen Jahren Creative Writing. Für ihre Short Storys hat sie verschiedene Auszeichnungen erhalten, 2008 erschien ihr erster Roman, ›Das Buch Dahlia‹ (dtv 13949), 2006 ihr Erzählband ›Was ist in dieser Nacht so anders‹ (dtv 24749). Elisa Albert lebt abwechselnd in Albany und Brooklyn, New York.
›Was ist in dieser Nacht so anders‹, aus dem gleichnamigen Erzählband. © 2010 Deutscher Taschenbuch Verlag GmbH & Co. KG, München.
Aus dem Amerikanischen von Miriam Mandelkow.

JEHUDA AMICHAI, geboren am 3. Mai 1924 als Ludwig Pfeuffer in Würzburg, gestorben am 22. September 2000 in Jerusalem, war einer der meistgelesenen und bedeutendsten modernen israelischen Dichter und einer der ersten, die in umgangssprachlichem Hebräisch schrieben. Amichai wuchs in einer jüdisch-orthodoxen Familie auf. 1935 wanderte die Familie nach Palästina aus. Für sein dichterisches Werk verlieh ihm der Staat Israel 1982 den Israel-Preis. Seine Geburtsstadt Würzburg ehrte ihn 1981 mit dem Kulturpreis der Stadt. Amichais Werk ist in mehr als 40 Sprachen übersetzt. Auf Deutsch sind unter anderem erschienen: ›Wie schön sind deine Zelte, Jakob. Gedichte‹ (1998), ›Die Nacht der schrecklichen Tänze. Erzählungen‹ (1990) sowie ›Zeit‹ und ›Nicht von jetzt, nicht von hier‹ (beide 1998).

›Vaters Tode‹ aus dem Erzählband ›Die Nacht der schrecklichen Tänze‹, München 1990. © Jehuda Amichai 1990.
© der deutschprachigen Ausgabe: Piper Verlag 1990.
Aus dem Hebräischen von Alisa Stadler.

Melvin Jules Bukiet, geboren 1953 in New York, lebt und arbeitet dort als Schriftsteller, Professor und Literaturkritiker. Sein Werk ist in ein halbes Dutzend Sprachen übersetzt worden. In Deutschland sind erschienen ›Danach‹ (2000), ›Zeichen und Wunder‹ (2001), ›Fremdes Feuer‹ (2002) und der Erzählband ›Die Launen des Messias‹ (2000). Derzeit unterrichtet er am Sarah Lawrence College in New York. Er ist verheiratet und hat drei Kinder.

›Levitation‹, erschienen in: The Kenyon Review, Gambier, Ohio/USA 1992. © 1992 by Melvin Jules Bukiet.
Aus dem Amerikanischen von Nicole Seifert.

Lizzie Doron, geboren 1953 in Tel Aviv, lebt und arbeitet dort. Bevor sie Schriftstellerin wurde, war sie als Linguistin tätig. Lizzie Doron wuchs in einem Jiddisch sprechenden Viertel auf, in dem sich überwiegend Überlebende der Shoah angesiedelt hatten. Für ihr Werk ist sie mehrfach ausgezeichnet worden. In deutscher Sprache liegen vor: ›Warum bist du nicht vor dem Krieg gekommen‹ (2004), ein Roman, der in Israel mittlerweile zur Schullektüre zählt, weiterhin ›Ruhige Zeiten‹ (2005),

›Der Anfang von etwas Schönem‹ (2007), sowie ›Es war einmal eine Familie‹ (2009).

›Ein Einziger ist unser Gott‹, ›Kol Nidre‹, aus: ›Warum bist du nicht vor dem Krieg gekommen?‹, Frankfurt am Main 2004. © Jüdischer Verlag im Suhrkamp Verlag Frankfurt am Main 2004.

Aus dem Hebräischen von Mirjam Pressler.

NATHAN ENGLANDER, geboren 1970 in New York, gehört zu den bekanntesten Nachwuchsschriftstellern seiner Generation. Englander wuchs im Staat New York in einer jüdisch-orthodoxen Umgebung auf. Nach Jahren als Fotograf und Filmemacher konzentrierte er sich ganz auf das Schreiben. Seine Kurzgeschichten und Erzählungen sind im New Yorker und im Atlantic Monthly erschienen. 1999 erschien auf Deutsch sein Erzählungsband ›Zur Linderung unerträglichen Verlangens. Neun Erzählungen über die komischen Seiten der menschlichen Tragödie‹, 2007 der Roman ›Das Ministerium für besondere Fälle‹.

›Reb Kringle‹ aus: ›Zur Linderung unerträglichen Verlangens. Erzählungen.‹, München 2008.

© 2008 Luchterhand Literaturverlag, München, in der Verlagsgruppe Random House.

Aus dem Amerikanischen von Martin Richter.

LEA FLEISCHMANN, geboren 1947 in Ulm. Ihre Jugend verbrachte sie in Frankfurt am Main. Nach dem Studium der Pädagogik und Psychologie arbeitete sie als Lehrerin, bis sie 1979 nach Israel auswanderte. Dort lebt sie als deutschsprachige Autorin in Jerusalem und widmet sich dem deutsch-israelischen und jüdisch-christlichen Dialog. Von ihr sind bislang erschienen: ›Dies ist nicht mein Land‹ (1980), ›Schabbat‹ (1999), ›Rabbi Nachman und die Thora‹ (2000) und ›Meine Sprache wohnt woanders‹ (2006).

›Die Königin Schabbat‹ aus: ›Abrahams Heimkehr. Geschichten zu den jüdischen Feiertagen.‹ Hamburg 1989.

© Lea Fleischmann 1989.

BRUCE JAY FRIEDMAN, geboren am 26. April 1930 in New York, ist ein amerikanischer Roman-, Drehbuch- und Bühnenautor. Er wuchs in der Bronx auf und blickt auf eine schillernde Karriere zurück, u. a. als Schauspieler. 1954 begann er für bekannte Männermagazine zu schreiben und arbeitete sich in der Branche zum Chefredakteur hoch. Zuletzt erschien von ihm der Erzählband ›Three Balconies‹ (2008).

›Wenn man entschuldigt ist, ist man entschuldigt‹ aus: ›American Jewish Fiction‹, ed. by Gerald Shapiro, Nebraska 1998. © Bruce Jay Friedman 1963.
Aus dem Amerikanischen von Nicole Seifert.

JONATHAN STUART GOLDSTEIN, am 22. August 1969 in Brooklyn/New York geboren, ist ein amerikanisch-kanadischer Autor, Humorist und Radioproduzent. Als er vier Jahre alt war, zog die Familie nach Montreal/Canada. Er besucht dort die Concordia University und schloss mit einem Master in Creative Writing ab. Nach einer Radiokarriere in den USA, lebt er heute wieder in Montreal.

›Messias in der Flasche‹ erschienen in: ›Guilt and Pleasure Magazine‹ I/2006. © Jonathan Stuart Goldstein 2005.
Aus dem Amerikanischen von Nicole Seifert.

ALLEGRA GOODMAN, geboren 1967 in Brooklyn/New York, lebt und arbeitet in Cambridge, Massachusetts. Sie begann bereits in sehr jungen Jahren zu schreiben. In deutscher Sprache sind bislang von ihr erschienen: ›Zwei Hochzeiten und ein Pessachfest‹ (1998) und ›Rabbi Kirshners Vermächtnis‹ (2000).

›Die vier Fragen‹, Auszug aus: ›Zwei Hochzeiten und ein Pessachfest. Roman.‹ München 1998. © Allegra Goodman 1996. © der deutschsprachigen Ausgabe: Karl Blessing Verlag 1998. Aus dem Amerikanischen von Christa E. Seibicke.

NADINE GORDIMER, geboren am 20. November 1923 in Springs, Transvaal, heute Gauteng, ist eine der bekanntesten südafrikanischen Schriftstellerinnen. Ihre Romane, Erzählungen und

Essays behandeln vor allem die südafrikanische Apartheidpolitik und deren zerstörerische Folgen sowohl für die schwarze als auch für die südafrikanische weiße Bevölkerung. 1974 erhielt Nadine Gordimer den Booker Prize, 1991 wurde sie für ihr Werk mit dem Nobelpreis für Literatur ausgezeichnet. Auf Deutsch sind unter anderem erschienen ›Niemand, der mit mir geht‹ (1997), ›Die Hauswaffe‹ (2000), ›July`s Leute‹ (2005), ›Burgers Tochter‹ (2008) und ›Der Ehrengast‹ (2010).

›Mein Vater verlässt seine Heimat‹ aus: Nadine Gordimer: ›Die endgültige Safari. Erzählungen.‹ Frankfurt am Main 1992.

© 1991 der Originalausgabe, erschienen unter dem Titel: ›Jump‹, by Felix Licensing, B.V.

Aus dem Englischen von Regine Laudann, © 1992.

MICHELLE HERMAN, 1955 in Brooklyn/New York geboren und aufgewachsen, besuchte das Brooklyn College und den Writers´ Workshop der University of Iowa. Sie lebt mit ihrem Mann und der gemeinsamen Tochter in Columbus, Ohio. Ihre Short Stories und Erzählungen erscheinen regelmäßig in den großen amerikanischen Magazinen.

›Allein ist allein‹ aus: ›Missing. A novel.‹ Columbus (The Ohio State University Press) 1990. © Michelle Herman 1990.

Aus dem Amerikanischen von Nicole Seifert.

PERSIS KNOBBE wurde in der ersten Hälfte des letzten Jahrhunderts in San Francisco geboren und lebt in Marin County, Ca. Die Geschichte ›Hier bin ich‹ ist die Titelgeschichte einer Sammlung, die mit dem Oakland Penn Award ausgezeichnet wurde. In jüngster Zeit schrieb Persis Knobbe eine Reihe von Essays für den San Francisco Chronicle über die Reise ihres Mannes durch die Alzheimer-Krankheit.

›Hier bin ich‹ aus: Marsha Lee Berkman/Elaine Marcus Starkman, ›Here I Am. Contemporary Jewish Stories from Around the World.‹ Philadelphia and Jerusalem (The Jewish Publication Society) 1998. © Persis Knobbe 1996.

Aus dem Amerikanischen von Nicole Seifert.

LENA MANNHEIMER, geboren am 7. März 1991 in München, besuchte die Französische Schule in München. Sie arbeitet und
lebt mit ihren zwei Katzen und ihrem Freund derzeit in Frankfurt a. Main.
Die Geschichte ›Haggada‹ stammt mitten aus unserem
chaotischen Feiertagsuniversum und wurde eigens für diese
Anthologie geschrieben.

ERICH KURT MÜHSAM, geboren am 6. April 1878 in Berlin, am
10. Juli 1934 in Oranienburg ermordet. Mühsam, führend beteiligt an der Münchener Räterepublik und danach jahrelang in
Festungshaft, war Dichter und Anarchist. In der Nacht des
Reichstagsbrandes wurde er von den Nationalsozialisten verhaftet und von der bayrischen SS-Wachmannschaft des KZ
Oranienburg ermordet. Mühsam veröffentlichte zahlreiche
Gedichtbände, Bühnendramen, Sachbücher und politische
Aufsätze. Berühmt als Schriftsteller wurde er vor allem durch
seine satirischen Artikel und Gedichte. Zu seinen bekannten,
teils posthum veröffentlichten Werken zählen: ›Die Psychologie der Erbtante‹ (1905), ›Judas‹ (1921), ›Namen und Menschen‹
(1949) sowie ›Trotz allem Mensch sein‹ (1984).
›Minister und Agrarier‹, vermutlich ein Gelegenheitsgedicht,
kursiert auf Postkarten und wird von manchen Juden, besonders in gemischt-konfessionellen Familien, gern unterm Weihnachtsbaum rezitiert.

JIZCHAK LEJB PEREZ, geboren am 18. Mai 1852 als Sohn wohl-
habender Eltern im damaligen Russisch-Polen, am 3. April 1915
in Warschau gestorben. Perez war einer der bedeutendsten jid-
dischsprachigen Schriftsteller und Dramatiker, der auch pol-
nisch und hebräisch schrieb. Er gehört zu den Begründern der
modernen jiddischen Literatur sowie der jüdischen Belletris-
tik. Auf Deutsch sind unter anderem erschienen: ›Leben sollst
du. Ostjüdische Erzählungen mit Bildern von Marc Chagall‹
(1993), ›Der Prozeß mit dem Wind. Jiddische Geschichten und
Skizzen‹ (1987).

›Das ganze Jahr betrunken und am Purim nüchtern‹, in: Neue jüdische Monatshefte, Heft 11 v. 10.3.1917.
Aus dem Jiddischen von Alexander Eliasberg.

Anne Roiphe, wurde 1935 in New York City geboren. Sie hat mehrere Romane, Essays und Theaterstücke veröffentlicht. Unter anderem ›1185 Park Avennue. A Memoir‹, ›Loving Kindness‹, ›For Rabbit. With Love and Squalor‹ und Non-Fiction. ›Generation Without Memory: A Jewish Journey in Christian America.‹
›Weg mit dem Weihnachtsbaum‹ aus: Steven J. Rubin (Ed.), ›Celebrating the Jewish Holidays. Stories, Poems, Essays‹, Hanover/USA 2003. © 2003 by Brandeis University Press, used with permission from University Press of New England.
Aus dem Amerikanischen von Nicole Seifert.

Isaac B. Singer, am 21. November 1902 in Polen geboren, gestorben am 24. Juli 1991 in Florida, war ein polnisch-US-amerikanisch-jiddischer Schriftsteller. Als einziger jiddischer Schriftsteller erhielt er im Jahr 1978 den Nobelpreis für Literatur. Sein gesamtes Werk liegt auf Deutsch vor. ›Ein Gast im Schtibl‹ aus: ›Ein Bräutigam und zwei Bräute. Erzählungen.‹ © Carl Hanser Verlag, München 2004.
Aus dem Amerikanischen von Sylvia List.

Anonym.
›Tashlich‹ entstammt einem Web-Streifzug.

Anonym.
›Oy what a shock‹ entstammt einem Web-Streifzug.

Trotz aller Bemühungen konnten einige Rechteinhaber nicht ermittelt bzw. erreicht werden. Der Verlag verpflichtet sich, rechtmäßige Ansprüche jederzeit in angemessener Form abzugelten.

Dank

zuerst und vor allem an Barbara Guggenheim, ohne deren Beharrlichkeit, Inspiration und Findigkeit es dieses Buch nicht gäbe – (»Ich habe die Quelle von A. R. nicht mehr«, schreibe ich ihr nach Jahren per E-Mail … Drei Minuten später kommt ihre Antwort, mit Copyright, Erscheinungsjahr und allem drum und dran)

an Olga Mannheimer, die so kritische wie einfallsreiche Leserin, die beständig die Augen für mich offen hielt

an Ellen Presser, die kundige Internet-Fischerin

an Anne Birkenhauer, David Grossman, Eli Teicher und Ira Silverberg

nicht zuletzt an meine Münchener Chevruta (Thora-Lesegruppe) und an Ulrika Rinke, die auf unterschiedliche Weise dazu beigetragen haben, dass ich nicht die Geduld verlor

Nicht ganz koscher war viel schwieriger als koscher. Wer hätte das gedacht.

München, im Mai 2011